hanser**blau**

ROCKO SCHAMONI

PUDELS KERN

Roman

hanserblau

3. Auflage 2024

ISBN 978-3-446-27936-0

Umschlag: Favoritbüro, München
Coverfoto: Rocko Schamoni © Dorle Bahlburg
Satz: Satz für Satz, Wangen im Allgäu
Druck und Bindung: GGP Media GmbH, Pößneck
Printed in Germany

MIX
Papier | Fördert gute Waldnutzung
FSC® C014496

Dieses Buch ist als Memorial unserer Freundschaft
allen gewidmet, die darin auftauchen,
vor allem denjenigen, die schon gehen mussten:
Wölli, Faust, Bollock, Sigurd Müller, Tobias Gruben,
Nils Koppruch, Wiener Norbert, Mikel Stratz, Subito Olaf,
Andreas Banaski, Almut Klotz, Cäpt'n Suurbier,
Xaõ Seffcheque, Zappo, Olifr M. Guz, Peter Marxen,
Françoise Cactus, Cay Stele und meinen Eltern.

Alles, was wir an Großem kennen, ist von Nervösen geschaffen. Sie und keine anderen haben Religionen begründet und Meisterwerke hervorgebracht. Niemals wird die Welt genügend wissen, was sie ihnen verdankt, noch vor allem, was sie gelitten haben, um es ihr zu schenken. Wir genießen kunstvolle Musik, schöne Bilder, tausend erlesene Köstlichkeiten, aber wir wissen nicht, was sie ihre Schöpfer an Schlaflosigkeit, an Tränen, an krampfhaftem Lachen, an Nesselfieber, Asthma, Epilepsie gekostet haben, oder an Todesangst.

MARCEL PROUST

ANMERKUNG DES AUTORS

Ich muss vorausschicken, dass alle erzählten Ereignisse in diesem Buch meiner subjektiven Erinnerung und meinen Aufzeichnungen aus Kalendern und Tagebüchern entspringen. Gut möglich, dass sich beschriebene Personen anders und sogar genauer an diese Ereignisse erinnern als ich selbst. Ich freue mich also über nachträgliche Richtigstellungen, so sie denn konstruktiv vorgetragen sind. Ich zumindest habe versucht, dieses Buch mit dem entdeckerischen und aufgeregten Geist der späten Jugend zu schreiben, mit dem ich diese Zeit auch erlebt habe.

PROLOG

5.11.85
Ich bin einer von jener naiven Sorte, die immer erst alles anfassen müssen, bevor sie es glauben. Ich bin ein furchtbar verwirrter Jugendlicher, aber ein paar Sachen weiß ich: Ich will männlich sein. Ich will nie erwachsen werden. Ich will Leidenschaft, ich will erschaffen, etwas vor mir haben, mein Werk, meine Kunst.

Ich habe in einem Schrank meine alten Tagebücher und Kalender wiedergefunden. Die Kalender reichen von 1985, also meinem 19. Lebensjahr, bis 2012. Das meiste, was ich zu der Zeit tun musste und erlebt habe, ist dort verzeichnet. Und in den Tagebüchern fand ich persönliche Bemerkungen dazu. Allerdings nur in den ersten Jahren, die Tagebucheinträge hören zur Jahrtausendwende auf.

Ich wusste immer, dass die Kalender und Aufzeichnungen dort in dem Schrank liegen, aber ich habe sie nie angerührt, weil es mir schlichtweg zu langweilig erschien, das Erlebte noch mal nachzulesen. Ich fand es sogar ein wenig lächerlich, dass ich die Bücher überhaupt geschrieben habe, mir erschien diese Art von Selbstbeschäftigung eitel, selbstbezogen, unreif und ich dachte schon lange darüber nach, das ganze Zeugs wegzuschmeißen. Aber jetzt, Jahre später, auf der Suche nach dem dunklen Stern meines Lebens, nach dem Kern meines Dramas, bin ich dankbar dafür, dass es die kleine Bibliothek noch gibt, weil die Erinnerungen so konkret sind. Genauer als die Bilder in meinem Kopf. Ich verstehe die Sprache, erkenne sie wieder, jedes Gefühl und alle Handlungen erscheinen mir vertraut und fremd zugleich. Denn ich bin ein anderer geworden. Ich bin gewachsen, habe mich verformt, bin erblüht und verkrustet, habe Überflüssiges verloren und Notwendiges gewonnen. Und nun bin ich alt. Zwar nicht richtig alt, aber schon ganz schön alt. So alt, wie ich nie zu werden geglaubt hätte. So alt, wie es bei mir und meinen Jugendfreunden früher verpönt gewesen war. Wir planten, jung zu bleiben oder zumindest jung zu sterben. Es kommt mir vor, als wäre all das nur einen Wimpernschlag entfernt.

Ich will nicht älter werden, als ich jetzt bin. Ich stelle es mir schrecklich vor, so alt zu werden, wie meine Alten sind. Alles an ihnen ist festgefahren, ihre Freiheit ist verpufft. Wofür leben sie, für ihre Arbeit? Fünf Tage die Woche die Kinder von Fremden erziehen und am Wochenende Hefte korrigieren. Was ist ihr Ziel?

Die Tagebücher regen meine Erinnerungen an, Spalten und Ritzen tun sich zwischen den Synapsen auf und längst Verschollenes erscheint staubig im Licht der Gegenwart. Ich bin wirklich erstaunt darüber, was dort alles herumliegt, vor allem die Kleinigkeiten, Details, Dinge, Szenen, Begebenheiten, die mir völlig wertlos erschienen waren und dennoch von einer Instanz in mir, einem niederen namenlosen Beamten meines Bewusstseins, abgelegt wurden in den tiefsten Nischen meines gigantischen grauen Massespeichers. Vielleicht sind gerade diese kleinen Dinge einer genaueren Betrachtung wert.

Ganze Szenen ploppen auf, ich kann die Erinnerungen abspulen wie alte VHS-Tapes, manchmal klemmt das Band ein wenig, manchmal gibts Schlieren oder das Tracking funktioniert nicht wirklich, aber meistens sehe ich klare Bilder und höre deutliche Stimmen in meinem Kopf. Ein überraschender Effekt: Je älter ich werde, desto klarer werden die Bilder und die Stimmen. Den Effekt hatte mir meine Großmutter genauso beschrieben, als ich jung war, im Wohnzimmer meiner Eltern, sie muss schon über siebzig gewesen sein, und wir sprachen über das Leben, die Jugend und über den Prozess der Erinnerung.

Ich kann mich sehr gut an meine Kindheit und Jugend erinnern, die Bilder werden immer klarer, von Jahr zu Jahr.

Und was ist mit der Zeit nach deiner Jugend, so zwischen dreißig und jetzt?

Das ist alles verschwunden. Da war ja alles immer gleich, der Bauernhof, die Tiere, der Tagesablauf, die Arbeit, das habe ich mir nicht gemerkt. Aber den Anfang erinnere ich gut, da war alles neu.

Jetzt bin ich fast da, wo sie damals gewesen ist. Je mehr ich mich vom Urknall entferne, also von meiner Kindheit und Jugend, desto besser kann ich das, was hinter mir liegt, erkennen und verstehen. Weil ich die notwendige Distanz habe, um die ganze Szene aus der Vogelperspektive zu überblicken.

Ich lege die Tagebücher beiseite und frage mich, ob ich mittlerweile das bin, was man einen *Hasbeen* nennt? Einer, der gewesen ist. Der das Beste hinter sich hat. Bei dem der Lack ab ist. Der von der schönsten Zeit seines Lebens träumt, die irgendwann in seiner Jugend lag. Opa erzählt vom Krieg.

Ich gehe ins Bad, schaue mich im Spiegel an und sehe immer noch den, der ich mal war. Sehe die vertrauten Konturen, die Ebenheit der Züge, kaum Falten um die Augen, die hohe Stirn, das nervige lockige Haar, das jeden Morgen wie ein schlecht aufgeschlagenes Daunenkissen auf meinem Kopf sitzt. Aber ich sehe auch den, der ich bald sein werde. Der Bart ist grau geworden, die Haut hat an Straffheit verloren, die Augen brauchen eine Brille. Ich stecke zwischen den Zeiten fest wie in einem Gletscher, der sich langsam talwärts bewegt. Und ich kann mich nicht an dem festhalten, der ich mal war, ich muss zu dem Etwas verwachsen, das ich werden soll, denn der Strom der Zeit fließt nur in eine Richtung – vorwärts. Oder besser: abwärts.

Wenn ich an meine Jugend denke, schlaglichthaft, dann erscheint sie mir in einem etwas verklärten, weichen, goldenen Licht. Wie ein Polaroid aus den Siebzigerjahren. Wenn ich aber in den Tagebüchern lese, wenn ich genauer nachdenke, mich tiefer auf die Erinnerungen einlasse, dann fällt mir all der Druck und Zwang, die Unsicherheit, die Unklarheit, die Verzweiflung, das Nichtwissen, die Vergeblichkeit, die Brutalität, mit einem Wort – die Qual meiner Jugend wieder ein.

Ich habe alles, aber auch alles an Selbstachtung verloren. Ich halte mich für mehr oder weniger nicht lebensberechtigt. Das Dumme ist, das ist keine Laune, sondern eine Einsicht und ein Zustand. Ein ohnmächtiger Zustand der Erkenntnis und nur ein letzter Funken Hoffnung, dass ich vielleicht doch nicht so bin, wie ich bin. Ich kann starke Kräfte entwickeln, aber nur so kurz, dass es für nichts Veränderndes reicht.

Und immer, immer, manchmal unterschwellig, manchmal dominierend: der Tod im Kopf. Ganz nüchtern, ohne Sentimentalität, nur als möglicher dritter Weg.

Don't forget – Einsamkeit ist das Wichtigste.

Gott, bin ich froh, so nicht mehr sein zu müssen. So nie wieder sein zu müssen, zumindest in diesem Leben. Denn nun kenne ich mein Wesen und meine Fähigkeiten, ich kenne die Menschenwelt und ahne zumindest, wie das Leben funktioniert. Je näher ich dem Tod komme, desto besser weiß ich, was ich will und worum es mir eigentlich geht. Und ich weiß, wie ich das verwirklichen kann. Früher habe ich mich – weil ich nicht wusste, wer ich war – chamäleonhaft ständig neu erfunden, habe Persönlichkeiten, Charakteristika, Styles ausprobiert, was von außen spannend ausgesehen haben mag, sich innen aber unsicher und hohl anfühlte. Mein Wesen war unfertig und der Tornister meiner Persönlichkeit nur zur Hälfte gefüllt, ständig dieses leere Schwappen in dem zu großen Raum. Die Gefahr bei Glycerin ist, dass es beim Transport explodiert.

Jetzt scheint alles anders. Ich bin nach wie vor neugierig, erfindungsreich, energiegeladen und an guten Morgenden, wenn ich aufwache und die Augen noch geschlossen halte, fühle ich mich wie ein alters- und körperloser Geist, der voller Lust und Freude über die Welt gleitet und sich all die Wunder anschaut, die irgendjemand namens Gott mit unglaublicher Akribie vorbereitet hat. Und ich weiß: Es gibt nichts Schlechtes auf der Welt. Wenn, dann nur in der Welt der Menschen.

Vor mir auf dem Tisch liegen die Tagebücher und meine rote Wollmütze. Ich besitze sie, seitdem ich vier Jahre alt bin. Mutter hat sie mir gestrickt und die Wolle ist so dehnbar und dennoch fest, dass ich sie immer noch tragen kann. Ich starre eine kleine Ewigkeit die Mütze an, ich versinke in den Strickrillen und tauche ganz ein in das dunkle Gespinst aus Haaren. Dann beginne ich zu schreiben.

1986

DAS GLIMMEN AM HORIZONT

Am Tag, nachdem ich meine Lehre als Keramiker – genauer gesagt als »Scheibentöpfer« – bestanden habe, also gestern, fange ich an, meine Sachen zu packen, um das Haus meiner Eltern in dem kleinen Dorf an der Ostsee für immer zu verlassen. Ich bin neunzehn Jahre alt und die Welt steht mir offen. Das Leben liegt vor mir und wirkt wie ein schier unendlicher Berg noch zu öffnender Geschenke. Gleichzeitig bin ich ein Geschenk an die Welt, das sie die Freude hat, öffnen zu dürfen, das kann man auch erwähnen. Meine Mutter wuselt die ganze Zeit aufgeregt um mich herum, denn mit der Freiheit, die mir von nun an zusteht, wird sie auch ihre wiedererlangen. Sie hat sich die Haare kürzer geschnitten und scheint sich sehr bewusst auf diesen Lebensabschnittswandel vorzubereiten. Aber entscheidender als die Freiheit wiegt die Leere, die ich im Haus hinterlassen werde. Mein Bruder ist schon ausgeflogen und wenn sich die Tür hinter mir schließt, wird statt meiner eine raumgreifende Ruhe in das große alte Bauernhaus unter den beiden riesigen Blutbuchen einziehen, ich weiß, dass meine Mutter Angst davor hat. All die brüderlichen Streitereien, der Lärm um nichts, der rumpelnde Krach aus dem Proberaum, die Mädchenstimmen aus meinem Zimmer, die Fehlfarben-Riffs (Es geht voran), die durch die dicken Mauern des alten Bauernhauses dumpf ins Wohnzimmer sickerten – all die Alltagsprobleme und Scherereien, aus denen unser Leben bestand –, werden verschwunden sein, stattdessen: Freiheit und Stille. Eine Zäsur: Wenn die Kinder aus dem Haus sind, ist die Hauptaufgabe erledigt, die Staffel des Lebens ist übergeben, nun beginnt das Afterlife, die Bonuszeit, pure Quality Time, der Luxus des langsamen Verglimmens. Und gleichzeitig fängt für die Eltern jetzt das eigentliche Leben an, denn es gibt keine biologischen Verpflichtungen mehr, der Mensch kann sich ganz sich selber zuwenden, dem Sein, der Kunst oder den Göttern.

Darüber hinaus befürchtet Mutter, dass ihr verrückter Sohn an der Welt zerschellen könnte, dass er, wenn er nicht mehr unter dem Schirm ihres persönlichen Protektorats steht, vom Abgrund seiner eigenen Wildheit verschlungen werden könnte. Eine berechtigte Befürchtung, denn ich habe nicht vor, meine Zukunft mit Plan, Maß und Ziel anzugehen. Ganz im Gegenteil, ich werde mit vollem Anlauf einen Sprung ins Nichts wagen, wild und frei sein, untergehen in einem Ozean der Freude. Ich habe bereits so lange von der fernen Welt geträumt, von den großen Städten, in denen andere wilde, freie Menschen leben, die mich nicht verurteilen für meine Unfähigkeit, mich anzupassen, mein Nicht-funktionieren-Können, das man an meinem zerrissenen Äußeren ablesen kann. Hier auf dem Dorf spüre ich, wie die bösen Blicke hinter den Gartenzäunen Löcher in meine zerfransten Haare brennen, sie verachten mich zutiefst, und aus einer Ligusterhecke zischte mir kürzlich ein Grauhaariger zu: »Bei Hitler hätten sie dich längst vergast!« Eine zweifelsohne zutreffende Bemerkung. Ich habe bereits seit Jahren das Gefühl, nicht mehr dazuzugehören. Wer hat eigentlich mit dem Streit angefangen – ich oder das Dorf? Ich bin dem Dorf entwachsen, ohne zu wissen, wie und warum. Es müssen die Platten gewesen sein, die ich höre (Pistols, Siouxsie & the Banshees, Damned, Buzzcocks, Blondie, Stranglers, Abwärts, Hans-A-Plast, Freiwillige Selbstkontrolle, Slime, Swell Maps, Crass, Slits, Der Plan, ZK, Grauzone), die Zeitungen, die ich inhaliere (Spex, Sounds, diverse Fanzines und Comics wie Cobra oder Mad), die Filme, die ich sehe (Blade Runner, Repo Man,

Stranger than Paradise, Pankow 95), die Bücher, die ich lese (Bukowski, Brecht, Kazantzakis, Science-Fiction-Dystopien von Stanislav Lem und Isaac Asimov, Biografien über James Dean, Marlon Brando, Elvis Presley, Zeichnungsbücher von Robert Gernhardt und F. K. Waechter). Vielleicht sind wir auch einfach beide Schuld, das Dorf und ich. Ich finde, das Dorf hätte sich ruhig etwas mehr bemühen können. Wenn es geduldiger gewesen wäre, das Dorf, etwas liebevoller und offener, wer weiß, vielleicht würde ich nicht fliehen, vielleicht würde ich irgendwann meinen Platz hier finden, zum Beispiel als der Dorftöpfer (als wenn es sowas noch geben würde). Ich bin froh, dass dieser sprichwörtliche Krug an mir vorüberzieht.

Auf jeden Fall gibt es am Horizont dieses mächtige Glimmen, das mich lockt, ich sehe es nachts und spüre es tagsüber, die Anziehungskraft einer großen fernen Macht – und ich kenne ihren Namen: Hamburg. Speziell: Sankt Pauli – Fixstern der Verrückten. Das ist mein Ziel, meine Hoffnung, meine imaginierte Zukunft. Ich verfolge seit Jahren aufmerksam, was dort passiert, schnappe jede Meldung auf und sortiere sie ein in mein inneres Karteikartensystem der Jugendimpulse. Läden wie das unaussprechbare Bissörsss, die Schlachterei, das Schlaflose Nächte, das Onkel Pö, die Marktstuben, der wichtigste Punkclub Hamburgs – das Totenschiff (auch genannt Krawall 2000), das Versuchsfeld, die Altonaer Fabrik und vor allem die legendäre Markthalle. Bands und Musikerinnen wie Abwärts, Kastrierte Philosophen, Palais Schaumburg, Slime, Geisterfahrer, Andreas Dorau & die Marinas, Ede & die Zimmermänner, Andy Giorbino, Saal 2, überhaupt die ganzen Zickzack-Bands von Alfred Hilsberg – für mich purer und verheißungsvoller Magnetismus, zu mir getragen durch die bereits genannten Zeitungen und »Musik für junge Leute« auf NDR 1. Das ist der Szene-Liveticker, die aktuellsten Tagesmeldungen werden von Paul Baskerville und Ruth Rockenschaub überliefert. Dazu der Ruf des Verruchten, den Sankt Pauli verströmt und dessen brackige Note bis zu uns in die Provinz wabert: Kneipen und Kaschemmen, Rotlicht, Kleinkriminalität, Drogen, Verwahrlosung – der ideale Nährboden für einen zukünftig Verkommenen. Denn ich will alles andere sein als sauber, erfolgreich, zukunftsorientiert, eloquent, planbar und planend, zielstrebig und aufwärtsstrebend. Ich will wie Paul Verlaine und Arthur Rimbaud den verdammten Bodensatz schmecken, mich so weit wie möglich hinein und hinunterbewegen, ins Zwielichte, in den Ranz, dorthin, wo Feuchtigkeit und dunkle Wärme merkwürdige Organismen zum Tanzen bringen. Genau wie all die anderen Helden der Musik und Kunstwelt, die ich verehre. Die Kunst wächst nicht auf sauberem Boden, denke ich mir. Du musst dich dem Dreck, den Stürmen, den Gefahren des Seins aussetzen, um etwas vom Leben zu begreifen, um etwas erzählen zu können. Du musst Narben sammeln, bevor du wirklich berichten kannst. Denke ich mir. Und das tu ich auch, mein Körper ist übersät mit Narben und jedes Wochenende kommen neue hinzu. Orden der Wildheit. In »Alexis Sorbas« hab ich gelesen, dass Sorbas selbst die Brust voller Narben trug, sein Rücken aber glatt wie Babyhaut war. Das beweist, dass er nie flüchtete, sondern sich jedem Kampf stellte. Diese Szene hat mich ungemein beeindruckt. So wie Sorbas will ich werden, wenn ich alt bin. Wenn ich überhaupt alt werde. Denn ich will ja eigentlich gar nicht älter als dreißig werden. Allein der Gedanke erscheint mir als frevelhafter Verrat an den Idealen von Punkrock.

Meine Eltern haben mir das alles nicht eingetrichtert, im Gegenteil, sie versuchten mich so gerade und formvollendet wie möglich in die Welt zu entlassen. Allein – es gelang ihnen nicht, zum Glück, denn ich suche die Unvollkommenheit und die Verwegenheit, sie gehören zum guten Ton unserer jungen, heißen Zukunft.

Beim Zusammenpacken versucht Vater Mutter immer wieder zu beruhigen, hält sich selber jovial zurück, trägt meine wenigen Umzugskartons schweigend und stoisch zu dem grünen Volvo auf dem Hof. Er hat auf seine ruhige Weise beschlossen, mich und meinen Bruder gehen zu lassen. Vielleicht ist es auch einfach nur eine riesige Erleichterung, dass wir endlich verschwinden. Dass er sich endlich wieder den Dingen zuwenden kann, die ihn eigentlich interessieren, nach diesem 20-jährigen Umweg, zu dem ihn Mutter gezwungen hat. Denn er ist gegen seinen Willen Lehrer geworden, hat diesen anstrengenden Beruf ausgehalten, weil er die Familie ernähren musste. Weil er uns Blagen durchbringen musste. Eigentlich hatte er andere Pläne für sein Leben. Eigentlich wollte er ein künstlerisches Leben. Vielleicht wird dieses Leben ja nun doch noch beginnen. Vielleicht kann er endlich anfangen zu schreiben und zu komponieren. Und die Fotografie wiederaufnehmen. Und die Holzarbeiten. Ich wünsche es ihm. Ich jedenfalls werde seine Fehler nicht wiederholen. Ich werde mich nicht zum Untergebenen machen lassen, weder zum Sklaven der Familie noch irgendeiner Firma, Religion oder Staatsstruktur, das schwöre ich hiermit feierlich!

Ich durchsuche das Haus noch einmal nach den Relikten meiner Jugend. Was muss ich mitnehmen? Wichtig sind mir sowieso nur die paar Platten, Kassetten, Bücher und selbstgeschneiderten Klamotten, sonst besitze ich ja nichts. Und Mutters rote Wollmütze, ich stecke sie in meinen Rucksack.

Als ich schließlich fertig gepackt habe, fahren die beiden mit mir nach Hamburg, um mich dem Abgrund zu übergeben, den Mutter dort imaginiert. Sie redet die ganze Fahrt über von der Gewalt auf Sankt Pauli. Von den Kiezmorden, die seit Monaten die Geschichten über diesen Stadtteil dominieren. Dass ich aufpassen soll, mich von dort fernhalten soll. Ja, ja, mach ich, keine Sorge, ich setze keinen Fuß nach Sankt Pauli rein, niemals, klar, sicher, ist abgemacht. Jetzt muss auch sie lachen. Für Mutter muss diese Fahrt ein Grauen sein, der Abschluss des Hauptkapitels ihres Lebens, ihr Wunsch nach einer eigenen glücklichen Familie ist ausgelebt und verblasst nun. Ich bin eines ihrer zwei Meisterstücke, in mir kommt ihr ganzes Sein, Können und Wollen zum Tragen. Ich bin ihre Fortsetzung und ihre Zukunft, sie hat mich – ganz Mutter Frankenstein – in unendlicher Fleißarbeit ersonnen, erbastelt und zusammengesetzt und nun soll sie mich – ihr filigranes Lebenswerk – einfach in jener großen, wüsten, zerstörerischen Stadt an einer Straßenecke abstellen? Völlig irrer Gedanke, nach nur einer Nacht werde ich vermutlich zertrampelt und zerstört sein, denkt sie. Nicht zu unrecht.

ANKUNFT IM PARADIES

Ich hab es in Hamburg zusammen mit Uta – einer guten Freundin vom Land – geschafft, eine Wohnung zu ergattern, im Schanzenviertel, einem heruntergekommenen, kleinbürgerlichen Viertel neben Sankt Pauli, in dem viele Arbeiter aus dem Schlachtgewerbe, ausländische Mitbürger und weniger wohlhabende Menschen leben. Einzig im Schulterblatt gibt es ein paar billige Restaurants und Kneipen und am Pferdemarkt zwei Diskotheken.

Unsere Wohnung ist ein Loch in der Kampstraße, einer kleinen Zubringerstraße des Schlachthofes, im vierten Stock mit drei kleinen Zimmern, einer winzigen Küche und einem schachtartigen Bad mit Badewanne, über der ein riesiger alter gusseiserner Elektroboiler hängt, der aussieht, als könnte er uns jederzeit beim Baden erschlagen. Wie ein fettes, klumpiges Damoklesschwert hängt er da, wie eine Bombe, bereit, diese Wohnung und dieses Sein sofort zu zerfetzen, Little Fat Man, festgefroren in einer Zeitschlaufe direkt über der Wanne, eine Sekunde vor der Detonation.

Der Boden ist mit dreckigen Plastikteppichen verklebt, die Fenster und Türen schließen nicht richtig, es gibt kein Warmwasser und die ganze Wohnung stinkt nach diffusem Zerfall. Sie kostet einhundert Mark pro Monat. Für uns ist dieser Platz das Paradies, wir sind so glücklich, endlich unsere eigene Plattform in der Welt gefunden zu haben.

Tagelang renovieren wir, reißen die alten Tapeten und Teppiche raus, streichen die ganze Wohnung neu und richten sie spärlich ein mit dem wenigen, das wir besitzen. Unser Soundtrack dazu sind die Buzzcocks, Uta – kluge, junge Intellektuelle mit Wildheit und Stil – hat die strenge Regel ausgegeben, dass in dieser Wohnung bis auf Weiteres nur diese eine englische Punkband gehört werden darf, und ich denke nicht daran, ihr zu widersprechen. Immer und immer wieder »Everybody's happy nowadays«, offene Fenster, der süßliche Duft aus der gegenüberliegenden Hermann Laue Ketchup-Fabrik in der sommerlich warmen Luft, Farbe auf den Wänden, dem Quast und meiner nackten Haut.

Meine Geliebte Frenchy lebt bereits seit einiger Zeit in Hamburg. Sie ist vor mir vom Dorf hergezogen, wollte die Enge und Beschränktheit der Provinz hinter sich lassen, in Hamburg russische Literatur studieren, in die Kunstwelt eintauchen, sich selber in der Stadt neu entdecken. Neben dem Studium arbeitet sie in Nachtkulturinstitutionen wie der »Großen Freiheit 36«. Sie ist mein Ankerpunkt, mein Ruhepol, und ich bin sehr froh, sie in Hamburg zu wissen, ich selbst habe ja keine Ahnung vom Leben in der Großstadt. Dennoch erscheint es mir wichtig, eine eigene Wohnung als Startpunkt für die Eroberung der Welt zu bewohnen, und die Kampstraße ist der ideale Platz dafür, genau im Zentrum der Stadt gelegen, im Schlagschatten des Fernsehturmes, auf den ich jede Nacht von meinem Bett aus starre. Auch hier wieder ein verheißungsvolles Symbol: der Turm vor dem schwarzen Himmel, groß, alles überragend, strahlend, blinkend und vor allem die ganze Zeit sendend – Funkturm will ich werden, überlege ich mir, ein menschlicher Sender, der alle Menschen erreicht.

Ständig schneien Leute bei uns herein, all unsere alten Freunde vom Dorf, die bereits in die Großstadt vorausgeeilt sind, machen ihre Aufwartung, ihre Antrittsbesuche, um zu schauen, wie wir leben, einige beneiden uns für den Glückstreffer, den wir mit unserem Schrottloch gelandet haben. Ich habe den Flur mit Marvel Comics ausgeklebt, der Silver Surfer ist meine Galionsfigur, so einsam wie er will ich vom Mond auf die Erde hinunter starren, um hin und wieder hinab zu surfen und den Menschen zu helfen. Mit Punkrock und Liebe. Das eine darf vom anderen nichts wissen, aber ich arbeite mit beiden.

Nachts erforsche ich unser weiteres Lebensumfeld, lasse mich durch die Kneipen des Viertels treiben, wandere über den Pferdemarkt hinein nach Sankt Pauli, den Nukleus der Wildheit, Mutters »Gefahrengebiet«. Diese Stadt, oder besser ihr Zentrum ist genau so, wie ich es mir vorgestellt habe. Etwas Warmes, Versöhnliches liegt in der Kaputtheit, etwas, das zu mir sagt: Hier kannst du genauso sein, wie du bist, du musst dich nicht verstellen, niemand beobachtet dich, beurteilt dich, lauert in Ligusterhecken auf dich, um dich zu verfluchen. Im Gegenteil, du bist den Leuten egal, einer von vielen Spinnern. Aber wenn du Freunde suchst, findest du sie an jeder Straßenecke! Denn all die anderen hoffnungslosen Versager und Nichtfunktionierer aus all den anderen spießigen Dörfern werden ebenfalls an dieser Küste angespült, der Goldküste der Idioten. Sankt Pauli ist das schwarze Loch, das uns verschluckt und in dem wir uns verstecken, der Treibsand, in dem wir abtauchen, hier verlieren sich unsere Spuren aus der Welt der Bürgerlichkeit im Diffusen. Ich will schlichtweg nicht mehr feststellbar sein von der Welt meiner Eltern, von den Erwachsenen, den Behörden, der Polizei, dem Staat. Ich will nicht heranziehbar sein für Ideen, Dienste und Aufgaben, die nicht meiner Lebensvision entsprechen. Ich wechsele mein Aussehen, meinen Namen und meinen Beruf, ich verpuppe mich und werde zu einem eisernen Schmetterling! Ich will verschollen sein. So verschollen wie Rimbaud, als er mit 19 Jahren die Pfade der bekannten Welt verließ und im Nebel der Geschichte verschwand. Lasst mich verschollen sein!

In den ersten Wochen habe ich wenig Geld, ich lebe von den spärlichen Almosen, die Mutter mir hinterlassen hat. Ich mache mir keine Sorgen, ich brauche nicht viel. Als mein Geld aufgebraucht ist, ernähre ich mich tagelang von Kabapulver, das ich trocken und löffelweise aus der Packung esse, das reicht mir. Außerdem steht der Zivildienst in Aussicht und ich weiß, dass ich dort schon bald mehr Geld verdienen werde, als ich je besessen habe, über tausend Mark jeden Monat, ich bin ein gemachter Mann! Ich habe mich beim HSV beworben, also beim »Hamburger Spastiker Verein« und man hat mir eine Stelle in Finkenwerder, südlich der Elbe, in Aussicht gestellt.

Aber eines nach dem anderen, zuerst geht es darum, die Stadt kennenzulernen, sich vorzustellen, die wichtigsten Läden – die ich aus »Musik für junge Leute« kenne – zu checken, zu verstehen, wen man treffen muss, um irgendwann zur In-Crowd zu gehören, dem erlesenen Klüngel von Leuten, die der Stadt ihren mystischen Glanz verleihen. Es gibt verschiedene Szenen in der Stadt, in die ich eintauchen kann, so viel hab ich schon begriffen. Zum einen gibt es die alte Welt des Hamburger Punkrock, die ihre Hauptspielorte in der Hafenstraße, im Totenschiff, in den Marktstuben, der Fabrik und der Markthalle haben. Zum anderen die neue Welt der Zickzack Bands und Experimentalmusiker/innen, die sich zwischen Noise und Kunst ein eigenes Universum erschaffen, eher beheimatet im Subito/ehemals Schlaflose Nächte, im Versuchsfeld oder im Bisörsss. Darüber hinaus gibt es natürlich auch noch die Szene der Profimucker, die für ein paar Jahre verunsichert in die zweite Reihe zurücktreten mussten, als die Musikexplosion der frühen Achtziger alles Alte hinwegfegte. Die aber nun zurückkehren und den Revolutionär/innen nachhaltig zeigen, wo der Barthel den Most holt. Mit anderen Worten: Die »Neue Deutsche Welle« ist nichts anderes als der Gestus der Frühachtziger-

Experimental-Bands mit dem Können der erfahrenen Profimucker. Daraus ergibt sich ein hochspackiger Sound auf gleichzeitig professionellem Hifi-Niveau – wenn Sie (meine bereits älteren Leser in der fernen Zukunft) wissen, was ich meine.

Ich gehe meistens ins Totenschiff, eine Eckkneipe in der Nähe des Fischmarktes, die als Punkladen umfunktioniert worden ist. Dort treffe ich auf die Mitglieder meiner Lieblingsband – »Die goldenen Zitronen«, in meinen Augen die spannendste Band des Augenblicks. Schorsch, den blondgefärbten Sänger, der am liebsten in Schlafanzügen rumläuft, habe ich über meinen Maler-Freund Daniel in Lütjenburg kennengelernt. Er gehörte zu den Timmendorfer Punks, mit denen wir Lütjenburger uns als »OH Subs« (Ost Holstein Subversives, abgeleitet von UK Subs) verbrüdert fühlen. Schorsch ist einer dieser Typen, denen man sofort ihre naturgegebene Souveränität anmerkt, er steht irgendwie drüber. Schorsch kennt sich mit neuer Musik aus, hat politische Haltung, benimmt sich cool und ist mit einem äußerst speziellen trockenen und schnellen Humor gesegnet. Ted, der Zitronen-Gitarrist, ist ebenfalls blitzgescheit, im Vergleich zu Schorsch allerdings scharfzüngiger und anarchistischer, und wenn er jemanden mag, sich für einen Menschen begeistert, fühlt sich diese Person dadurch angehoben und energieerfüllt. Die beiden haben sich in den letzten Wochen meiner angenommen, ab und an übernachte ich in der Wohnung des Ted in der Buttstraße, gleich neben dem Totenschiff. Wenn wir abends in die Kneipe rübergehen, treffen wir einige der wichtigsten Musiker meines Lebens, zu denen ich bisher nur in ehrfürchtiger Verehrung aus der dörflichen Ferne aufgeschaut habe. Speziell Abwärts und Slime waren die deutschen Punkbands, die ich in der Provinz am häufigsten gehört habe und die meine Gedanken und Gefühle – ähnlich wie die Fehlfarben – auf den Punkt brachten. Und nun stehe ich auf einmal zwischen den legendären Sängern dieser Bands und diversen anderen Szenegrößen und alle trinken billiges norddeutsches Bier mit mir und behandeln mich aus unerfindlichen Gründen wie ihresgleichen. Ich verstehe immer noch nicht, warum. Vor einigen Monaten hab ich mir zu Hause auf dem Land noch ausgemalt, wie diese Menschen wohl sind. Habe ihre Fotos auf den Plattencovern studiert und sie mir als strenge, erhabene, überlebensgroße Matadore vorgestellt, als steinharte Lederpunks und Politkämpfer, eine Art RAF der Musikszene, unbestechlich und unansprechbar stolz. Niemals konnte ich sie mir als normale Menschen vorstellen, mit denen man reden und lachen kann, die vielleicht sogar kritisierbar sind.

Das ist das Gute am Punkrock – man findet in jeder Stadt Gleichgesinnte, die einen vorurteilsfrei aufnehmen, es gibt keine Hierarchien, keine Helden und Idole, alle tun zumindest so, als ob sie gleich seien.

Häufig ziehe ich vom Totenschiff aus zu Fuß über den Kiez nach Hause in die Schanze, so auch vor kurzem, in einer Sommernacht dieses Jahres. Freund Fliegevogel ist vom Dorf gekommen, um mich zu besuchen, und gemeinsam haben wir ein paar Stunden im Totenschiff verbracht. Eine Punk Lady namens »Trümmer-Martha«, die in ihren zerrissenen Nachkriegsklamotten ziemlich verwegen aussieht, begleitet uns zurück in die Schanze. Auf dem Marsch fragt sie uns beiläufig, ob wir schon mal »blank gezogen hätten«? Ob wir schon mal einen »exhibitionistischen Einsatz« vollführt hätten? Auf unser Unverständnis hin erklärt sie uns, dass sie unter ihrem langen Ledermantel häufig einfach nichts trägt, dass das erfrischend und bisweilen auch erregend sei, und zum Beweis öffnet sie ihren Mantel und ist darunter nackt. Fliegevogel und ich sind spontan begeistert und beschließen, es ihr gleichzutun. In meiner Wohnung fliegen alle Klamotten bis auf Strümpfe und Schuhe in die Ecke und ich kleide uns mit langen Mänteln ein. So ziehen wir zu dritt durchs nächtliche Viertel, stellen uns in Kneipen, ordern Drinks, und im geeigneten Moment, auf das Zeichen Trümmer-Marthas hin – werden die Mäntel geöffnet. Als Männer hätten wir uns das niemals erlauben können, aber in Begleitung und unter Marthas Schutz ist das etwas anderes, man starrt uns ungläubig und auch belustigt an und einige Beobachter sind so angetan, dass sie sofort nachziehen. So taumelt schließlich eine kleine Traube Halbnackter durch das Viertel, um ständig und zu jedem Anlass die Mäntel zu öffnen, der Effekt hat einen hohen Ansteckungsfaktor.

Wenn ich nicht unterwegs bin oder mich anschließend von einem mehr oder weniger schweren Kater erhole, sitze ich zu Hause, um zu »arbeiten«. Was man so »arbeiten« nennt. Zwar erscheint das Wort »Arbeit« unpassend, aber das Komponieren von abwegiger Musik, das Erschaffen von Texten für diese Stücke ist ja auch »Arbeit«, selbst wenn mir das Wort genauso unsympathisch erscheint wie das Wort »Hobby«. Diese Tätigkeiten sind einfach ein selbstverständlicher Teil meines Lebens. Alles ist selbstgewählt und selbsterschaffen, wir sind reine DIY-Wesen, wir bestehen aus selbstproduzierter Kleidung, Phantasienamen und aus unserer eigenen Kunst, nichts ist vorgefertigt oder kommt von der Stange, das haben uns Malcom McLaren und Vivienne Westwood sorgfältig eingebläut.

SEI, WAS DU TUST.
TU NICHTS, WAS DU NICHT SEIN WILLST.

Ich sitze häufig in meinem Zimmer auf dem himmelblau lackierten Fußboden und suche nach guten Akkorden und Melodien auf meiner Akustikgitarre. Ich würde ein Himmelreich für einen Mehrspurrekorder geben, aber so ein Konstrukt ist schlicht unbezahlbar, kostet mehrere Hundert Mark und meine Rücklagen tendieren schlichtweg gen Null.

Um in Punkkreisen nicht einfach der nächste Shouter zu sein, der gegen Gesellschaft und Staat anbrüllt, hab ich mir ein eigenes Showkonzept überlegt: Ich möchte als eine Art junger Kollege von Elvis Presley aus Las Vegas angeliefert worden sein, mit glamourösem Showanzug und strassbesetztem Sombrero, um mit englischem Slang selbstgeschriebene deutsche Schlager zu singen. Dazu muss ich sagen, dass ich persönlich überhaupt gar keinen Schlager höre, er interessiert mich auch nicht, höchstens wegen seiner Klischees, wegen seiner Glattheit und Verlogenheit, das trifft einen Nerv meines Humors. Ich schreibe also Schlagersongs, nicht weil ich sie liebe, sondern weil ich es kann, diese Art von Formeln bilden sich ganz von selbst in mir und tauchen auf wie die Gärblasen an der Oberfläche eines Güllesees.

Abendrot – ohoho
Manuela ist schon lange tot – ohoho
Eine Träne findet ihren Weg
Grüß Manuela von mir – grüß sie von mir

Zumindest in Punkkreisen ist die Kontroverse gesetzt – was soll das? Darf der das? Verstößt das nicht gegen alle Regeln des schlechten Geschmacks? Man muss dazu sagen, dass die Punkregeln noch strenger sind als die Spießerregeln: Kleider und Sprachcodes, Benimmformen, Hierarchien, alles eins zu eins gespiegelt – in Müll. Und wegen der eigenen Punk-Spießigkeit hat sich ein Satellit vom Mutterplanet Punk gelöst: Funpunk. Die Bands dieser neuen Form empfinden sich zwar auch als antibürgerlich und politisch, aber auch als hedonistisch, es geht darum, die verrosteten Fesseln des Hardcore und der Political Correctness zu sprengen und so etwas wie Freude in die Anarchie zurückzutragen. Da ich selbst ein schlechter Punksänger bin, versuche ich, den Nimbus des Funpunk mit dem Glam amerikanischer Showstars und dem in Punkkreisen provozierenden Gestus des deutschen Schlagers zu koppeln. Ab und zu drängen mich meine Freunde von den Zitronen dazu, in den Punkläden in der Hafenstraße nachts auf den Tisch zu springen und einen meiner Songs zum Besten zu geben, was ich auch tue. Eine Hälfte der Anwesenden johlt mir begeistert zu, während die andere sich genervt abwendet oder darüber debattiert, ob man mich nicht einfach von der Bühne prügeln kann. Ich singe, dass man sich »Liebe nicht kaufen kann« und die Hardcore Punks im Hintergrund skandieren »Aufhörn!«, »Holt das Schlagerschwein da runter!«, »chauvinistische Spießersau!« Die Aufregung ist groß – in diesen Jahren ist alles politisch und wird debattiert, ein falsches Wort bringt dich auf unterschiedlichste Abschusslisten und ich habe anfangs keine Ahnung vom Sprachkanon und den Benimmregeln dieser strengen Welt. Die Zitronen allerdings und mein Malerfreund Daniel sprechen mir zu, vielleicht auch, weil sie sich insgeheim und klammheimlich über den Ärger freuten, den mein planloser Auftritt verursachen wird. Nach einem meiner Auftritte gibt es eine Debatte, in der sich Politleute über das angeblich reaktionäre Weltbild meiner Texte aufregen.

Die Zitronen haben mir versprochen, mich als »Vorband« mit auf Tournee zu nehmen. Man will mich sogar mit dem Chef des sogenannten Weserlabels, auf dem die Zitronen ihre Platten veröffentlichen, bekannt machen. Fabsi, ehemaliger

Drummer von ZK, der Band, aus der die Toten Hosen hervorgegangen sind, wird bald nach Hamburg kommen. Zu diesem Anlass will man ein Treffen zwischen ihm und mir arrangieren. Das sind unglaubliche Versprechungen für mich, schließlich sind die Zitronen gerade DIE Shooting Stars am deutschen Funpunkhimmel. Mit ihnen touren zu dürfen, wäre mehr als nur eine Auszeichnung. Aber darüber hinaus auch noch den Ex-Drummer von ZK kennenlernen zu können, dem Vernehmen nach mittlerweile ein mächtiger Plattenboss, und womöglich bei ihm eine Platte herausbringen zu können – völlig undenkbar!

Kurze Zeit später kommt Fabsi tatsächlich nach Hamburg und wir treffen uns nachts mit den Zitronen im Totenschiff. Fabsi ist deutlich älter als wir, vielleicht schon Mitte dreißig, aber gekleidet nach modernster Funpunk-Manier: Schlafanzughose, Rüschenhemd, zerfetzter Mantel, blau gefärbte Haare und er spricht einen schweren Düsseldorfer Dialekt. Er bittet mich in seinen roten VW-Bus vor der Tür und dort spiele ich ihm ein paar meiner Songs vom Tape vor. Fabsi ist begeistert, erkennt mein angeblich brachliegendes Talent, seine Aufregung ist ihm durch einen sehr eigentümlichen Tick anzumerken, alle paar Sekunden fährt er sich mit der rechten Hand zum Mund und bläst einen imaginären Kugelschreiber in seinen Fingern an.

Hömma Jung, dat is ja der Knaller, hömma, disch bring wa ganz groß raus, dat wird der Hit, hömma! – Ffffffft.

Es wird beschlossen, dass ich eine Single aufnehme, demnächst, hier in einem Studio in Hamburg, Fabsi will sie auf seinem Weserlabel veröffentlichen und promoten und dann wird eine unglaubliche Karriere beginnen, ich werde schon sehen:

Dat wird der Knaller – Fffffft, hömma du Schellenprinz! Jetzt musse bloß noch überlegen, welscher Name uff dem Plakat steht. Roddy Dangerblood find isch nid so prall, dat is doch kein Showname von einem, der us Las Vegas kommt, hömma – Fffffft!

Ich spüre intuitiv, dass er recht hat.

FREIHEIT ODER SICHERHEIT, DAS IST HIER DIE FRAGE

An einem kühlen Frühsommertag des Jahres '86 beginne ich meinen Zivildienst in Finkenwerder. Ich fahre am frühen Morgen, bekleidet mit einem alten, dicken Salz-und-Pfeffer-Mantel meines Vaters und der roten Strickmütze von Mutter, auf der Fähre über die bleigraue und müde schlingernde Elbe in den südlich des Flusses gelegenen Stadtteil. Rentnerghetto. Drumherum Obstplantagen und Flugzeugbauer, über viele Kilometer nichts als Apfelbäume, Zigtausende, in Reih und Glied, ein gigantisches Apfelbaumheer, bereit, ganz Nordeuropa zu unterjochen. Nichts für Punks aus der Großstadt. Auch nicht für Dorfpunks. Nichts für junge Leute. Eigentlich hätte ich gerne eine Stellung in einer der innenstädtischen Einrichtungen des HSV, also des »Hamburger Spastiker Vereins«, angetreten, dort lebt man nach Freundesaussagen ein fürstliches Leben, kurze Arbeitswege, einfache Aufgaben, die Insassen sind pflegeleicht und brauchen kaum Unterstützung, extraordinäre Versorgung ist garantiert, da die Kassen gut gefüllt sind und man die Einkäufe selber bestimmen darf, also werden im »Nobel-Spar« am Großen Burstah nur die feinsten Waren vom Wursttresen geholt: Lachsschinken, Krabbensalat, italienische Salami. In Finkenwerder ist das alles anders, der Bau, an dem ich morgens um acht klingele, ist ein grober, schmuckloser Fünfziger-Jahre-Klotz mit breiter Rollstuhlrampe. In dem Komplex sind auf zwei Etagen Schwerstbehinderte untergebracht. Ein alter Mann in grauem Anzug und mit starrem Gesicht, den ich nach dem Weg zur Einrichtung fragte, meckerte in breitem Missingsch:

De Behinderten? Dor vörn in den Idiotenbunker sind de.

Seine Frau, des Hochdeutschen mächtig, setzte hinzu:

Den gesamten genetischen Ballast von Hamburg hebt se hierher verklappt! Dafür sind se sich in der Stadt zu fein, nich?

Ich lande auf der oberen Etage in einer kleinen Betreuergruppe, wir haben sechs Pflegefälle mit unterschiedlich schwersten Behinderungen zu umsorgen. Peter zum Beispiel hat Gehirnschwund, bis zu seinem dreißigsten Lebensjahr konnte er nahezu normal und selbstbestimmt leben, dann aber begann sein Gehirn sich durch eine seltene Krankheit aufzulösen. Von seiner Persönlichkeit ist kaum noch etwas zu spüren, meist sitzt er müde in seinem Sessel und stiert auf den Boden, bis es etwas zu essen gibt. Das Einzige, was er noch sagen kann, ist »Den Mist!« Sobald man aber eine Heinz-Erhardt-Kassette einlegt, erwacht Peter zum Leben, sein Körper strafft sich, er richtet sich auf, die Augen beginnen zu glänzen und er fängt an – genau an den richtigen und besten Stellen –, herzhaft und laut zu lachen. Er prustet und wiederholt die Pointen und wir Betreuer fallen mit ins Lachen ein, bis wir alle zusammen Tränen in den Augen haben. Wenn der Witz vorbei ist, sackt Peter wieder in sich zusammen und wir mit ihm. Den Mist! Sein innerster Wesenskern, den die Krankheit noch nicht zerstören konnte, ist sein Humor. Wenn der Witz doch bloß nie aufhören würde!

Es befindet sich ein weiterer, bereits etwas älterer Punk in der Betreuergruppe, er hat mich unter seine zerfledderten Fittiche genommen und mir alles Notwendige beigebracht, vor allem erklärt er mir die Charaktere der Pflegefälle, ihre Nöte und Vorlieben, die Abläufe und Strukturen der Einrichtung. Immer wieder wird unser Gespräch unterbrochen von den gutturalen

Schreien der Insassen, ich komme mir vor wie bei »Einer flog über das Kuckucksnest«. Als erster Dienst wurde mir von meinem Punklehrer aufgetragen, die Scheiße von den Wänden des Autistenzimmers zu waschen, eine würdige und passende Aufgabe.

Als ich am Abend nach dem anstrengenden ersten Tag mit der Fähre nach Hause fahre, begreife ich, dass meine so heiß ersehnte Freiheit nach den neun vergurkten Schuljahren und den drei einsamen Jahren Töpferlehre in Plön schon wieder vorbei ist. Auf nichts habe ich mich mehr gefreut, als endlich selber über meinen Tag und mein Handeln bestimmen zu können, nie wieder wollte ich etwas tun müssen, was sich andere für mich ausgedacht haben, ich wollte als freier Mann in einer freien Stadt leben, aber genau das soll mir jetzt erneut versagt bleiben. Wer hat das Recht, mich dazu zu zwingen? Wer hat die Macht, mich derart zu demütigen? Nur einer ist stark genug dafür – Vater Staat. Der mich noch lieber in die Armee gesteckt hätte. Wenigstens bezahlt er mich gut. Zum ersten Mal werde ich einen ernstzunehmenden Lohn nach Hause tragen, das Vierfache meines jämmerlichen Töpferlohns, mich erwarten monatlich 1100 Mark. Die Zeit der Schnorrerei ist vorbei, keine verächtlich herablassenden Blicke von Freunden mehr, wenn ich am Tresen schon zu Beginn des Abends blank bin. Ich werde mir Bier leisten können, Brot und Nudeln und sogar eigene Zigaretten. Ich werde ein eigenes Bankkonto besitzen, auf dem wie von Zauberhand neues Geld eintrifft, fast schon ein Tim-Thaler-Leben. Willkommen in der Erwachsenenwelt. Freiheit oder Sicherheit sind die Ufer, zwischen denen ich mich entscheiden muss. Beides zusammen gibt es angeblich nicht.

Ich drifte also zwischen den Welten, tagsüber muss ich den engagierten Pfleger geben, früh aufstehen und meine Schicht durchziehen, und nachts am Tresen gleichzeitig meine Person und meine Position weiter ausbauen, das ist ein Investment in die Zukunft, wenn endlich die Zeit meiner letzten Versklavung vorbei ist und ich mich ganz der Welt der Kunst übergeben kann.

Häufig übernachte ich zur Zeit bei Frenchy, die die Langmut besitzt, mich in meiner Wildheit und Unklarheit aufzunehmen und mir ein wenig Ruhe zu spenden. Sie bewohnt eine eigene kleine Wohnung in einer umgebauten Garage, die meist unser Treffpunkt ist. Frenchy ist ihrem Wesen nach viel aufgeräumter als ich, viel zielgerichteter, weiß, wer sie ist und was sie will, und von dieser Ruhe und Entschiedenheit, aber auch von ihrer Zärtlichkeit und Zugewandtheit zehre ich. Wenn ich nach durchwachten Nächten völlig fertig von meinem Pflegedienstjob komme, weil ich in der Einrichtung nicht schlafen kann und Panik schiebe, übernimmt sie den Job, wiederum mich zu pflegen. Sie gibt mir, was ich nicht aus mir selber generieren kann: Liebe, Ruhe und Sicherheit. Dafür liebe wiederum ich sie aufrichtig. Dafür und für ihre Art zu sein, ihre Klugheit, ihren Musikgeschmack, für ihren Gang, ihr maliziöses Lächeln, ihre Körperlichkeit und dafür, dass sie meinen Humor versteht. Und manchmal, wenn in der Großen Freiheit besonders gute Konzerte laufen, winkt sie mich umsonst durch.

Alle paar Monate fahren wir gemeinsam mit der Bahn aufs Land, um unsere Eltern zu besuchen, lassen uns von Mutter im grünen Volvo am Bahnhof Malente Gremsmühlen abholen und verbringen besinnungsreiche Tage im Schoße unserer Familien. Am Wochenende gehen wir abends auf den Hessenstein zum Wirt meines Lebens: Peter Marxen. Dort, an seinem Landhaustresen, mitten im Wald, auf dem zweithöchsten Punkt Schleswig-Holsteins, mit Blick über die norddeutsche Flachebene und das Meer bis nach Dänemark, treffen sich in solchen Nächten all die Abkömmlinge und Ziehkinder, die durch Peters Lehre gegangen sind. Und jedes Mal ist es, als würde ich mich an einem langen Seil in den Brunnen meiner Jugend hinablassen, denn dieser Ort und sein Wirt verändern sich nicht, hier ist die Zeit stehen geblieben. Meine Punkfreunde und mich hat Peter durch Alkohol tresentreu gemacht und wie die Zauberschüler kehren wir regelmäßig zum Meister zurück, um ihm Tribut zu zollen. Tribut durch Geschichten aus aller Welt, die wir ihm berichten – und natürlich durch das Geld, das wir in der Fremde verdienen. Denn während wir in unseren Jugendjahren so gut wie nie unsere Rechnung bezahlen mussten, lässt er uns nun doppelt zur Kasse, das Geld muss ja irgendwann wieder reinkommen. Dann stehe ich dort am ewig gleichen Tresen und weiß manchmal nicht genau, welches Jahr es ist. Dies ist der zeitfreie Raum, nach dem ich mich immer gesehnt habe, die Kammer, in der die normalen Regeln der Welt, des Alterns, der ewigen Veränderung, des Verfalls aufgehoben sind. Es ist phantastisch und schrecklich zugleich, denn so sehr man sich nach Zeitlosigkeit sehnt, wenn sie tatsächlich eintritt, verliert das Leben seinen Sinn, nichts hat mehr Priorität, alles scheint unterschiedslos und auf verlorene Weise egal. Zum anderen muss man diese Kammer am Ende irgendwann doch wieder verlassen, und draußen ist die Zeit weitergewandert und zieht einen mit doppeltem Sog und Tempo in ihre Geschehnisse. Wenn, dann sollte man schon für immer in dieser Kammer und ihren Umständen bleiben, bis man zu einem in Kirschbrand eingelegten Geist außerhalb der Sphären der Sterblichen wird.

Peter hat von 1970 bis 1980 das Onkel Pö in Hamburg geleitet, an seinem Tresen sind Udo Lindenberg, Marius Müller-Westernhagen und Otto Waalkes groß geworden und manchmal, zu fortgeschrittener Stunde, erzählt Peter, wie er mit Udo dessen erste LPs produzierte. Uns 16-jährige Dorfpunks hat er vor einigen Jahren, als wir ziellos nach Abenteuer suchend die Gegend durchstöberten, an Kindes statt angenommen und uns einen lebenslangen Platz an seinem Tresen zugewiesen. Und wir kamen immer wieder, auch als wir schon längst keine Dorfpunks mehr waren. Irgendetwas hatte ich in Peter gefunden, das mir mein Vater nicht geben konnte oder wollte. Ich vermute, es war Initiation. Einweihung in die Welt der Männer und der Erwachsenen. Soziale Zusammenschweißung durch nächtelange konspirative Trinkrunden in seinem Waldversteck. Wenn wir im ersten Morgengrauen durch den Wald zurück zu unseren Betten wankten, wenn der Rausch sich langsam in der aufgehenden Morgensonne verflüchtigte und die Klarheit des neuen Tages aufzog, waren wir ein weiteres Stück miteinander verwachsen.

Bevor Frenchy und ich in den Moloch Großstadt zurückkehren, versucht Mutter immer ängstlich auszuloten, ob ihre Kreation nicht bereits unwiederbringlichen Schaden genommen hat. Ob sie mich nicht vielleicht doch dazu bewegen kann, zurück nach Hause aufs sichere Land zu kommen. Gleichzeitig ist ihr aber auch anzuspüren, wie sehr sie ihre neue Freiheit genießt und sich danach sehnt, dass wir endlich wieder abschieben, damit sie uns nicht ständig hinterherräumen muss. Lebensdisput Krümel auf der Brotmaschine.

WAS KOSTET LIEBE?

Der Tag meiner ersten Studioaufnahme steht vor der Tür. Ich habe eine kleine Band aus Freunden vom Land zusammengestellt, in ihr wirken Hardy Kayser, seines Zeichens bester Gitarrist des Kreises Plön, vielleicht sogar ganz Norddeutschlands, Migel, alter Punkfreund und Bassist aus Lütjenburg und an den Drums der legendäre Maler und Cartoonist Ernst Kahl, der es sich in den Kopf gesetzt hat, meinen musikalischen Durchbruch durchzusetzen, warum weiß ich nicht, vielleicht spiegelt er sich in meiner Jugend. Außerdem begleitet uns eine mit Hardy befreundete Violinistin namens Susi Schulz und zwei ebenfalls legendäre Sängerinnen: die Underground-Countrydiva Calamity Jane und Elli T. Sex, Frau von Plattenboss Fabsi. Auch Schorsch und Aldo Moro von den Zitronen sind anwesend, um mich zu supporten und mir die Aufregung zu nehmen, schließlich haben sie schon Plattenaufnahmen hinter sich gebracht.

Im kleinen White Noise Studio spielen wir an einem Tag zwei Songs ein, ich bin überdreht und planlos zugleich, denn zum ersten Mal erlebe ich den Akt der Mehrspuraufnahme, die Schichtung von Sound auf Sound, Instrument auf Instrument, die Vermengungen von Akkorden und Melodien, es erscheint mir wie ein Wunder. Speziell Hardy und Ernst kennen sich gut aus und arbeiten sehr gezielt und versiert, erst wird das Drum/Bass/Rhythmusgitarren-Fundament gelegt, dann schichtet Hardy gekonnt weitere Sounds und Melodien darüber und ein kleines Kunstwerk erwächst vor meinen flackernden Augen. Am Ende ist mein Gesang an der Reihe und ich bin echt enttäuscht, als ich die ersten Aufnahmen höre, denn ich kann meine Stimme überhaupt nicht leiden. Zu gepresst, zu ungenau, zu überbordend ist die Attitüde – ich will einfach zu viel und löse es nicht ein. Ernst arbeitet mit mir am Gesang und nach vielen Wiederholungen ist das Ergebnis irgendwann auch für mich passabel. Als dann auch noch die Frauen ihre luziden Chöre über meine Spuren legen und ich mich in meiner Nacktheit halbwegs ummantelt wähne, bin ich erlöst.

Am zweiten Tag wird abgemischt. Unser Engineer Joschi komprimiert die Instrumente, verteilt sie im Stereobild und versieht sie mit Hall und Echoeffekten, ein Soundpanorama klappt auf, Höhen und Tiefen erscheinen, Doppelklänge reiben sich, Bedeutung wird sichtbar, Magie und Größe. Langsam begreife ich, wie die Songs meiner Idole entstanden sind, denn auch die Giganten, auf deren Schultern wir stehen, haben so gearbeitet wie wir. Am Ende des Tages wird der finale Mix auf ein weiteres Tonband gezogen, um es ins Presswerk zu schicken. Meine Freude ist unermesslich und ich bedanke mich unter Zuhilfenahme alkoholischer Getränke überschwänglich bei der Runde meiner Unterstützer.

In dieser Nacht schlafe ich bei Schorsch Kamerun in seiner Wohnung gegenüber den Hafenstraßenhäusern und am nächsten Morgen steige ich unausgeschlafen, mit reichlich Restalkohol und ziemlich überdreht in die Badewanne, um mich von den Spuren der Nacht zu reinigen. Über der Wanne hängt ein Sylvester-Stallone-Plakat vom neuesten Rocky-IV-Film, das Schorsch wohl eher aus ironischen Gründen aufgehängt hat. Auf einmal weiß ich, wie ich heiße: Rocko Schamoni! Der Nachname steht mir wie eine Eingebung vor Augen. Rocko Schamoni, das ist deutlich stärker als Roddy Dangerblood, das klingt glaubhaft, groß, eigen, nach Welt, nach Showbizz, das klingt wie Adriano Celentano, das bleibt hängen, das glitzert. Ich springe aus der Wanne, ziehe meine Bundeswehrhose an und binde mir einen Patronengurt um den nackten Oberkörper, dann stürme ich mit einem herumliegenden Luftgewehr in Schorschs Zimmer und schreie wie entfesselt: »Rocko Schamoni! Töten!« Schorsch und seine Freundin Kitty winken müde ab, versuchen mich abzuschütteln wie eine lästige Schmeißfliege, um weiterschlafen zu können.

Jaja, sicher, Rocko, töten, alles klar, haben wir verstanden, nur: Bitte mach das woanders, bis später, Roddy!

Dennoch: Der Name ist gesetzt. Fabsi, den ich anrufe, um ihm von meiner neuen Existenz zu berichten, ist sofort begeistert.

Hömma Jung, dat is genial, dat isn echter Showname, dat hat Klang, dat hat Klasse, dat hat Jesicht, dat riecht nach Welt, damit kann dich jetzt keiner mehr aufhalten, hömma, Ffffft!

In den folgenden Tagen bastele ich zu Hause das Cover meiner Single aus Fotos, durchsichtigen Folien und mit farbigen Edding Finelinern, ich möchte alles selber gemacht haben.

Rocko Schamoni
Liebe kann man sich nicht kaufen

Nach Abgabe meiner Arbeit beim Grafiker heißt es abzuwarten, bis alles zusammengefügt ist und ich die fertige Single in meinen Händen halten kann.

Ich bin in diesen Tagen nervös und versuche meine Nerven zu beruhigen, indem ich sie in Alkohol einlege. Fragwürdige Technik. Hinzu kommt, dass in besonders feierlichen Momenten auch ab und zu Speed angeboten wird. Speed ist die Droge, die Andy Warhols Factory unter Hochdruck gehalten hat, und auch die rohe Gewalt des Londoner Punkrock im Umfeld der Pistols ist diesem Turboantrieb zu verdanken. Speed ist billig, überall zu bekommen und enorm wirksam. Vor kurzem bekam ich nachts eine extradicke Portion im Totenschiff serviert und konnte mich vor lauter Kraft und Überdrehtheit kaum auf den Beinen halten. Als ich nach durchgemachter Nacht am Morgen mit der Fähre zum Zivildienst fuhr, war ich immer noch voll drauf, und die Passanten auf den Bänken neben mir beobachteten argwöhnisch mein nervöses Gewippe und Gelache. Es war ein Samstagmorgen, für diesen Tag war ein Ausflug mit den Insassen meiner Einrichtung an die Elbe vereinbart. Ich machte mich mit einem Elan an die Ausflugsvorbereitungen, der den anderen Pflegern unbekannt an mir war, schmierte pfeifend Stullen, lud Kleidung und Rollstühle in den Transporter und umzirzte unsere Pflegefälle, die sich von meiner guten Laune anstecken ließen. Wir fuhren auf einen Elbdeich westlich von Finkenwerder, luden die Rollstühle aus und schoben alle an das Wasser des Flusses, die Sonne schien und meine Mitstreiter beobachteten mich verwundert. Irgendwann allerdings war das Reservoir an Amphetamin in meinem Körper aufgebraucht und dieser Moment kam ziemlich plötzlich. Innerhalb von wenigen Minuten spürte ich, wie meine Energie versickerte, eine klirrende Kälte machte sich in meinem Inneren breit, meine gute Laune war verpufft, an ihre Stelle traten Panik und Unsicherheit. Angstschweiß rann mir von der Stirn und ich versuchte alles, um meinen plötzlichen Stimmungswandel zu verbergen. Ich überlegte, einfach in die nahe Elbe zu rennen und mich wegschwemmen zu lassen. Mich im Erdboden zu vergraben. Wenn ich mich um die Behinderten kümmerte, versuchte ich mühsam die Rolle auszufüllen, die ich bis vor kurzem spielend geben konnte, es war ein bizarres Theater, das meinen Kollegen nicht verborgen blieb. Ich glaube, sie ahnten, dass ich auf Drogen war, und behandelten mich irgendwann einfach wie einen weiteren Pflegefall, den sie jetzt eben noch dazu bekommen hatten. Still und beklommen brachte ich unseren Ausflug zu Ende und fuhr am Ende des Tages völlig erledigt und seelisch erodiert zurück in die Schanze, um in meiner Wohnung die Vorhänge zuzuziehen und einfach wimmernd abzuwarten, bis das schwarze, eisige Unglück vorübergezogen war.

EIN KESSEL GEWALT

Von meinem ersten Lohn habe ich mir ein neues Fahrrad gekauft, das – soweit ich es beurteilen kann – erste Mountainbike Hamburgs, so eines fährt zumindest niemand, den ich kenne. In einer Fachzeitung hatte ich von solchen Rädern gelesen und dann so lange in Zeitungen danach gesucht, bis ich auf ein Angebot stieß. Ich bestellte es und bekam es einige Wochen später zugeschickt. Es ist ein grobklotzig zusammengeschweißter Importartikel aus irgendeinem asiatischen Land, unglaublich schwer, unförmig und mit extrem dicken blauen, gummibenoppten Reifen, ein so absurdes Rad gibt es in Hamburg kein zweites Mal. Tagelang cruise ich stolz und durch das enorme Gewicht atemlos durch Sankt Pauli, Altona und die Schanze, malträtiere Kantsteine, übe Sprünge und riskante Fahrparcours.

Am Sonntag ist die Stadt voll mit Menschen, die eine Spontandemo für »ein Recht auf Demonstration« und »gegen Polizeiwillkür« abhalten, es geht um das brutale Vorgehen der Polizei in Brokdorf. Die Katastrophe von Tschernobyl ist erst zwei Monate her und die Öffentlichkeit extrem sensibilisiert für das Thema Atomkraft, die Stimmung auf Anti-AKW-Demos ist dementsprechend aufgeheizt. Ich umkreise mit meinem Spezialgefährt – das genau für solche Fronteinsätze gemacht zu sein scheint – die Demo und betätige mich als Melder, fahre durch Seitenstraßen, scanne, wo die Bullen aufziehen, und gebe das ein paar Straßen weiter an die Streetfighter durch. Am frühen Nachmittag allerdings ziehen sich die Polizeikräfte unerwartet schnell um den Feldstraßenbunker zusammen und schaffen es, Hunderte von Demonstranten auf offener Fläche einzukesseln. Ich umkreise den menschlichen Wall aus Beamtenleibern mehrmals, aber es gibt kein Schlupfloch. Die im Inneren Stehenden können sich kaum bewegen, sie müssen darauf hoffen, dass sie rausgelassen werden, was die Einsatzleitung genussvoll verweigert. Dieses Spektakel zieht sich über Stunden hin. Irgendwann bilden die Eingekesselten eine zweite Menschenmauer, in der diejenigen, die unbedingt auf Toilette müssen, ihre Notdurft verrichten können. Gegen Abend solidarisieren sich etliche Taxifahrer mit den Delinquenten im Kessel und starten ein massives Hupkonzert gegen die Polizeiaktion. Die Uniformierten, die sich provoziert fühlen, fallen über die Taxis her, kleine mobile Trupps sprengen vor, knüppeln auf die Wagen ein, brechen Seitenspiegel ab und zerschlagen Windschutzscheiben. Erst gegen Mitternacht werden die nahezu tausend Festgehaltenen abtransportiert und auf verschiedene Hamburger Wachen verbracht. Ich bin schockiert, so etwas habe ich noch nie erlebt. Das ist also der Polizeistaat, von dem im Hafen immer alle sprachen, ich dachte, das sei eine Übertreibung, eine Besetzerphantasie gewesen, aber nun hab ich das Gefühl, die brutale Wahrheit gesehen zu haben. Die, die im Hafen gegen mich und meine Songs waren, die sich so griesgrämig ernst und verbohrt zeigten, vielleicht haben sie doch recht und ich sollte statt meiner Schlager-Ironie besser Polittexte schreiben?

Ein paar Tage später klingelt der Briefträger an unserer Tür im vierten Stock, um mir ein Paket zu bringen. Aufgeregt trage ich es in mein Zimmer, denn ich ahne, was darin ist: meine Single in einem Falzkarton, genauer gesagt zwanzig Stück davon, meine Freiexemplare. Ich kippe vor Freude fast um, hier in meinen Händen liegt der Beweis für meine Existenz, mein Sein auf Erden, der Sinn meines Lebens – mein Werk.

Wenn serielle Kunst hergestellt wird, wenn sie reproduziert ist, wenn sie dann veröffentlicht und in die Welt geworfen wird, dann stellt sich ein anderer Ernst und Wert ein, auf einmal ist das keine Phantasie mehr, kein Traum, keine Schwärmerei und keine Schwätzerei, sondern Wirklichkeit, dieses Statement gilt von da an für alle Zeiten. Man selbst wird dadurch ein Anderer, man wechselt von der Seite der Fans, Träumer und Phantasten auf die Seite der Aktiven, der Erschaffenden, der Produzierenden, der Ermächtigten. Dieser Effekt steigert sich von Produkt zu Produkt und eine Legende erwächst. Deine Geschichte, deine Qualität und Bedeutung sind jederzeit messbar an der Spur der Produkte, die du hinterlassen hast. Du steigst ein in das Ranking der Gesellschaft, dümpelst erst auf den unteren Plätzen mit allen anderen Unbedeutenden herum, aber dann, mit der wachsenden Anzahl deiner Veröffentlichungen, steigst du langsam auf und die Gesellschaft erblickt dich. Du gehst – wenn du alles richtig machst – aus ihr hervor wie ein strahlender Feuervogel, steigst immer höher und irgendwann bist du ganz oben, von allen geschätzt, geliebt und beneidet, heißt John Lennon und wirst erschossen.

Dies ist mein erster Schritt in die Geschichte, fühle ich intuitiv. Ich bin noch jung genug zu glauben, dass Popmusik von Bedeutung ist. Dass sie mit den anderen Künsten konkurrieren kann. Von gesellschaftlicher Relevanz ist. Mag ja sein, dass sich das für Ältere anders anfühlt, für mich aber nicht.

Am Nachmittag desselben Tages ziehe ich mich gut an – ich trage mein selbstgeschneidertes Showdress, einen Siebziger-Jahre-Anzug mit Pailletten und goldenen Knöpfen – und ziehe mitsamt einer Jutetasche mit meinen Singles durch die Plattenläden der Innenstadt. Ich möchte die Teile selber an den Mann und die Frau bringen, sie in den Stores anpreisen und habe mir einen Wettbewerb ausgedacht: Wer die meisten Singles verkauft, bekommt ein Konzert mit mir im Laden. Ich habe allerdings nicht bedacht, dass meine Figur in diesen Shops so gut wie unbekannt ist, die Händler reagieren irritiert bis abweisend: Was will der junge, schmutzige Spinner, noch nie von ihm gehört. Einige legen die Single auf, die meisten können nichts damit anfangen, das ist ne Art deutscher Country Chanson, wer will denn sowas hören? Michael Ruff, legendärer Sänger der Geisterfahrer, Chef des Ruff Trade Plattenladens lacht mich aus, behält aber drei der Singles an der Kasse. Am frühen Abend kehre ich im Subito ein, einem der wichtigsten Underground-Szeneläden, um mich kurz bei einem Bier von der endlosen Latscherei und dem misslungenen Promo-Gelabere zu erholen. Der Wirt Kasper kennt und mag mich, er schnappt sich meine Single und legt sie auf den Plattenspieler, im Gegensatz zu den Plattenhökern gefällt sie ihm gut. Ich beschließe also, gleich am Tresen sitzen zu bleiben, um von hier aus die Welt zu erobern. Den ganzen Abend über spielt Kasper »Liebe kann man sich nicht kaufen«, vielen der älteren, ultracoolen Hamburger Undergroundvögel sind Sound und Text ein Graus, keine Härte ist darin, keine Radikalität, keine Kälte, nur der Glaube, mit Liebe die Welt heilen zu können, ein überkommener frommer Hippiewunsch, eine Schlagerfloskel, mit einem Wort: uncool. Anderen aber, wichtigen Impulsgebern wie Salvatore Vanasco oder Klaus Maeck gefällt der Song. Und meine Gestalt. Vielleicht ist es auch einfach nur mein purer Wille zum Strahlen, der sie blendet. Denn das möchte ich unbedingt: dabei sein, dazugehören zur großen Familie der Kunst.

Als ich am nächsten Tag mit dem üblichen Schmierfilm im Kopf in meinem Bett in der Kampstraße erwache, ist der Beutel mit meinen Singles verschwunden. Ich habe ihn im Suff am

Tresen des Subito liegen lassen. Am Abend kann ich ihn abholen, er ist auf dem Boden gefunden worden, die meisten der Singles sind zertrampelt.

DER JOKER

Peter Maffay dreht einen Film auf Sankt Pauli, den »Joker«. Es gibt viele Einstellungen unten am Hafen, als Cateringort wurde das Totenschiff angemietet, dessen Betreiber Holger und Jan das Geld gut gebrauchen können. Die meisten Punks verachten Peter Maffay und finden es absolut uncool, dass dieser Schlagerfutzi in ihren heiligen Hallen campiert. Mich aber interessiert er, weil er ja aus dem Lager derer kommt, die ich in meinen Songs imitiere und mit deren Gestus ich in Punkkreisen so viel Irritation auslöse. Diesen Mann muss ich untersuchen, vielleicht von ihm lernen, mir etwas abschauen, vielleicht hat er sogar Ideen für meine Karriere, kann mich getarnt in die heiligen Tempel der Spießigkeit schleusen. Ich schlage also an einem der Drehtage mittags im Totenschiff auf und setzte mich an den Tresen, um durch die Fenster den Dreh zu beobachten. Ständig kommen Crewmitglieder herein und versorgen sich mit Kaffee und Brötchen, und irgendwann steht auf einmal Maffay vor mir, klein, drahtig, in Jeans und Leder gekleidet, mit zugekniffenen Augen die Szenerie musternd, eher Actionheld als Schlagerstar. Er bleibt mit seinem Kaffee am Tresen stehen, hat wohl eine Drehpause. »Und wer bist du?« Sein etwas amerikanisch wirkender Slang beweist eindeutig: Dies ist der berühmte Hitparadenrocker. Er taxiert mich in meiner engen Skihose, dem weit geöffneten 60er-Hemd mit den gedruckten Kranichen darauf und den kurzen, weißblond gefärbten Stachelhaaren. Ich versuche, ebenso cool rüberzukommen wie er, und erkläre ihm, wer ich bin, nämlich Rocko Schamoni – Showstar und Sänger – aus Las Vegas natürlich. Maffay, in Ermangelung besserer Gesprächspartner, ist interessiert, fragt nach, was ich gemacht habe, ob ich etwas vorzuweisen hätte. Ich habe eine meiner heil gebliebenen Singles dabei und lege sie auf. Was kostet Liebe? Maffay ist beeindruckt, ich bin augenscheinlich kein Blender, ich hab ne eigene Single, kann Songs schreiben, der Text ist zumindest aus seiner Schlagersängerwarte nicht schlecht, wenn ihm auch Sound und Gesangstechnik noch verbesserungswürdig erscheinen. Er lädt mich ins Hinterzimmer ein und wir spielen eine Runde Billard zusammen, Maffays Bodyguard ist immer in seiner Nähe, ich könnte ja auch ein wahnsinniger Psycho sein. Wir reden über Unabhängigkeit und Abtrünnigkeit, über meine Zerrissenheit, die Gesellschaft einerseits abzulehnen, aber gleichzeitig erfolgreich sein zu wollen. Maffay hört aufmerksam zu und scheint sich in meinem jugendlichen Aufbegehren wiederzufinden.

Rocko (gerolltes R), ich kann dich gut verstehen, du gehörst nicht zu den Bürgern, du gehörst aber auch nicht wirklich zu den Antibürgerlichen. Du stehst dazwischen. Du musst deiner Natur nach ein Mischblut sein, ein Halbindianer, verstehst du?

Er blickt mich durchdringend an, mit dem Gestus eines Stammeshäuptlings. Ich verstehe ihn nicht wirklich, tue aber so, als ob.

Äh, ja, genau, Peter.

Er nickt langsam und lässt eine lange Kunstpause.

Weißt du was? Du gefällst mir. Ich hab jetzt gleich Drehschluss. Dann fahr ich dich nach Hause, in meinem Range Rover.

Eine halbe Stunde später fahren wir ab. Der legendäre Peter Maffay cruist in seiner dickbereiften Superkarre mit mir durch Sankt Pauli und die Schanze, erzählt aus seinem Leben und liefert mich irgendwann zu Hause ab. Wer hat denn so was schon mal erlebt? Allerdings – gesehen hat uns niemand und als ich es später herumerzähle, lacht man mich aus. Die eine Hälfte, weil sie mir nicht glauben, die andere Hälfte, weil sie nie in den Range Rover von Peter Maffay steigen würden.

Am Wochenende ist die Abschlussparty vom »Joker«-Dreh im Totenschiff. Vom Schlachthof habe ich mir einen Eimer Schweineaugen besorgt (die lagen da zu Hunderten im Müll herum) und sie zu »Horror Hamburgern« verarbeitet. Mit denen tauche ich am frühen Abend im Totenschiff auf. In meinem Verkaufskörbchen liegen in Servietten gewickelt frische Brötchen mit Salatblatt und einer Käsescheibe. Wenn man sie allerdings aufklappt, ist der Anblick schockierend: Ein echtes Auge samt Sehnerven schaut dich an. Dazwischen liegen in Aluminium eingewickelte, mit rosa Schleifchen zugebundene »Trüffel d'amour«, das sind einfach nur Schweineaugen ohne irgendetwas. Ich biete meine Ware feil und einer der anwesenden Saufpunks ist so gierig, dass er in eins meiner Brötchen beißt, ohne vorher nachgeschaut zu haben, was drauf ist. Das Augenwasser spritzt ihm aus dem Mund, als er realisiert, worauf er gebissen hat, übergibt er sich. Maffay muss über den Gag herzlich lachen und verspricht mir eine Einladung in sein Red Rooster Tonstudio am Starnberger See. Dort würden wir beide mal »ne richtig schöne Session« abhalten. Ich bin freudig erregt, das ist definitiv der nächste Step, mit Maffay – in seinem eigenen Studio – Songs aufnehmen, das könnte der Durchbruch sein, wohin auch immer. Kurz nachdem diese Einladung ausgesprochen ist, nimmt mich der Bodyguard beiseite:

Hör mal, Rocky oder wie du heißt, ich möchte dich nicht enttäuschen, aber das mit der Aufnahme kannst du vergessen.

Was? Wieso das denn?

Du, der Boss lädt immer und überall Leute ins Studio ein. Aber wenn die dann auftauchen, weiß er davon nix mehr und dann dürfen die wieder abschieben. Komm lieber gar nicht erst vorbei, sonst muss ich dich wegschicken. Verstehste?

Ich bin echt enttäuscht. Wie kann mein neuer Freund mich nur so behandeln? Ich habe noch nicht gelernt, dass Begegnungen im Showbiz oft oberflächlicher Natur sind. Man trifft aufeinander, begeistert sich füreinander, ein Strohfeuer flammt auf, das schnell, hoch und wunderschön brennt, das aber auch genauso schnell wieder abgebrannt ist. Ich denke, wer sich einmal so angeregt unterhalten hat, ist fürs Leben befreundet. Definitiv ein Trugschluss.

In diesem Jahr haben wir wunderbare Nächte im Totenschiff. Der Ruf des Ladens hat sich im ganzen Land herumgesprochen und Punks aus vielen Städten reisen an. Die Toten Hosen – unsere Freunde und unbestrittene Szenematadoren des Funpunk – kommen aus Düsseldorf, um im Totenschiff Coverfotos für ihre LP »Damenwahl« zu schießen. Aus purer Freude an der Sache beschließen wir im kleinen Kreis, einen Spontanauftritt von Teilen der Zitronen, Teilen der Hosen und meiner Wenigkeit auf der Empore des Ladens abzuhalten. Unsere Idee, eine Mark Eintritt zu nehmen, wird von Jan und Holger – den Betreibern des Totenschiffs – empört zurückgewiesen. In ihrem Laden gibt es keinen Eintritt, niemals! Wir behelfen uns mit einem einfachen, aber genialen Trick: Wir fahren Fabsis alten roten VW Bus, der auf beiden Seiten Schiebetüren hat, direkt vor den Eingang der Kneipe, man kommt nicht daran vorbei. Dann setzten Schorsch, Campi und ich uns in den Bus und nehmen von jedem, der hindurch will, Eintritt. Es ist ja kein Eintritt fürs Totenschiff, sondern nur eine Transitgebühr, dagegen können auch Jan und Holger nichts einwenden. Die meisten Durchreisenden lachen und drücken ihre Mark ab, einige aber regen sich auf: »Scheiß Kommerzpunks!« Nachdem ein Teil der Einnahmen in Bier investiert ist, vergessen wir zu kassieren.

In dieser Nacht wird beschlossen, gemeinsam auf Tour zu gehen. Genauer gesagt: Die Hosen gehen auf große Tournee zum Release ihrer »Damenwahl«-LP und laden die Zitronen ein, als Vorband dabei zu sein. Zwischen diesen beiden Giganten soll ich als Solo-Entertainer meinen Slot haben, denn auch die Hosen sind mittlerweile von meinen Qualitäten überzeugt. Ich bin aufgeregt, versuche aber meine Fassungslosigkeit zu verbergen. Das, wofür andere Künstler jahrelang arbeiten, proben, konzipieren, passiert bei mir in wenigen Nächten durch die gemeinsame Einnahme von Alkohol: vom völlig unbekannten Dorfpunk zum gefeierten Bühnenstar, dem Tausende zujubeln. Denke ich zumindest.

WELTENWECHSEL

Der 29. Juli ist ein leicht bewölkter und regnerischer Dienstag. Ich bin am Nachmittag in Finkenwerder dabei, eines der Zimmer aufzuräumen, als im Radio die Meldung kommt, dass es zu einer Gewalttat im Polizeipräsidium am Berliner Tor in Hamburg gekommen sei. Mucki Pinzner, der vermeintliche Täter der Sankt-Pauli-Morde, hat erst Geiseln genommen und dann den Staatsanwalt Wolfgang Bisky, seine Frau Jutta und sich selbst erschossen. Die Meldung hallt wie ein Donnerschlag durchs Land. Ich spüre, dass diese Tat eine Zeitenwende darstellt. Dass die Geschichte des »alten Kiez« unwiederbringlich zu einem Ende gekommen ist, weil alle Protagonisten geflohen, inhaftiert oder tot sind, die ganzen Nutellas und GmbHs und all die anderen Schläger. Mit eisernem Besen hat sich das deutschstämmige Milieu selbst beseitigt und Platz für brutale junge Männer aus anderen Nationen geschaffen, die dieses Vakuum jetzt fluten werden. Angeblich sind es Russen und Rumänen, aber niemand weiß das genau, zumindest kenne ich niemanden aus dieser Welt. Die großen Clubs wie der Starclub, das Indra oder das Top Ten sind schon länger geschlossen oder dümpeln vor sich hin. Die alten patriarchalen Kiezstrukturen der Siebziger, die Faustjustiz des Paten Frida Schulz und der überdrehte Koks- und Schusswaffen-Aktivismus der Frühachtziger hat sich noch einmal aufgebäumt und ist mit dieser letzten finalen Explosion der Gewalt endgültig zusammengebrochen. Exitus Triumphalis. Soll mir recht sein. Jetzt kommt unsere Zeit.

DAS GRAUEN GEHT AUF GROSSE FAHRT

Fabsi hat die Idee, mit den Zitronen und mir als Vorband eine Tournee zu buchen, mehr oder weniger als Vorbereitung für die große Tour mit den Hosen am Ende des Jahres. Kurzerhand hat er einige Clubs und Veranstaltungsstätten im Land kontaktiert und eine zehntägige Reise zusammengestellt. Fahren werden wir mit seinem schepprigen VW-Bus und übernachten bei den Veranstaltern, entweder in den Läden oder zu Hause. Freudig erregt bereite ich mich auf diese erste große Fahrt ins Abenteuerland der Unterhaltungsindustrie vor. Ich habe noch nie auf einer richtigen Bühne gestanden, mit echtem, zahlendem Publikum, potenziellen Fans, lautstarkem Applaus, habe immer nur spontan vor Freunden meine Werke zum Besten gegeben, oder als Randgast auf den Bühnen anderer. Deshalb frage ich mich: Gehören diese Songs überhaupt in die wirkliche Welt? Wird irgendjemand außerhalb meines Freundeskreises das Zeugs verstehen? Diese Mischung aus Jonathan Richman und Udo Jürgens. Oder werde ich von all den Punks im Publikum, die ja zur Hälfte politische Hardcoreradikale sind, lautstark von der Bühne gegrölt? Die Chancen, dort zu bestehen, sind nicht eben hoch, eine riskantere Bühne als eine Punkbühne gibt es nicht.

Ich habe mir eine der billigsten Konzertgitarren mit Tonabnehmer besorgt, die es bei Musik Rotthoff am Pferdemarkt zu kaufen gab, und sitze tagelang zu Hause in meinem Zimmer, um an meinem Showkostüm zu schneidern. Ich umnähe das Revers und die Enden der Ärmel mit schwarzsilbernem Samt und bringe schwere, aus Glas geformte Diamantknöpfe an. Ein goldenes R ziert meine Brusttasche. Auf dem Kopf trage ich einen riesigen schwarzen Samtsombrero mit silberner Bestickung, den mir Andi von den Hosen geschenkt hat. Eigentlich wäre es besser, wenn ich Gitarre üben, an meinen Songs feilen, meinen Gesang konditionieren, die Texte auswendig lernen würde, um mich wirklich bühnensicher zu machen. Das aber erscheint mir langweilig und zweitrangig, gutes Aussehen und ein strahlender Name, das sollte fürs Erste reichen. Denke ich.

Frenchy wähnt mich auf abtrünnigen Pfaden. Sie kennt ja meine Labilität und weiß, wie schnell ich Versuchungen erliege. Sie ahnt, dass sie am Ende der Tour das ausgehöhlte Wrack ihres Freundes zurückerhalten wird, das sie dann wieder zusammensetzen darf. Und dazu hat sie keine Lust. Was ich verstehe. Ich für meinen Teil möchte beides: Freiheit und Sicherheit. Ich möchte sie an meiner Seite, im Leben und im Bett, aber ich möchte auch in den Genuss all der anderen Möglichkeiten und Angebote kommen. Warum soll man sich nur für einen Menschen in der Welt zurückhalten? Können wir nicht alle mit allen teilen? So eine Art Sexualkommunismus, alle geben, was sie wollen, und bedienen sich nach ihren Bedürfnissen. Es ist doch genug für alle da, was soll der falsche Geiz? Dabei geht's ja nicht um die Seriosität und emotionale Tiefe einer Beziehung, sondern um reines, körperliches Begehren, um die Lust des Augenblicks und den Augenblick der Lust, warum können wir das nicht trennen? Liebe ist Liebe und Sex ist Sex. Und manchmal trifft sich das eben und manchmal nicht. Gleichzeitig schwebt der Schatten von Aids über uns und natürlich hat Frenchy keine Lust, dass ich mir mit berauschtem Kopf in irgendeinem Kaff etwas weghole und ihr dann als Tourgeschenk mit nach Hause bringe. Verstehe ich wiederum. Sie sieht also dem Beginn meiner Live-Karriere eher skeptisch entgegen.

Ich leide an immer wieder auftauchenden Schüben starker Akne vulgaris, manchmal habe ich große offene Wunden um die Nase herum, die ich mit Zinkpaste und anderen Medikamenten behandeln muss. Am Morgen unserer Abfahrt auf Tournee höre ich von der Straße vor meinem Haus lautes Geschrei:

Fettfresse! Fettfresseeeee! Komm endlich runter!

Ich blicke aus dem Fenster und sehe Aldo Moro, den Gitarristen der Zitronen, der zu mir heraufbrüllt, der Kosename spielt auf mein eingecremtes Aknegesicht an. Aus den anderen Fenstern der Straße blicken die Nachbarn erst auf Moro, dann auf mich:

Aha, der mit dem eingecremten Gesicht, das ist also Fettfresse, endlich haben wir einen Namen zu dem Mann. Der, bei dem es immer so laut ist, der mit den komischen Klamotten und dem Cremegesicht, weißt du, Fettfresse heißt der. Entschuldigung, Herr Fettfresse, könnten Sie vielleicht Ihre Musik ein wenig leiser drehen?

Ich schäme mich zu Tode. Ich schnappe mir meinen Rucksack und meinen Gitarrenkoffer und springe die Treppen runter. Im Tourbus erwarten mich die Zitronen, Fabsi und der Zitronen-Roadie Walding, unser aller guter Freund, der ebenfalls Musiker ist und bald als Knarf Rellöm hell an Hamburgs Musikhimmel erstrahlen wird, sein Song »Eine Rockband fällt über eine Kleinstadt her« berichtet besser als jeder andere Text von den nun folgenden Ereignissen. Ich bin freudig erregt und gleichzeitig stinksauer, das allgemeine Willkommensgelächter allerdings beruhigt mich und man weist mir meinen Platz zwischen den anderen zu.

Ein Tourbus mit einem Rudel junger Männer ist ein beweglicher Ort rasanter Verrohung. Dabei geht es um verschiedene Aspekte: Man versucht, auf ein gemeinsames emotionales Niveau zu kommen. Versucht, seinen Platz in der Gruppe zu definieren und sich darin einzurichten. Versucht aber auch immer wieder, die anderen zu unterhalten und bestenfalls der Schnellste, Lauteste, Witzigste, Wagemutigste oder der Härteste der Gang zu sein. Es gibt immer neue Ideen, um die anderen zu übertreffen, und dabei sind die sozialen Regeln der Außenwelt völlig zu vernachlässigen. Abgesehen davon wird diese aufgeheizte Stimmung natürlich noch von Dosenbier und anderen Stimulanzien befeuert. Dass der Bus vom ersten Moment an so zugeraucht ist, dass man kaum noch die Hand vor Augen sehen kann, muss nicht extra erwähnt werden. Ich kann mich diesen Anforderungen nicht erwehren, im Gegenteil, ich heize die Stimmung weiter an, um gruppenintern gut dazustehen. Bereits auf halber Strecke nach Hannover sind die ersten Hosen heruntergezogen und Pobacken kleben nackt an der Seitenscheibe des Busses, um brave deutsche Kleinfamilien zu schockieren, Mütter halten ihren Kindern die Augen zu, Väter bremsen unwillkürlich, um dem Wirkungskreis unseres Psychomobils zu entkommen.

Die Auftritte im Vorprogramm der Zitronen sind anstrengend und verwirrend. Ein Großteil der Fans sind bereits gut angetrunkene Punks auf einem sehr hohen Erregungslevel, sie wollen unbedingt die Zitronen sehen, die zu diesem Zeitpunkt schnellste und energievollste deutsche Punkband, da kommt niemand ran, auch Slime nicht oder die Hosen. Wenn ich auf der Bühne auftauche, gibt es einen kurzen Augenblick der Freude, bis sie begreifen, dass ich nur ein Voract bin. Enttäuschungsstöhnen. Dann drehen sich Fans um, reden miteinander, einige versuchen mich niederzubrüllen oder mit gezielten Wurfgeschossen von der Bühne zu vertreiben. Nur wenige der Anwesenden hören mir zu und genießen, was ich da tue, ich bin eine Art überflüssiges Intermezzo, man ist hier zum Pogen, Springen, Schreien, Schlagen, nicht zum Zuhören bei einem absurden Minnebarden. Ab und zu gibt es ein paar kreischende Punketten, die mein Spiel vom großen Showstar aus Las Vegas ironisch mitspielen. Das sind meine kleinen Höhepunkte.

Meistens komme ich nach meinen vier Songs ziemlich frustriert von der Bühne, werde von den Zitronen kurz aufmunternd abgefeiert und versuche danach, meine Vergeblichkeitsgefühle im Bier zu ertränken, während ich vom Bühnenrand aus beobachte, wie Schorsch, Ted, Moro und Ale den Saal zum Kochen bringen. Die Fans rasten regelmäßig völlig aus, die aggressive Breitseite aus Krach, Hochenergie und herausgekrähten Parolen bringt sie auf Touren und um den Verstand, vor der Bühne quirlt sich ein aufgepeitscht wogendes Meer aus schwitzenden und zuckenden Körperteilen, in das Schorsch mit Anlauf und Hechter eintaucht. Teds kreischende Gitarrenklänge halten das Alarmlevel auf Höchstniveau, Ale verdrischt sein Schlagzeug nach allen Unregeln der Kunst und Moro zersäbelt seinen Bass oder kotzt in den Bassverstärker. Ich bin so stolz und eifersüchtig zugleich, in so einer Band wäre ich auch gerne Mitglied, wie gern wäre ich Mitglied in dieser Band, könnte ich doch nur Mitglied sein, gibt es nicht irgendeinen Weg, Herrgott? Leider bin ich definitiv nicht Mitglied und außerdem im falschen Fach unterwegs.

Nach den Gigs wird meist noch vor Ort mit den Fans gefeiert und wenn die dann irgendwann gehen, bleiben wir allein zurück und rollen uns auf Backstagesofas oder auf der Bühne in Schlafsäcken zusammen, manchmal gibt's auch ein paar Betten beim Veranstalter.

In wenigen Tagen komme ich völlig runter, schlafe zu wenig, betreibe kaum noch Körperpflege, stinke wie ein Skunk, esse unregelmäßig, trinke und rauche pausenlos und nehme ab und zu auch noch Drogen. Ich bin schmutzig und meine Akne wird mit jedem Tag schlimmer. Fettfresse all over the country.

Ich surfe auf meiner Labilität, kann nicht widerstehen, mich nicht raushalten oder zurückziehen, habe immer Angst, die Action zu verpassen, nicht dabei zu sein und verpulvere so meine Nerven und meine innere Ruhe. Manchmal bekomme ich Panikattacken, und die einzige Möglichkeit, das in den Griff zu bekommen, ist wiederum Bier. Gleichzeitig kann ich dieses Zu-viel-von-allem eigentlich gar nicht ertragen, ab dem dritten Tag ekelt mich der metallische Geschmack von Dosenbier und ich wünsche mir, mit all dem und vor allem mit mir selber anders umgehen zu können. So wie zum Beispiel Schorsch, der sich rauszieht, wenn es ihm zu viel wird. Der sich zurückziehen kann und keine Angst vor dem Alleinsein hat. Ich aber weiß nicht, wie das geht, es gibt sowieso keine Rückzugsräume, keine Ruheplätze, kein Ausspannen, es gibt nur die Gruppe und den Rest der Welt, mit dem ich nichts mehr zu tun habe. Es ist ein Soldatenleben, es ist ein Hundeleben.

Am schlimmsten an den Touren sind die Off-Tage. Etwa einmal pro Woche gibt es einen freien Tag, ich weiß wirklich nicht, warum. An diesen Tagen bleiben wir in irgendwelchen Nestern hängen, in den billigsten Absteigen, die zu finden sind, vermutlich nur, um reflexhaft dem Arbeitsethos der Deutschen mit ihrem einen freien Tag in der Woche nachzueifern. Wir haben nichts zu tun, langweilen uns und am Abend, wenn sonst die Bühne dem Leben Form und Struktur verleiht, erwartet uns ein kahler Kellerraum mit auf dem Boden liegenden Matratzen. Während die anderen mit ihren Nerven besser umgehen können und zumindest für diesen Tag dem Alkohol entsagen, habe ich einfach nur Panik, alleine zurückzubleiben. Und da ich weiß, dass ich niemals allein, nüchtern und früh ins Bett gehen könnte, weil ich viel zu überdreht bin, trinke ich also auch an diesen Tagen so viel, dass ich zumindest einschlafen kann. Das ist kein Trinkertum mehr, das ist eine frühe Form des Alkoholismus, ich komme aus der Spirale einfach nicht raus.

In Freiburg spielen wir bei autonomen Veranstaltern, es gibt gerade ausufernde Straßenkämpfe mit der Polizei und die Barrikaden auf den Straßen brennen. Wir werden bei dem Piratensender Radio Dreyeckland, um den es bei den Kämpfen geht, zum Interview gebeten und gelangen auf äußerst konspirative Weise zum Aufnahmeraum: Erst weist man Schorsch, Ted und mich an, in einen Kleiderschrank zu steigen. Sobald die Türen geschlossen sind, öffnet sich wie von Geisterhand der Boden und ein Loch tut sich auf, durch das wir klettern. Am Ende eines labyrinthischen, unterirdischen Gängesystems werden wir in einen Raum gebeten, in dem ein kleiner Tisch mit einem Mikrofon steht. Von dort aus wird unser Interview nach Deutschland, Österreich und in die Schweiz ausgestrahlt, es hören uns Tausende von Menschen.

In Zürich spielen wir in der legendären roten Fabrik, einem alternativen Veranstaltungszentrum direkt am Zürisee. Da ich am Nachmittag Zeit habe, frage ich die Zitronen, ob ich als speziellen Showpunkt für ihren Auftritt eine sogenannte »Fädenmechanik« bauen dürfe. Ohne zu wissen, was genau das ist, willigen meine Freunde ein. Ich besorge mir einige Rollen Band und spanne sie von den Lichttraversen vor der Bühnendecke quer durch den Raum zu einem Podest am anderen Ende der Halle. An den Fäden vor der Bühne bringe ich verschiedene Gegenstände an, einen Eimer mit Müll, einen Becher mit Kleingeld, irgendwelchen Schrott, den ich auf dem Gelände finde. Das andere Ende der Fäden verknotete ich an einem Brett auf dem Podest. Nach meinem Auftritt, der vom Schweizer Publikum mit noch größerem Desinteresse wahrgenommen wird, als ich es bereits aus unserem Heimatland gewohnt bin, eile ich voller Vorfreude zu meiner neuen Tätigkeit, denn ich bin ab jetzt »Fädenmechaniker«. Zu gewissen Höhepunkten der Zitronenshow, ich kenne alle Songs und die Abendramaturgie auswendig, ziehe ich an einem der Fäden und ein für das Publikum völlig unerwarteter Effekt stellt sich ein, beim ersten Mal werden sie mit einem Regen aus Kippen, alten Kaugummis, Hundescheiße und Bierdeckeln bedacht, die Tänzer/innen springen auseinander und blicken irritiert um sich. Zum nächsten Highlight gibt es einen Regen aus Kleingeld und viele der Saufpunks kriechen über den Boden, um sich hastig ihr Biergeld einzusammeln. Auch zerbeulte Fahrradrahmen und anderer Schrott wird zu gegebenem Zeitpunkt und nun unter Gejohle der Anwesenden von der Decke gelassen. Die Zitronen sind begeistert und bitten mich für alle weiteren Shows um Fortsetzung meiner Tätigkeit. Gerne wäre ich »Fädenmechaniker« geblieben, aber in den meisten Hallen sind die räumlichen Gegebenheiten dafür leider ungünstig.

In Bern übernachten wir nach dem nur mäßig besuchten Jugendzentrumskonzert in einem märchenhaften Flusstal unter der leuchtenden Stadt an der Aare. Wir entzünden neben dem Bus ein großes Lagerfeuer und hören Glamrock aus einem Ghettoblaster, ein paar Fans haben uns begleitet und wir tanzen zwischen den Tannen unter den Sternen und im Schein der Flammen zu »Rock n' Roll Love Letter« von den Bay City Rollers. Zu fortgeschrittener Stunde verziehen sich alle in ihre Schlafsäcke irgendwo in der Landschaft, nur ich und ein schielendes Skinheadmädchen bleiben am Feuer sitzen und versuchen uns zu unterhalten, ich kann ihren verschlungenen Schweizer Dialekt nur schwer verstehen. Es gibt noch einen letzten engen und dünnen Schlafsack, in den wir beide uns schließlich hinter einigen Tannen zwängen, und als wir drin stecken, im Dunklen, so nah, Kopf an Kopf und Haut auf Haut, stellen sich körperliche Reaktionen ein. Allerdings ist es unmöglich, aktiv zu werden, weil wir so eng aneinandergepresst sind, dass wir uns nicht bewegen können, wir winden uns durch das Gestrüpp und bleiben schließlich irgendwo keuchend liegen. Zum Glück lande ich mit dem Kopf auf einem weichen Erdhügel und bette mich wie auf einem Kissen. So schlafen wir, halb erregt und presswursthaft verbunden wie eine riesige fliegerseidene Raupe mit zwei Köpfen neben einem Wanderweg ein.

Ich erwache durch das Gefühl von brennendem Schmerz und unentwegtem gulliverhaftem Getrappel in meinem Gesicht, in den Ohren, Nasenlöchern, auf meinem Körper, in meinen Achselhöhlen. Etwas Zappeliges ist in meinen Mund geraten und ich spucke panisch aus, meiner Schlafpartnerin mitten ins Gesicht. Nach einigen Sekunden realisiere ich, dass das weiche Kissen, auf dem ich mich gebettet habe, ein Ameisenhaufen ist, wütend versucht das kleine Volk, seine Besatzer zu vernichten, mit Säure und Zangenkiefern wird an uns gearbeitet. Im selben Moment kommt etwas Großes, Schwarzes, Feuchtes ins Bild. Es ist die schnuppernde Schnauze eines Dackels, hinter dem an einer Leine sein Besitzer hängt, ein alter Schweizer im Lodenmantel, der uns angeekelt mustert. Er verzieht verächtlich das Gesicht, bleibt aber noch einen Moment stehen, damit der Hund sein Geschäft an uns verrichten kann, der pisst mir auf die Stirn, dann zockelt er weiter. Zerstochen, bepisst, panisch und verkatert springen das Skinhead-Mädchen und ich aus dem Schlafsack, um uns von den Ameisen zu befreien. Verschämt ziehen wir uns an und verabschieden uns, ohne die Sprache des anderen wirklich zu verstehen.

Die wilde Fahrt geht weiter und ich gehe zusehends mehr vor die Hunde. Manchmal spiele ich nach den Gigs noch mit meiner Gitarre in kleiner Runde vor den Zitronen und einigen Fans einen meiner Songs, das sind meine besten Momente auf Tour, denn jetzt ist mir die Aufmerksamkeit der Gruppe gewiss und der Applaus ist echt und zugewandt. Aber der Ozean meiner eigenen Wildheit hat sich geöffnet und lässt mich in sich ersaufen. Und wie prophezeit kehre ich am Ende der Tournee als abgewrackte wandelnde Leiche nach Hamburg zurück, völlig zerstört und verwirrt und dem großen Ruhm kein Stückchen näher.

Drei Tage liege ich in Frenchys Bett, die Besseres zu tun hätte, als das geborstene Gerüst ihres Geliebten wieder zusammenzukleben. Sie ist großmütig genug, es dennoch zu tun.

Nachdem ich mich irgendwann erholt habe, nachdem all die Ängste und Verwirrungen weggeschlafen, ausgeatmet, verpufft sind, gewinne ich langsam wieder Selbstvertrauen. Ich begreife, dass es so nicht gehen kann. Dass ich mich ausgiebiger vorbereiten muss, mein Material besser drauf haben sollte, dass ich mich nicht so gehen lassen darf. Ich werde darauf achten, auf Tour in Zukunft ein eigenes Zimmer zu bekommen, um mich zurückziehen zu können. Ich werde auf meinen Zustand achten, mich pflegen, mich gut behandeln. Ich werde ein selbstbewusster junger Reisender sein, der mitten im Leben steht, ein mutiger Abenteurer und Weltenentdecker, so nehme ich mir vor. Aber sobald ich ganz genesen bin, stehen mir auch meine überschwänglichen Superkräfte wieder zur Verfügung. Ich habe immer etwas zu viel Energie, Tempo und Bewegung in mir. Meine Gedanken eilen jedem Gespräch voraus, sodass ich die Ideen meiner Dialogpartner genauso wie ihre Antworten häufig vorwegnehme, der menschliche Redeapparat scheint mir für dieses Synapsenfeuerwerk einfach zu träge. Die Kraftquelle sprudelt unentwegt, sie pumpt mich auf mit Eingebungen, Bewegungen, Impulsen und auch Ticks. Irgendetwas an mir ist immer in Bewegung, ein Knie, das federt, ein paar Fingerspitzen klopfen einen Beat, eine Kragenecke, an der ich herumknipse, die Finger und Zehennägel massieren die Innenflächen von Hand und Fuß, sodass dort Jesusmale aus Hornhaut entstehen, ich bin ein Speedfreak, auch wenn ich nicht auf Speed bin. Es gibt Leute, die mich für diese Wesensart bewundern. Schorschs Freundin Kitty fragt mich:

Wo hast du bloß diese Energie her? Das hört ja nie auf bei dir. Wo du bist, da ist immer was los!

Ich bin stolz auf diese Kraft, obwohl mir manchmal auffällt, dass ich sie eigentlich nur dafür nutze, um Aufmerksamkeit zu erbetteln, statt sie zum Erreichen meiner Ziele einzusetzen. Die Kraft, die mich vor anderen erstrahlen lässt, bringt mich zur Verzweiflung, wenn ich allein bin, denn ich kann sie nicht kanalisieren, komme nicht von dem Trip runter, kann absolut nicht entspannen, durchsuche mit meinem Radargehirn so lange meine Umgebung, bis mir jemand einfällt, mit dem ich mich ablenken kann. Von mir. Von der Stille. Vom Sein. Ich bin Superman, der von seinen eigenen Superkräften vernichtet wird. Die einzige Möglichkeit, dieses Übermaß an Energie loszuwerden, ist, sie zu verbrennen. Wie Raffinerien ihren Überdruck an Gas abfackeln. Ich kippe also Alkohol auf die Flammen, sie erstrahlen noch heller als sonst, leuchten wie ein kleiner Vulkan, bevor sie erlöschen. Dann habe ich ein wenig Ruhe.

GANZ UNTEN

Ab und zu gehe ich mit Freunden in die runtergekommensten Kaschemmen Hamburgs. Eigentlich ist der Bodensatz schon durch den Goldenen Handschuh, den Elbschlosskeller und die Blauen Peter 1 bis 4 Kneipen gesetzt. Aber dahinter gibt es noch ein paar tranfunzelnde Stinklichter in den dunkelsten sozialen Abgründen der Stadt. Kneipen, in die kein normaler Trinker mehr geht, die nur noch von harten Alkoholikern und Pennern besucht werden. Auch für die, die anderswo schon längst Hausverbot haben, gibt es in unserer feinen Hansestadt noch ihre Plätze. In der Hafenstraße existiert das »Schmals Hotel«, ein Stundenhotel, in dem das Zimmer zehn Mark kostet und ein Bier fünfzig Pfennige, dort gehen Schorsch und ich gerne hin. Noch fertiger ist das »Schlusslicht« in der Talstraße. Um den Raum zu betreten oder an den Tresen zu kommen, muss man hier erst mal über am Boden liegende Bewusstlose oder Schlafende hinwegsteigen. Es gibt keine Musik, warum auch, dies ist der Wartesaal des Komas. Was sage ich, des Todes. Die Figuren, die bei Bewusstsein sind, sitzen schweigend im finster beleuchteten Raum und trinken billigsten Alkohol. Man hört Atem- und Trinkgeräusche, ab und zu Flatulenzen oder das Umkippen eines Körpers.

Man könnte annehmen, dass wir aus Voyeurismus in diese Läden gehen, aber das ist es nicht. Wir kommen eher mit einem Gefühl der Solidarität oder Empathie, vielleicht auch der Zugehörigkeit, wer weiß denn schon, ob wir nicht in ein paar Jahren aus unerfindlichen Gründen hier zum Stammpublikum gehören. Auf jeden Fall ist dies hier der Bodensatz, nach dem ich gesucht hatte, dahinter liegt nur noch der Friedhof Ohlsdorf.

Einer der Wirte des Schlusslichtes nennt sich Bimbo und sieht ein wenig aus wie Yul Brynner, zwar in abgewrackt, aber er ist dennoch selbstbewusst und attraktiv. Er ist das einzig Lebendige im »Schlusslicht«, erzählt bizarre Geschichten aus seinem Leben und offenbart uns, dass er demnächst in einer neuen Kneipe auf dem Kiez arbeiten wird, dem »Clochard«, einem Laden für die Untersten der Gesellschaft, für Berber und Penner.

Schorsch, Migel und ich lassen es uns nicht nehmen, Bimbo zwei Wochen später dort zu besuchen. Der Schuppen liegt im zweiten Stock auf der Reeperbahn, und als wir ihn betreten, ist er tatsächlich gut besucht von den Gestrandeten Hamburgs, viele von ihnen haben zwar nicht das Geld, um sich Getränke am Tresen leisten zu können, kommen aber hierher, um eine Runde auf den Bänken zu pennen oder andere Gäste anzuschnorren. Stolz und gut gelaunt präsentiert uns Bimbo seine neue Wirkungsstätte, das hier ist etwas anderes als das »Schlusslicht«, hier gibt's Aktion, Leben, Austausch, alles gestrichen in einem »freundlichen, warmen Schwarz« – wie Bimbo feixend formuliert. Hauptattraktion des »Clochard« ist das Nagelspiel. Mitten im Laden steht ein grober Holzklotz, in dem man mit einem Hammer Zimmermannsnägel versenken kann. Wer die meisten Schläge braucht, muss die nächste Runde Schnaps bestellen. Und so wird hier jede Nacht am Klotz gearbeitet, zu jeder Uhrzeit hört man im Hintergrund eifriges Gehämmere. Wir als Punks sind stolz, dort mit den Pennern zusammenzutreffen, auch wir sehen uns ja als Ausgestoßene, als nicht dazugehörig zur Gesellschaft der Gleichförmigen. Der »Clochard« ist nicht schick, nicht snobby, trendy oder angesagt, das hier ist die echte Straße, der knietiefe Ranz, wer es hier aushält, wer hier beliebt ist und dazugehört, der ist abtrünnig und vogelfrei. Denke ich.

Zum Abschluss einer dieser Nächte beschließen Migel und ich, dass wir sie auf einer Polizeiwache zu Ende bringen, dass man uns einknasten sollte, als finaler Abschluss und Krönung unseres Dissidententums. Wir sind schon reichlich abgefüllt und torkeln in diesem Zustand in die Davidwache, an dessen Empfangstresen wir sofort zu pöbeln beginnen.

Herr Ober, die Rechnung bitte! Es hat uns nicht gemundet! Was ist denn das hier überhaupt für eine Bedienung? Ja aber so ein Saftladen! Halloooo? Ein Flasche Dom Pérignon aufs Haus, bittschön!

Wir sind so penetrant und anstrengend, dass uns die entnervten Wachhabenden tatsächlich in zwei Einzelzellen verfrachten, nicht ohne uns vorher alles, was wir in unseren Taschen bei uns tragen, abzunehmen. Moment mal, begehren wir auf, so haben wir nicht gewettet, wir wollen das Elend ja gemeinsam genießen! Das aber wird uns nicht gestattet. So sitze ich am frühen Morgen ausnüchternd und ziemlich frustriert in meiner Zelle und ärgere mich über unsere »krasse Idee«. Unter der Holzpritsche entdecke ich einen eingeklemmten Pfennig, mit dem ich meinen Namen in die Zellenwand ritze. Der Putz ist so fest, dass ich nur meine Initialen schaffe. Ab jetzt und für die Ewigkeit werden alle Entrechteten, die nach mir hier eingekerkert sind, sehen, dass auch ich hier hinter Gittern gewesen bin, gelitten habe, unschuldig weggesperrt wie der Graf von Monte Cristo auf der Felseninsel vor Marseille, wie Michail Bakunin in der Peter-und-Paul-Festung in Sankt Petersburg, wie Voltaire und der Marquis De Sade in der Bastille zu Paris, einsam und traurig, von den Mächtigen verdammt und von den Menschen vergessen. Gut, vielleicht sitze ich hier nicht so lang wie die Erstgenannten, für viele Jahre bei Wasser und Brot, aber immerhin für drei Stunden.

Am nächsten Morgen beschließe ich, das Angebot einer solchen Unterbringung so schnell nicht wieder in Anspruch zu nehmen.

DAMENWAHL

Im Herbst des Jahres geht es endlich auf große Tour mit den Toten Hosen. Schorsch kennt die Düsseldorfer Tagediebe schon länger und auch ich habe mich nach einigen wilden Abenden in Timmendorf und Berlin mit ihnen angefreundet. Campino ist eigenwillig und unberechenbar, voller anarchistischer Aktionsenergie, es kann vorkommen, dass er die Runde im schönsten Moment des Beisammenseins verlässt, um irgendwo mit Fremden Tippkick zu spielen. Breiti ist eher cool, zurückhaltend und sehr trocken in seinem Humor, er verzieht auch beim besten Witz das Gesicht nicht um einen Millimeter, man weiß nie genau, ob er einen gerade hochnimmt oder nicht. Andi, ehemaliger Roadie der Hosen-Vorgängerband ZK, ist der zuverlässige Freund, der sich – bei aller Rotznäsigkeit und sarkastischem Humor – auch kümmert, wenn es eher schlecht um einen steht. Trini, der Drummer, kommt mir vor wie ein verwegener Kunstgeschäftsmann, älter und viel erwachsener als die anderen, undurchschaubar, listig-versponnen. Ich persönlich verstehe mich am besten mit Gitarrist Kuddel, er ist nur wenig älter als ich, wild, herzlich und ungestüm, mit ihm Zeit zu verbringen, empfinde ich als Explosion der Lebensfreude, wir verschmelzen im Lachen und in unserer Begeisterung für Musik, die sich auch über die strengen Grenzen des Punkrock hinaus bewegt. Die Hosen haben sich mit einem erlesenen Stab an Mitarbeitern umgeben: Der Chef der ganzen Veranstaltung heißt Jochen Hülder, Management-Genie und Silberrücken, der durch schlaue Deals die Geschäfte seiner marodierenden Spinnerbande lenkt. Des Weiteren sind dabei: Kiki, nagelfressendes Punkrockgenie und Tourleiter der Band, Faust als Ex-Mixer, Busfahrer, Big Mama und Gruppen-Faktotum und schließlich Bollock, Bühnenroadie und der erste schwarze Punk, den ich kenne, er hat vor nichts und niemandem Respekt, geschweige denn Angst.

Das Gute an den Hosen ist ihre Bodenständigkeit, egal an welchem Punkt ihrer Karriere, nie sind sie abgehoben, arrogant oder bilden sich etwas auf ihren Status ein, obwohl sie natürlich als Blender und Amateure (keiner außer Kuddel beherrscht sein Instrument wirklich) zur maximalen Angeberei neigen, das tun wir alle, um unsere abgrundtiefen Schwächen zu verbergen. Wir verachten die Al Di Meolas und Pat Methenys dieser Welt, die Chick Coreas und Eric Claptons, die perfekten Könner und Richtigmacher, wir stellen sehr bewusst unser aufgemotztes Unvermögen zur Schau – denn wir sind in erster Linie eines: selber Fans.

Die Zitronen, Fabsi und ich gehen also mit den Düsseldorfern auf große Fahrt. Obwohl wir nicht wirklich zusammen reisen. Denn die Hosen sitzen in einem rosa Nightliner, auf dem der Tourtitel »Damenwahl« – gesponsert vom Präservativhersteller Fromms – geprinted steht. Die Hosen sind mittlerweile zu veritablen Rockstars herangereift, die landesweit vor bis zu 2000 Leuten auftreten. Die Zitronen und ich hingegen müssen wieder mit Chile vorlieb nehmen. Chile, so haben wir nach der letzten Tournee Fabsis Bus getauft, weil uns die Lebensumstände darin so menschenfeindlich erschienen. Während die Hosen nach den Konzerten in den Nightliner steigen und bereits zum nächsten Auftrittsort fahren, bleiben wir noch in den Clubs, um mit den Fans zu feiern. Also mit denen, die wegen uns gekommen sind, einem eher kleinen Anteil des Publikums.

Ich habe mir für diese Tournee wieder eine neue Akustikgitarre besorgt, leider ist sie kaum besser als die letzte und als ich in der »Rotation« in Hannover Backstage meinen Gitarrenkoffer öffne, löst sich der Steg, an dem die Saiten aufgehängt sind, mit einem Knall vom Korpus und federt mir wie ein Springteufel entgegen. Für den Auftritt muss ich mir eine E-Gitarre von Breiti leihen.

Der Pausenclowneffekt bei meinen Auftritten ist auf dieser Tour noch weitaus stärker als auf der ersten, denn 95 % der Fans warten auf die Hosen, haben von den Zitronen vielleicht schon mal gehört, aber von mir noch nie. Nachdem sie also von den Zitronen maximal aufgeheizt worden sind, warten sie sehnsüchtig und biertrunken auf ihren Hauptact – die Hosen –, und dann kommt unerwarteterweise ein einzelner Barde mit einem Sombrero und erzählt irgendwas davon, dass er aus Las Vegas komme und Showstar sei, das interessiert hier wirklich niemanden. Man tut sich zu spontanen Chören zusammen und versucht, meinen Vortrag schlichtweg niederzugrölen:

»Hoooosen, Hoooseheeen, Hoooooseeen, Hoseeeen!«

Einige der Fans haben – aus mir unbekannten Gründen – Gemüse dabei, Tomaten, Gurken, vor allem Maiskolben. Diese Teile fliegen mir nun während meines Vortrags um die Ohren, einige treffen mich im Gesicht und verletzen mich – zwar kaum äußerlich, aber innerlich massiv. Für die Werfenden ist es ein Heidenspaß, sie denken, dass ich Teil des Randalevorprogramms sei, ein bezahlter Watschenmann, ein laufendes Ziel, bereit dafür, sich mit Gemüse abschießen zu lassen – was für ein mittelalterliches Vergnügen. Wenn ich von der Bühne komme, stehen die Zitronen und die Hosen an der Bühnenseite und empfangen mich mitleidig lachend und mit tröstenden Worten, aber das kann meinen Frust natürlich nicht besänftigen. Mein sowieso schon bröseliges Selbstwertgefühl ist sturmreif geschossen und zerborsten, ich bin der Tourhampelmann, die Schießbudenfigur, die kaputte Clownspuppe, die man am Seil hinterm Bus herzieht. Das einzige, was mir konsequent hilft, ist Bier. Sehr viel Bier. Und wenn das erst mal drin ist, dann auch noch andere Getränke, meist irgendwelche Schnäpse. In Wiesbaden gibt es in einer Kneipe einen Schnaps, der Old Roczek Feuerwasser heißt, der ist so scharf, dass Campino, Schorsch, der Ted und ich nach dem Genuss gleichzeitig zum Klo rennen, um uns zu übergeben.

Das eigene Hotelzimmer, von dem ich mir versprochen hatte, es früh und alleine aufzusuchen, um mich zurückzuziehen, gibt es nie. Zwar haben wir zum ersten Mal tatsächlich Hotelzimmer, aber in denen schlafen wir in Gruppen, die Hotels sind mies, Toilette und Dusche gibt es nur auf dem Flur, und unsere Gruppenverrohung nimmt neue Maßstäbe an, die Zerstörung fremden Eigentums dient zum Sublimieren unserer Frustration. Wann immer ein Waschbecken im Zimmer steht, wird es als Toilette benutzt, wenn es kein Waschbecken gibt, dient der Schrank als Pissoir. Bilder werden umdekoriert, ausgetauscht und Fernseher aus Fenstern geschmissen. Ich ziehe zum Schlafen die Kleidung meist gar nicht mehr aus, und manchmal, wenn ich mein Zimmer nicht finde oder den Zimmerschlüssel verloren habe, schlafe ich auf dem Flur mit dem Kopf auf der Schuhputzmaschine. Als größter Spaß und letzter Schrei gilt der Einsatz von Feuerlöschern. Wenn immer einer von uns ein derartiges Sicherheitswerkzeug findet (wir unterscheiden professionell zwischen Pulver- und Schaumlöschern, letztere bringen eindeutig mehr Spaß), wird die Beute stolz dem Rest der Bande präsentiert. Und für diejenigen, die schon früh zur Nachtruhe gegangen sind, bedeutet dies, Ziel und Opfer eines nächtlichen Anschlags zu werden. In Stuttgart ist Ale Sexfeind, Schlagzeuger der Zitronen, der keinen Alkohol trinkt, schon vorzeitig ins Bett gegangen, wohlwissend hat er das Zimmer abgeschlossen. Irgendwann zu fortgeschrittener Stunde wird in kleinem Kreis beschlossen, den Pulverlöscher einfach durch den Bodenspalt unter der Tür hindurch loszulassen. Wir leeren das gesamte Gerät, nach wenigen Sekunden kommt es im Zimmer zu brechenden Hustenattacken und wütenden Schreianfällen, weil Ale in Dunkelheit und Nebel weder das Licht findet, noch Luft bekommt, ein maximal asoziales Unternehmen. Selbstredend verhängt das Hotel am nächsten Tag lebenslanges Hausverbot, und Fabsi präsentiert uns stinksauer die Schadensrechnung, sie verschlingt unsere komplette Abendgage.

In München gehen wir nach dem Gig in der Theaterfabrik alle ins Park Café, einem schicken Tanztempel, der an diesem Sonntagabend relativ gut gefüllt ist. Wir machen es uns nebeneinander am Tresen bequem, witzeln über die aufgedonnerten Münchner auf der Tanzfläche und trinken Whisky. Da es uns zu langweilig erscheint, auf Toilette zu gehen, haben wir unsere Hosenställe geöffnet und pinkeln, während wir obenrum kultiviert Getränke einnehmen, untenrum direkt gegen den Tresen, unsere Barhocker stehen wie aufragende Bohrtürme in einem See aus Pisse. Kiki, zu gegebenem Anlass häufig der Wildeste in der Truppe, erscheint auf einmal in der Doppeleingangstür des Tanzsaals, er trägt einen riesigen Feuerlöscher als Colt an seiner rechten Seite. Damit positioniert er sich wie zu einem Duell, die Leute schauen ihn an, dann richtet er die Pistole am Schlauch des Löschers auf die Tanzfläche und zieht John-Wayne-like den Hahn. Eine gigantische Wolke aus Pulver schießt in den Saal, zwischen die Tanzenden, auf das Mobiliar, den Tresen, Tische und Stühle stürzen um, Frauen kreischen, das Pulver dringt in die Anlage, ins DJ-Pult, in die Boxen. In Panik vor einem vermeintlichen Feuer stürzen die Gäste zum

Ausgang, Ordner eilen herbei, versuchen des Täters habhaft zu werden, können ihn aber nicht finden. Wir verlassen lachend in der Masse der Flüchtenden den Laden und sammeln uns auf der Straße. Die Polizei trifft ein und schließlich sind wir als Schuldige ausgemacht: lebenslanges Hausverbot und Übernahme der Kosten für die Komplettrenovierung. Selbstredend mehr als eine Abendgage.

Einer der Höhepunkte der Tournee soll ein Auftritt auf Helgoland sein. Hunderte Fans haben sich bereits Karten gekauft, als die Inselbehörden das Konzert aus Angst vor Jugendrandale canceln. Ein dummer Fehler, denn nun haben die Kids weder ein Ziel, noch jemanden, der sie lenken könnte, sie strömen von den Fähren auf die Insel und vandalieren betrunken an dem Wenigen, was es überhaupt zu beschmutzen gibt, herum, sie pinkeln, kotzen und beschmieren wahllos Wände und Gegenstände. Das eigentliche Konzert ist für den Abend nach Nordenham auf dem Festland verlegt worden. Um dem Inselausflug noch ein Zentrum zu verleihen, veranstalten die Hosen spontan ein Fußballspiel und es bilden sich zwei Mannschaften aus Crew und Fans, die gegeneinander kicken. Ich schnappe mir ein Megaphon, nutze mein ausgeprägtes Improvisationstalent und mime den Sportreporter, der das Spiel kommentiert. Das gelingt mir so gut, dass ich bald die am Rand des Rasens und auf den Tribünen sitzenden Fans und Freunde der Band als johlendes Publikum hinter mir habe. Dieser Moment ist vermutlich mein einziger und absoluter Höhepunkt auf der ganzen Tour, es gibt niemanden, der mich niederbrüllt, ich bringe Spaß und Entertainment in das relativ anspruchslose Gekicke an diesem kühlen grauen Tag auf dem öden Eiland.

Auf der Rückfahrt am späten Nachmittag bin ich bereits derart betrunken, dass ich auf dem Tisch im Gastsaal der Fähre einschlafe. Bollock, Ale Sexfeind und der Ted nutzen diesen

Moment und malen mein gesamtes Gesicht und meine Hände mit Edding voll, eine Brille umrandet meine Augen, auf meinen Wangen steht »Porsche, Genscher« und auf meinen Händen »Hallo, HSV« – diese wenigen Worte sollen später übrigens zum Titel der ersten Goldenen-Zitronen-LP werden. Als ich in Nordenham das Bewusstsein wiedererlange, versuche ich mir zuallererst auf der Backstage-Toilette die Sprüche aus dem Gesicht zu schrubben, es gelingt aber nicht. Ich bin so kaputt, so derangiert und entmutigt, dass ich meinen Auftritt ausfallen lasse und fröstelnd wie ein Junkie neben der Bühne auf die Erlösung durch die Wirkung von Bier warte.

Gott des Bieres
bitte hilf mir
fahr in mich
füll mich aus
mit deiner Wärme und Gelassenheit
ich bin mir selber abhandengekommen
übernimm du nun mein Wesen
gib mir die Sicherheit
nimm mir die Angst
und lenke mich sanft
in den Hafen des Friedens

Der Abschluss dieses Auftrittsmarathons findet, abgelöst von der Tournee, einige Wochen später in Berlin im Tempodrom statt. Dort hat der »wahre Heino« zu einem Spenden-Festival aufgerufen. Der »wahre Heino« ist ein alter Freund der Toten Hosen: Norbert Hähnel, der eine Zeit lang in ihrem Vorprogramm aufgetreten ist und von sich behauptet, eben der »wahre Heino« zu sein. Er trägt eine blonde Perücke, eine schwarze Sonnenbrille und kopiert ziemlich genau das unerträgliche

Original. Der »echte Heino« allerdings hat überhaupt keinen Humor und ist vor kurzem nachts in Berlin mit einigen Bodyguards vorm Haus des »wahren Heino« aufgetaucht, um ihn zur Rede zu stellen. Als ihm das nicht gelang, verklagte er seinen Kontrahenten kurzerhand, und die Berliner Justiz schlug tatsächlich zu und knastete den angeblichen Imitator ein. Der »wahre Heino« also braucht Geld für seine Kaution. Alle bekannten Bands des Funpunk Universums und viele darüber hinaus treten auf, die Toten Hosen, die Ärzte, die Suurbiers, die Goldenen Zitronen, die Panhandle Alks, die Waltons, Rumble on the Beach, die Lolitas, Element of Crime, Caspar Brötzmann, die Subtones, sogar die Rainbirds. Auch ich bin geladen. Ich möchte von Hamburg aus mit meinem Gitarrenkoffer anreisen, da ich aber sämtliche Lifts verpasst habe, beschließe ich zu trampen. Die Grundverkatertheit dieser Tage trägt nicht eben zu meinem Wohlbefinden bei, und bereits an der Abtrampe an der Autobahn spüre ich mein Unvermögen, gelassen auf diese kleine Reise zu gehen. Ich sehe verwildert aus, trage mein zusammengeschustertes und mittlerweile stark runtergerocktes Showkostüm und den Sombrero und die meisten Berlinreisenden sehen davon ab, ausgerechnet mich zu ihrem Tagesproblem werden zu lassen. Irgendwann nach langer Zeit hält ein spießig wirkender Ford Escort, drinnen sitzt ein grauhaariger Alter, der mich hereinwinkt. Er fährt los Richtung Grenze und ich fühle mich wie ein schmutziger Fremdkörper in seinem nach Duftbaum riechenden Refugium. Es gibt kein Thema zwischen uns, nichts, was uns verbindet, wir verstehen uns nicht, gehören nicht in dieselbe Welt, dennoch räuspert er sich irgendwann, als ob er mir etwas Wichtiges mitzuteilen hätte. Dann fragt er:

Hätten Sie etwas dagegen, wenn Sie sich jetzt hier vor mir befriedigen würden?

Sekundenlange Stille, nur das gleichförmig blecherne Knattern des Motors. Ich traue meinen Ohren nicht. Dann wieder seine schwächliche Stimme:

Ähhh, ich würde gerne wissen, ob Sie sich jetzt hier vor meinen Augen befriedigen könnten? Ich zahle Ihnen auch zwanzig Mark dafür.

Eine Panikwelle durchfährt mich, obwohl der Alte viel zu schwach wäre, um mir körperlich gefährlich zu werden, fühle ich mich beschmutzt und ausgeliefert, denn ich sitze in seinem Wagen und kann ihn nicht rausschmeißen, ich kann noch nicht mal aussteigen, hier irgendwo im Nichts auf der Autobahn.

Nein, das mache ich nicht.

Langes Schweigen zwischen uns. Scham, Schweißtropfen auf meiner Stirn. Nach etwa zehn Minuten kommt wieder etwas von ihm:

Oh, ich glaube, ich muss hier umdrehen, ich habe etwas vergessen, am besten, ich lasse Sie hier raus.

Er fährt an einer Autobahnabfahrt irgendwo im Nichts ab und hält an der Zubringerstraße an. Ich verlasse den Wagen, ohne mich zu verabschieden, und er fährt davon. Mir ist schlecht, ich fühle mich elend, es ist kalt, das Showkostüm ist voller Löcher und Ritzen, durch die die eisige Luft sticht, der Sombrero weht mir ständig vom Kopf und ich könnte heulen. Panik beschleicht mich, alles kulminiert, meine Fertigkeit, die Anmache des vertrockneten Seniors, die verlorene Situation hier im Nichts: Vor mir liegt ein Waldrand und ich überlege, dorthin zu laufen, um mich zwischen den Bäumen einzugraben. Bis zu den Augen zu verschwinden und abzuwarten, ob die Situation besser wird. Aber wie sollte sie besser werden, wenn ich dort in der Erde stecke? Schließlich hält nach einer Ewigkeit ein Wagen an und nimmt mich mit bis nach Berlin.

Als ich im Tempodrom ankomme, treffe ich auf ein ungeheures Durcheinander, alle Musiker und Musikerinnen sind bereits dort, checken ihren Sound, proben in den Backstageräumen, reden aufgeregt durcheinander, irgendjemand versucht vergeblich, Ordnung in das Chaos zu kriegen. Ich laufe verwirrt über das Areal, werde von allen möglichen Menschen angesprochen, freue mich unglaublich, dabei sein zu dürfen, bin aber auch erschlagen von der schieren Masse der Ereignisse. Irgendwo finde ich die Zitronen und schließe mich ihnen an, als ob ich zu ihnen gehörte, als ob ich ihr verlorenes Haustier sei. Einige Zeit später werde ich auf die Bühne geschoben, zwischen zwei »vollwertigen Bands«, stelle mich wieder als Schießbudenfigur zur Verfügung, versuche trotz der Wand aus Hosen- und Ärzte- und Zitronen-Chören zu bestehen, krähe gegen die Ignoranz an, bis ich heiser bin und völlig malade von der Bühne wanke, der Rest meines Bewusstseins versinkt bald darauf im Bier. Am nächsten Tag schreibt ein taz-Redakteur in einer Nebenbemerkung:

Rocko Schamoni, der neue Stern am Bierhimmel, sang an diesem Abend wie der Sterbende Schwan unterm Lastwagen.

Eine treffende Beschreibung. Sie löst bei mir eine bis zu meinem Lebensende anhaltende Scham aus.

DER DUNKLE STOLLEN

Als ich nach Hamburg zurückkomme, ist Frenchy entsetzt. Ich ähnele kaum noch ihrem Freund, dem Mann oder besser dem Jungen, in den sie sich mal verliebt hat. Ich bin kaputt, abgemagert und gleichzeitig aufgeschwemmt, habe meine Stimme verloren, und mein Gesicht blüht rosa von all den entzündeten Stellen. Ich stinke nach Verwahrlosung, und von »Investition in die Karriere« kann in Anbetracht meiner Zerstörtheit keine Rede mehr sein. Dennoch nimmt sie mich an und päppelt mich wieder auf, vielleicht aus Mitleid, vielleicht weil sie unter dem Schrotthaufen noch den Rest des Menschen vermutet, den sie eigentlich schätzte.

Tagelang liege ich im Bett und denke nach über das, was ich glaubte zu sein. Was ich sein wollte. Die Figur, die ich darstellen wollte. Ich hatte auf dem Land, mit siebzehn, während meiner Zeit im Jugendaufbauwerk der Heilsarmee Plön zusammen mit einem anderen schwer erziehbaren Jugendlichen namens Schwaster Rühmann einen Schlager geschrieben, er hieß »Chico war geritten«, ein merkwürdiger Sehnsuchtsschlager. Ich sang ihn meinen Punkfreunden in Lütjenburg vor und die waren begeistert. Maler Daniel bestärkte mich, mehr davon zu schreiben, nicht die öden Hardcore-Punksongs gegen Atomraketen, die alle anderen auch schon krakeelten, nein, diesen Psychoschlager sollte ich fokussieren, der sei anders, eigenartig, außergewöhnlich. Aber ich wollte doch gar kein Schlagersänger werden. Ich wollte der Liberace des Punk sein, lieber noch der Pete Shelley des Chanson, aber nicht der Udo Jürgens des Underground. Ich denke über meine Vorbilder nach. Haben die auch alle so viele Federn gelassen? Sind James Dean, Johnny Cash, Sid Vicious und Johnny Rotten nicht auch vor die Wand gefahren? Das ist doch die Grundvoraussetzung, oder nicht? Erst muss man richtig kaputt sein, muss in die dunkelsten Stollen gekrochen sein, dann hat man was zu sagen und kann vom Leben berichten. Soweit läuft alles nach Plan. Nur sind die Genannten zeitgleich zu ihrem funkensprühenden Niedergang zu Weltstars geworden, ich hingegen bin nur die Schießbudenfigur vom Dorfjahrmarkt. Ich habe nicht wirklich etwas zu präsentieren. Habe keinen eigenen Stil, bin weder begnadeter Sänger noch Instrumentalist. Ich habe gehofft, ich sei eine krude Mischung aus Billy Bragg, Wild Billy Childish, Jonathan Richman und Ricky Shayne. Aber in Wahrheit – das geht mir irgendwann auf – bin ich nur ein Witz, den ich mir selber ausgedacht habe. Das Schlimmste: Ich bin ein Witz, den so gut wie niemand versteht.

Diese Erkenntnis und die Melange aus spätpubertärer Verwirrtheit und beginnendem Alkoholismus wachsen sich in mir langsam zu einer raumgreifenden Depression aus. Seit meinem siebzehnten Lebensjahr ist diese Art der Seelenbewölkung in mein Leben eingezogen, anfangs eher wie ein diffuser Nebel, dann aber in immer dichteren Formationen. Mitunter lande ich in gigantischen Strudeln der Selbstzweifel, die solch einen Sog entwickeln, dass sie mich taumelnd herabziehen auf den Grund des Ozeans, wo es tagelang weder Luft noch Licht gibt, sondern nur ein ewiges finsteres Vegetieren in einem halbtoten Zustand. Das Merkwürdige ist: Etwas an diesem Zustand ist anziehend, verlockend, heimelig, ich kann mich dem finsteren Sirenengesang des Selbstmitleids nicht entziehen, muss ihm folgen, die Stimmen suggerieren mir, dass es Zeit ist, der Wahrheit in die Augen zu schauen:

Sei doch mal ehrlich, sei mutig, hör auf, dir etwas vorzumachen: Du kannst nichts, du bist nichts, du wirst nie etwas werden. Deine Talente sind minder, dein Wille und deine Ausdauer, zumindest durch Übung zur Meisterschaft zu gelangen, sind nicht vorhanden.
Du bist weder intelligent noch originell genug, um es mit deinen Vorbildern aufzunehmen. Du kannst weder tanzen, noch singen oder spielen und jene verführerische Selbstsicherheit, die von deinen Idolen ausgeht, das, was man »ES« nennt, DU hast das alles auf jeden Fall NICHT.
Denk an die Situationen, in denen du versagt hast, denk an das Gelächter der anderen in diesen Momenten und zieh daraus deine Lehre: Du gehörst nicht dazu, verschwinde und halte die Welt nicht mit deinen anbiedernden Augenwischereien auf, denn sie werden dich durchschauen und begreifen, was du wirklich bist: nichts als ein hohler Blender. Mach irgendetwas anderes, aber versperre nicht die Kunst.

Manchmal wage ich, den Stimmen etwas zu erwidern:

Mir fällt aber nichts anderes ein, was ich tun möchte.

Werde Bankangestellter, Gärtner, Bürokraft, Handelskaufmann, irgendwas, nur verschwinde aus der Kunst, halt bitte den Betrieb nicht auf.

Ich möchte das aber alles weder sein noch tun. Ich möchte Kunst machen.

Dann besinne dich auf deine Wurzeln und forme Ton-Enten und Keramik-Igel für den Töpfermarkt, das ist doch auch kreativ.

ABER DAS IST KEINE KUNST! Ich will Kunst machen.

Sind deine dämlichen Lieder etwa Kunst? Schmink es dir einfach ab und halt endlich den Rand.

Äh, ich …

Schaff dich ab. Verpuffe. Entleibe dich. Vielleicht kriegst du dann ein einziges Mal die Aufmerksamkeit und Zuwendung, die dir ansonsten zu Recht verwehrt bleiben.

Ich habe diese Säurebäder viele Hunderte Male durchschwommen in meiner ausgehenden Jugend, die sich nun auch schon länger hinzieht. Sie sind äußerst destruktiv, kräftezehrend und bringen kein Stück weiter, abgesehen davon, dass sie eitel und selbstmitleidig sind, aber das kann man sich nach solchen Attacken ja nicht auch noch vorwerfen. Und dennoch lasse ich mich immer wieder auf diese inneren Dialoge ein, denn sie erscheinen mir zumindest zugewandt, direkt, verbindlich und ehrlich, sodass ich darin ein Stück vermeintliche Heimat finde. Wenn ich schon nicht gut genug für die Welt bin, dann zumindest für diese finstere Kammer. Heimatstollen Depression. Ganz am Grunde dieses Stollens habe ich den Stein meiner Seele gefunden, darin ist ein großes und unübersehbares Minus geprägt. Vermutlich habe ich einfach Pech gehabt, andere haben ein Plus auf dem Stein, ich habe dort nun mal ein Minus. Dies wird übrigens der Stollen sein, von dessen dunklen Schätzen ich später leben kann, wenn ich mit rußigem Gesicht und schwarzer Seele daraus zurückkehre, um zu berichten, wie es ganz tief unten aussieht.

Woher die überhöhten Ansprüche an mich selber kommen, der übertriebene Geltungsdrang, der Wunsch, ganz vorne mit dabei zu sein, wobei ich mich aber gleichzeitig immer auf den allerletzten Platz verdamme – ich weiß es nicht.

1987

GEISTER IN DER NACHT

Ich muss eine eigene Band gründen. Ich habe genug davon, als Solobarde auf der Bühne zu stehen und mich schlimmstenfalls von Funpunks mit Lebensmitteln bewerfen zu lassen. Ich brauche eine Gang, Verstärkung, eine Einheit von Gleichgesinnten, hoffe auf ein ähnliches Familiengefühl, wie ich es bei den anderen Bands beobachtet habe. Ich suche nach Musikern und Musikerinnen, die wirklich spielen können, zumindest besser als ich, von denen ich lernen kann, denen ich meine Ideen übergeben kann, um sie in ihren Händen erstrahlen zu sehen. Ich finde sie in meinen alten Freunden vom Land: Migel am Bass und Hardy Kayser an der Gitarre. Hardy ist tatsächlich ein Wundergitarrist, er kann jeden Stil sofort bedienen, jedes Lick reproduzieren, begreift die Akkord-Strukturen und Wendungen von Kompositionen, dazu kommt, dass er klug, gebildet und mit angenehm trockenem Humor gesegnet ist. Das einzige, was man ihm vorwerfen könnte: Er ist kein Punk. Er ist kein Blender, kein Schreihals, kein visionärer Nichtskönner, er ist das Gegenteil: ein Könner. Ohne den Perfektionismus der von mir verhassten Jazzrocker, denen er jederzeit das Wasser reichen könnte, spielt er stilsicher und genau und trägt nie zu fett auf. Ihn in der Band zu haben, ist für mich ein echter Glücksfall. Zu unserem Schlagzeuger küren wir den lustigsten und abgefahrensten Schrottvogel, den wir aus dem Totenschiff kennen: Ente, ein junger Punk von explosivem Temperament, niemand kann sich beim Tempo des Humors mit ihm messen, immer hat er eine Hand am Gagholster und zieht schneller als alle anderen. Außerdem brauchen wir Frauen in der Band und suchen nach einem Frauenchor – wie Andreas Dorau mit seinen Marinas, bloß etwas reifer. Migel fragt seine Freundin Hagar, die früher bei den Marinas gesungen hat, ob sie Lust hätte, uns zu unterstützen, was sie bejaht. Auch die Grande Dame du Punk – Nixe – schließt sich uns an, und ihre lebensfrohe Freundin Claudia komplettiert die Runde. Auf einmal habe ich eine Band, sogar eine ziemlich große, und stolz versuche ich, die neue Gemeinde zu einem zusammengehörigen Projekt zu verbinden. Das Wichtigste ist wie immer der Name. Meiner steht ja schon fest: Rocko Schamoni, ich installiere noch ein »King« davor, um es ein bisschen glamouröser zu machen. Die Band nennen wir »the Explosions«, das klingt kraftvoll und strahlend. Die Frauen wollen gerne einen eigenen Namen haben, also werden sie zu den »Explonettes«, wir alle lachen ausgiebig über die Länge und Komplexität unserer Gesamtbezeichnung:

King Rocko Schamoni and the Explosions
and the Explonettes

Mögliche Fangespräche gehen uns durch den Kopf:

Fan A: Weißt du, wer morgen spielt?
Fan B: Nein, wer denn?
Fan A: King Rocko Schamoni!
Fan B: Wow, cool! Mit the Explosions and the Explonettes?
Fan A: Weiß nicht genau, ich glaub, nur mit the Explonettes.
Fan C: Nee, auf dem Plakat stand: King Rocko Schamoni and the Explosions and the Explonettes
Fan B: Ja, aber haben sich the Explonettes nicht aufgelöst und er spielt jetzt nur noch mit the Explosions?
Fan D: Also ich hab gehört, dass sich the Explosions jetzt umbenannt haben in the Explorers.

Fan E: So ein Blödsinn! King Rocko Schamoni hat sich aufgelöst. Jetzt gibt's nur noch the Explosions!
Fan B: Mit the Explonettes?
Fan C: Oh Mann ey, ich weiß es echt nicht, früher war das viel einfacher, da hieß der einfach nur Rocko Schamoni, man hat sich n paar Maiskolben gekauft, ist zum Konzert gegangen und hatte seinen Spaß.
Fan A: Genau! Dass immer alles so kompliziert werden muss!

Ausgehend von Soulbands der Sechziger suche ich nach glamourösen Showkostümen, um uns von dem Indie-Einheitsbrei dieser Jahre zu unterscheiden. Ich habe so gut wie kein Budget, das einzig Bezahlbare sind ein paar formlose graue Anzüge aus Plastikgewebe vom Hyper Market in der Rindermarkthalle für jeweils 70 Mark. Wir kombinieren sie mit orangen Hemden. Die Frauen basteln sich ihre Kostüme selber zusammen und nehmen dabei unsere Farbimpulse auf. Am Ende sehen wir aus wie vier sackige Staubsaugervertreter, die zufällig auf drei coole und gut gekleidete Showladys gestoßen sind.

Wir proben bei den Zitronen im Raum, und meine Musik kriegt eine völlig neue Ausrichtung, der Schlageraspekt tritt in den Hintergrund, wir sind eher eine Art Serge Gainsbourgh Comic Beatband. Wenn es die Möglichkeit gibt, schaue ich mir Videos von amerikanischen Soulstars an, von James Brown, den Temptations, den Supremes, der Family Stone. Bewundere ihre Choreografien, die Kostüme, den Style und die Musik. Das wirkt alles so cool und selbstverständlich, so spielerisch, locker und einfach. Wir versuchen auch so cool zu sein, und genau in diesem Unvermögen liegt vermutlich unser Reiz.

Die ersten Auftritte haben wir in Schulen und Jugendzentren oder als Newcomer auf kleinen Festivals. Wenn wir auf die Bühne kommen, nach irgendwelchen Cure-Epigonen, macht sich eine gewisse Verwirrung breit, etwas Chaotisches und Unsortiertes liegt in der Luft, wir sind eine Showband, ohne das Handwerkszeug dafür draufzuhaben, all die Moves und Steps, die kleinen Bewegungen, die verabredeten Breaks und Steigerungen, wir wissen von ihnen, beherrschen sie aber nicht oder treffen sie eher zufällig. Das Publikum ist irritiert, aber auch belustigt, wir bringen in all unserer chaotischen Verwirrung und überdrehten Unprofessionalität zumindest Spaß.

Wenn ich Zeit habe, setze ich mich zu Hause vor meine langsam anwachsende Plattensammlung und versuche rauszukriegen, warum manche Kompositionen meiner musikalischen Idole so tief und effektvoll sind. Ich höre die Akkorde raus, checke die Melodiebögen dazu, klaue mir Partikel und Versatzstücke, vor allem von den Buzzcocks, aber auch von Barry Ryan, den Kinks oder den Hollies. Ich meditiere über Akkorde und Melodien, bohre mich in die mathematischen Schächte der Möglichkeiten, gerate manchmal in regelrechte kompositorische Rauschzustände. Wenn ich begreife, wie ein emotionaler Trick funktioniert, brenne ich in hysterischen Flammen, kann meine Gedanken nicht mehr von der Idee wenden, trinke abends Alkohol, nur um irgendwie all die Songs, die Visionen, Texte und Melodien, die in meinem Kopf wie ein Hornissenschwarm schwirren, wieder loszuwerden. In der Nacht, in meinen Träumen, dreht sich der Strudel weiter, arbeitet die Kunstmaschine, im Unterbewussten, im Schatten, rattert und strickt und baut sie weiter, und manchmal, wenn ich am Morgen aufwache, ist in meinem Kopf ein neuer, fertiger, mir komplett unbekannter Song. Wie aus dem Nichts. Ich brauche nur aufzustehen, die Akkorde auf der Gitarre zu suchen und den Text aufzuschreiben und die Arbeit des Tages ist bereits getan. Ich frage mich, ob ich ein Medium bin, ein Loch in der Wand zur Geisterwelt, durch das die Musen ihre Ideen auf die Erde reichen. Vielleicht fahren auch die Geister verstorbener Musiker in mich und befrachten mich mit den Ideen, die sie in ihrem Leben nicht mehr umsetzen konnten. Nur: Wer sind die? Ich erfahre keine Namen, Hinweise, Adressen, nur das reine Material, manches davon billig, absurd, idiotisch, einiges aber auch anspruchsvoll. Ich stelle fest, dass das Rad der Kunst ganz von selbst anfängt zu laufen, sich zu drehen, wenn man es einmal in Bewegung gesetzt hat, ihm einen Anfangsimpuls gegeben hat, es gewinnt an Fahrt, an Eigenleben, und irgendwann muss man nur noch ausführen, die Kunst leitet einen, spielt einen, malt einen, dichtet einen, das ist eine elementare Erfahrung. Wenn man das Rad dann aber irgendwann zum Stehen bringt, um sich kurz auszuruhen, weil man die Dynamik nicht mehr aushält, dann verpufft die Energie, dann verschwinden die Geister – dann sind sie beleidigt und wenden sich einem anderen Medium zu und es bleibt nur Stille – man ist sprichwörtlich »von allen guten Geistern verlassen«.

Meine Texte handeln von Klischees, ich liebe es, mich mit ihnen einzuseifen. Klischees von Männlichkeit, Härte, Rock, Big City Life, Underground, Sex und Leidenschaft. Ich finde die meisten Posen der Pop- und Rockwelt absurd und lächerlich, und diese Abziehbilder bastele ich zu Collagen zusammen. Vor allem über männliche Posen mache ich mich gerne lustig.

Wenn die Sonne untergeht
und die Nacht sich selbst belebt
In den Straßen unserer Stadt
Steig ich auf mein Motorrad

Und ich rieche einen Duft,
es riecht nach ACTION in der Luft
Funken sprühen hinter mir
Und ich werd zum wilden Tier

Refrain
Ich bin der Tiger, der Tiger, der Tiger in der Nacht
Ich bin ein Teufel auf zwei Rädern und wenn hier einer lacht
Dann ich, ha!

Ich bin wild und stark zugleich
Lenny Smalls wär kein Vergleich
Etwas zieht mich magisch an
Es ist Rock, der pure Wahn

Meine Haare wehn im Wind
Auch wenn's keine echten sind
Und ich bock die Karre auf
Jetzt nimmt das Schicksal seinen Lauf

Refrain
Ich bin der Tiger, der Tiger, der Tiger in der Nacht
Ich bin ein Teufel auf zwei Rädern und wenn hier einer lacht
Dann ich, ha!

Girl: Hey, bist du nicht der Tiger?
Tiger: Ja, ich bin der Tiger.
Girl: Und alle haben Angst vor dir?
Tiger: Ja, alle haben Angst.
Girl: Du siehst aber auch super aus, nä?
Tiger: Ja, danke, find ich auch.

(»Lenny Smalls« ist der infernalische Rocker des Weltuntergangs aus »Arizona Junior« von den Coen Brüdern, den ich achtzehnmal im Kino gesehen habe.)

Auch der Sound zu diesem »Rock« ist kein echter Rock, keine fett aufgepumpte Breitseite mit Double Bass und Highspeed-Gitarrensoli, wir klingen eher blechern, etwas schrottig, wir stehen zu echtem Rock im Verhältnis wie ein frisiertes Mofa zu einer polierten Harley. Wir sind kläffende Pinscher, Verräter der Männlichkeit, des echten Machismo, mein Machismo ist nachgeäfft, eine Farce, und dieser Verrat bereitet Freude. Viele Frauen in unserem langsam anwachsenden Publikum verstehen die Ironie und haben ihre Freude daran. So wie ich einen Comic Rockstar mime, spielen sie die kreischend willfährigen Groupies, wir tun so, als ob wir Adult Rock People seien, aber eigentlich sind wir eher dekonstruktivistische Kids of Art. Wir spielen Puzzle mit der Welt der Erwachsenen, wir basteln Collagen, wir schneiden alles auseinander und setzen es neu zusammen, verkehrt, unauswertbar. Wir zerstören Sinn.

Fabsi ist der Meinung, dass wir – also ich und die Explosions und die Explonettes – jetzt reif sind für einen Longplayer, hömma, Ffffft! Eine Langspielplatte! Eine echte LP! Wenn man ne LP aufgenommen hat, ist man wirklich im Game. Im Bizz. Nicht nur eine Eintagsfliege, mit ner lächerlichen Single. Eine LP ist ein wirkliches Werk. Es beweist, dass man Langstrecke kann. Dass man die künstlerische Kraft hat, zehn Songs zu komponieren, zu texten, zu spielen und zu produzieren. Und dass man aus diesen zehn Songs ein Gesamtwerk erstellen kann, ein größeres Gewebe, einen Spielfilm, ein Gesamterlebnis, durch das man die Fans lenkt, mit einer Dramaturgie, Wendungen, einem Höhepunkt und einem Release. Das ist eine große Verantwortung, und ich bin stolz, damit betraut zu werden.

Als Studio kommt über Empfehlungen eine weitere legendäre Figur ins Spiel: Axel Dill, der Drummer von Abwärts, er hat ein eigenes, technisch gut bestücktes Studio in einem Hamburger Industrieviertel und erweist sich als offener, liebenswerter und sounderprobter Anspielpartner, bei dem sich auch Hardy als unser musikalischer Direktor wohl fühlt. Am schwierigsten ist es, Ente an den Drums aufzunehmen, weil er unberechenbar ist, manchmal erscheint er pünktlich zu den Sessions, manchmal stark verspätet, manchmal gar nicht. Das hat mit seinem Substanzenkonsum zu tun. Ente lässt keine Möglichkeit aus, in den Abgrund zu starren, er balanciert buchstäblich auf dem Krater des Vulkans. Durch die fehlende Übung ist er manchmal nicht in der Lage, komplizierte, schnelle Beats tight und genau auf längere Strecke zu spielen, und so müssen wir mit Overdub-Tricks arbeiten. Axel ist darin glücklicherweise geübt, er hat viel mit Independentvögeln zu tun, die ausgiebiges Proben für würdelose Zeitverschwendung halten. Wir haben zwei Wochen Zeit für die Aufnahmen, und in dieser Zeit wächst und wuchert sich das Konstrukt unserer LP zu einem erstaunlichen Machwerk aus. Freunde kommen uns im Studio besuchen, die Zitronen, Maler Daniel, Ernst Kahl und natürlich ist Frenchy häufig dabei, mit ihr kann ich mich beraten, wenn ich unsicher bin, mich im Gespräch mit den anderen Musikern nicht finden kann, sie weiß, was mir vorschwebt, und versucht mich in meinen Stärken zu unterstützen und mir die Zweifel zu nehmen. Die Streitereien in der Band sind enorm, wir alle denken, dass das Ergebnis unauslöschbar sein wird, dass wir uns in den granitenen Olymp des Rock meißeln, also versuchen wir unsere Vorlieben und Geschmäcker durchzudrücken. Fabsi ist von allem angetan, aber eigentlich auch nicht, denn am liebsten hätte er mich als seinen Schellenprinz behalten, als Knallcharge, die man mit Gemüse bewerfen kann – das war eine günstige und einfache Karrierelösung. Wenn es nach ihm gegangen wäre, hätte ich das bis zu meinem Lebensende durchziehen können. So finanziert er zähneknirschend die LP-Aufnahmen und befürchtet, das Geld nie wiederzusehen.

Am Ende der Aufnahmezeit kommt das Abmischen. Wir verbringen Tage mit dem Gegenhören von Platten, Songs, an denen wir uns messen wollen:

Hör dir das hier mal an, Axel, so soll das klingen, bitte mach, dass es so klingt wie »Bad Moon Rising« von Creedence Clearwater Revival!

Aber der Song hat doch gar nichts mit »Bad Moon Rising« zu tun!

Ja und? Der soll trotzdem so klingen.

Axel versucht sein Bestes. Wir werden nicht fertig, versinken in Mischorgien, Fabsi wird immer panischer.

Hömma, ihr müsst fertisch werden, Du brichst mir dat Kreuz, hömma, mach die Kiste zu, Jung, Fffft!

Als der letzte Mix im Kasten ist, werden die Kopien für das Presswerk gezogen und am selben Abend gibt es ein rauschendes Fest im Studio: Unsere erste eigene LP ist im Kasten, niemand ist gestorben, nur unsere Nerven liegen blank, sonst nichts. Die Bänder gehen ins Presswerk, die LPs werden wir in einigen Wochen in den Händen halten.

Bis dahin spielen wir weitere Shows. Nach einigen Konzerten steigen Migel, Hagar und Claudia aus, dafür kommt als Bassistin Heidi, eine bereits etwas ältere Faye-Dunaway-hafte

Dame dazu, sie spielt keinen perfekten Bass, aber sie sieht cool aus und ist menschlich erhaben. Außerdem habe ich einen Organisten kennengelernt, Reverend Ch. D., der wildeste Tastenderwisch, mit dem ich je gespielt habe. Er ist einer der wenigen original Hamburger, die ich kenne, hanseatisch gekleidet und stets mit Zigarette im Mund und nem Glas Wein in der Hand. Er und Hardy ergänzen sich perfekt, beide sind Meister ihres Faches und brauchen nur kurze Zeichen, um sich gegenseitig auf den Stand dessen zu bringen, was sie mit der Musik und der Situation gerade vorhaben. Mit Reverend kommt der Druck in die Band, eine rohe Urgewalt, denn wenn er seinen Lesley-Verstärker anschmeißt, wenn der Rotor im Gehäuse sich immer schneller dreht und wie eine brennende Alarmsirene klingt, wenn Rev dann an einigen Stellen der Songs wie von Sinnen auf die Hammond einprügelt, stellen sich uns und den Zuschauern die Nackenhaare einzeln auf. An diesen Stellen unserer Konzerte werden wir überraschenderweise zu einer echten Rockband, die das Publikum in Staunen und in Rage versetzen kann, mit Tinnitus in den Ohren und kreischenden Jubelchören.

In dieser Formation reisen wir durchs Land, spielen kleinere Tourneen oder Wochenendauftritte.

Bei einem ländlichen Open-Air-Festival in der Nähe von Flensburg treten wir an einem frühen Freitagabend auf. Vor unserer Bühne stehen vielleicht 300 Menschen und wir legen gerade so richtig los, als ich den Eindruck habe, dass unsere Bassistin Heidi an völlig unpassenden Stellen zu slappen beginnt. Slappen ist das schwunghafte Aufschlagen des Daumens auf die Basssaiten, wodurch ein knallender Sound entsteht, Mark King von der Popperband Level 42 ist Meister des Slappens (er hat sich seinen Popperdaumen für eine Million Pfund versichern lassen), für mich ist diese Technik daher etwas unbedingt Vermeidenswertes. Immer wieder dringt der penetrante Sound zu mir und als ich mich zu Heidi umdrehe, verstehe ich endlich den Grund. Auf ihrem Bass, auf den Tonabnehmern, aber auch auf ihrem selbstgenähten 60s-Spitzenkostüm landen Eier, die schwungvoll aus dem Publikum abgefeuert werden. Heidi ist megasauer, reißt sich den Bass vom Leib und will das Konzert abbrechen. Wir machen die Täter aus, mitten im Publikum steht ein Pulk von Kieler Punks, die uns beschmeißen, aus Protest, weil wir keinen Punk spielen, weil ich – mit meinen mittlerweile längeren blondierten Haaren – in ihren Augen kein Punk mehr bin. »Verräterschwein«, schreit einer von ihnen, der Pogo oder Ratte oder Scumfuck heißt, immer wieder, ich kenne ihn zwar nicht, doch er pocht auf sein Recht, mich an die Vereinsregeln erinnern zu dürfen, einmal Punk, immer Punk, wer sich nicht daran hält, bekommt ne saftige Abmahnung. Das Publikum blickt irritiert zwischen den Kielern und uns hin und her, was ist hier los, warum der Aufstand? Plötzlich steigt ein Zuschauer aus dem Publikum auf die Bühne, zieht sich nackt aus und ruft in Richtung der Punks: »Wenn ihr ein Ziel braucht – nehmt mich! Aber lasst gefälligst die Band spielen, ihr Asis!« Einige Sekunden herrscht absolute Stille, kein Ei fliegt mehr, 300 Leute schweigen verwundert und gespannt. Dann verkrümeln sich die Punks genervt zu einem Getränkestand, um sich mit Dosenbier abzuschießen. Heidi schnallt ihren Bass wieder um, wir danken dem nackten Ehrenretter und spielen unsere Show zu Ende.

Später, hinter der Bühne, sublimieren wir das nervige Erlebnis mit Alkohol, bis der Bandbus nach Hamburg fährt. Rev und ich haben uns, da im Bus nicht genug Platz ist, von Freund Jens einen VW Jetta geliehen, auf dessen Dach wir unsere riesige Bassbox transportieren wollen, natürlich ohne Dachgepäckträger, Ehrensache. Auch das Seil zum Befestigen der Box ist verloren gegangen, aber Rev findet einen kurzen Tampen im

Kofferraum und den winden wir jetzt durch die geöffneten Fronttürscheiben des Wagens und über das Autodach einmal um die Box. Rev, seines Zeichens Bootsskipper, versiegelt das Ganze fachgerecht mit einem Palstek. Ich bin skeptisch, ob die Konstruktion hält, aber Rev winkt nur müde lächelnd ab und zündet sich eine neue Kippe an der alten an, was soll denn schon passieren? No risk, no fun!

Auf der Rückfahrt hören wir laute Musik über die rumpelnde Autoanlage, das erste Bruce-Springsteen-Album »Greetings from Asbury Park«, jeder von uns hat eine Flasche Wein in der Hand und unsere Laune ist auf Topniveau.

They're built like light
Ooh, and they dance like spirits in the night (all night)
In the night (all night)
Oh, you don't know, what they can do to you
Spirits in the night (all night)
Oh, in the night (all night)
Stand right up now and let it shoot through you

Bei all dem Lärm meine ich nach einiger Zeit ein rumpelndes Geräusch zu hören, aber Rev ist zu sehr auf die Musik konzentriert, um etwas wahrzunehmen. Als wir schließlich zum Pinkeln an einem Acker aussteigen, blicken wir uns über das Autodach sekundenlang erstaunt an. Das hätte eigentlich nicht möglich sein dürfen, zwischen uns müsste die Bassbox sein, die aber fehlt, nur noch das schlaffe Seil liegt auf dem völlig zerkratzten Dach. Auch ins Heck des Wagens sind schwere Riefen gekratzt, als ob ein schwerer Gegenstand bei hoher Geschwindigkeit darübergeknallt wäre. Wir sind schockiert, das riesige schwarze Ding liegt jetzt vermutlich irgendwo auf der Landstraße herum. In unserem Zustand aber können wir nicht umdrehen und nach der Box suchen, also beschließen wir irgendwann, einfach weiterzufahren. Unsere Stimmung ist mittlerweile auf einem leicht durchgedrehten High gelandet, wir haben uns verfahren und gurken stundenlang sinnlos durch die Gegend, über Landstraßen, zwischen Äckern und durch menschenverlassene Dörfer, trinken immer weiter, hören Springsteen, reden laut durch den Krach, kommen schließlich auf die Idee, abzuhauen, mit dem Wagen Richtung Süden zu fahren, nach Heidelberg, ach was, nach Italien, irgendwohin, alles ist egal, nur der Moment zählt. Als wir in hohem Tempo auf eine Autobahnabzweigung zufahren, stellt sich blitzschnell die entscheidende Frage: nach Hause oder in die Ferne? Im letzten Moment entscheiden wir uns für Hamburg, Rev reißt das Steuer herum und scheppert mit Vollgas auf eine Verkehrsinsel, es gibt einen mörderischen Krach und das Auto bleibt schief angekantet auf einer kleinen Eibe stehen, nur eine abgefallene Radkappe scheppert noch filmreif vor sich hin. Aus dem Autoradio tönt bleiern »Spirits in the Night«. Benommen steigen wir aus, blicken uns um, dann bricht das Gelächter aus uns hervor wie aus einer Ölquelle, glücklicherweise ist die Straße leer, kein Mensch beobachtet uns. Mit hysterischem Fatalismus umrunden wir das Fahrzeug, die Hinterachse ist verbogen und der ganze Wagen scheint in der Mitte bananenhaft nach oben gekrümmt zu sein, ganz benommen vor Lachen stehen wir nebeneinander und begutachten unser Werk, ich muss mich immer wieder mit den Händen auf den Knien aufstützen, weil mir die Luft wegbleibt, bis ich auf dem Boden zusammensacke, neben mir Rev, unser Lachen verebbt und irgendwie ist das ein ganz besonders schöner und heiliger Moment.

Just as soft as a spirit in the night (all night)
In the night (all night)
Oh, Janey, don't know what she do to you
Like a spirit in the night (all night)
All night (all night)
I stand right up and I let her shoot through me

Mittlerweile geht die Sonne auf, wir wischen die Lachtränen aus unseren staubigen Desperado-Gesichtern und beschließen, dem Wagen eine letzte Chance zu geben. Rev, der in dieser Nacht ähnlich abenteuerlich aussieht wie Humphrey Bogart in »African Queen«, startet den Jetta, und tatsächlich springt er an und hüpft mit einem scheppernden Satz von der zerborstenen Eibe. Wir reißen uns zusammen, verabreden, uns so unauffällig wie möglich zu verhalten, und Rev steuert das Schrottmobil Richtung Innenstadt. Die verbogene Achse gibt laute Scheuergeräusche von sich, der Wagen hebt und senkt sich bei jeder Umdrehung, wir sind stockbetrunken und fahren augenscheinlich einen halb zerstörten Unfallwagen durch den Hamburger Morgen, immer wieder brechen Blasen hysterischen Lachens aus uns hervor, aber groteskerweise fallen wir keiner Ordnungsmacht auf, nur die anderen Verkehrsteilnehmer beobachten uns skeptisch und irritiert: »Aus welchem italienischen Ganovenfilm sind denn die entwichen?« So kommen wir tatsächlich unbehelligt bis nach Sankt Pauli, wo wir den Jetta vor der Tür seines Besitzers abstellen, um der Form zu genügen, natürlich auf einem Behindertenparkplatz. Kurz überlegen wir, ob wir bei Jens klingeln sollen, um ihm die Situation zu erklären, werden uns aber einig, dass wir ihn »nicht so früh wecken wollen«, also werfen wir den Schlüssel in seinen Briefkasten und schleichen uns albern lachend wie vierjährige Schuljungen von dannen.

Als ich am Nachmittag langsam aus dem brackigen Schlaf meines Rausches aufwache, erwarten mich bereits zwei hässliche Vögel, links die Scham und rechts die Schuld, und ich ziehe mir die Decke über den Kopf, mit der Hoffnung, nicht auch noch das finstere Antlitz der Realität erblicken zu müssen. Was haben wir bloß gemacht? Warum das alles? Jens wird uns anzeigen, uns gerechterweise die Freundschaft kündigen. Wie konnten wir nur so stumpf sein? Kurz darauf klingelt das Telefon, nach langer Zeit wage ich abzuheben. Jens ist dran! Erstaunlicherweise ist er gefasst, sogar eher erleichtert, die alte Schrottkarre wollte er ohnehin loswerden, Gott sei Dank! Rev und ich zahlen ihm unsere Abendgage, damit und mit dem Versicherungsgeld kann er sich den nächsten Gebrauchtwagen leisten.

Die Nacht glimmt noch lange in mir nach.

Dann passierte das, dann das, dann das; keine Struktur, keine Motivik, kein Subtext, lediglich Wiederholungen mit mehr o. weniger gelungenen Witzen, auch keine Ironie, denn Ironie ist sc(?)

LÖCHER

In den Phasen zwischen meinen Aktivitäten falle ich regelmäßig in Löcher der Lethargie, der Kraft-, Lust- und Hoffnungslosigkeit. Sobald ich aus dem Schwungrad der Kunst aussteige, das mich fordert und voranpeitscht, bis ich völlig erschöpft bin, verfalle ich in Apathie. Anstatt mir gerechte Erholung zu gönnen, Ruhe und Entspannung zu genießen, anstatt mich den Eindrücken der Welt zu öffnen, um neue Inspiration zu sammeln, sacke ich in mich zusammen und erstarre. Wenn ich dabei an die Tagebuchaufzeichnungen meines Vaters denke, dann scheine ich diese Teile meines Naturells von ihm übernommen zu haben:

24.4.65
Immer deutlicher wird mir, wie sehr ich doch eigentlich ein haltloser Spielball meiner Anlagen bin, die so sehr denen meines Vaters gleichen, ein Melancholiker mit einem gehörigen Schuss Phlegmatik. Schwermütig, zeitweise äußerst träge und zäh im Denken, manchmal spüre ich förmlich eine Abneigung gegen jede gedankliche Betätigung. Dabei kann ich mich aber stundenlang irgendwelchen Tagträumereien hingeben, meist vollkommen utopischen Erfolgsträumen, die sich mein Unterbewusstes ausspinnt in Ermangelung wirklicher Erfolge, mehr eine Reaktion auf eine kontinuierliche Kette von Misserfolgen und daraus resultierendem Mangel an Selbstbewusstsein. Diese Misserfolge selbst wiederum sind eine Folge meiner Trägheit und Langsamkeit, meiner bewundernswerten Fähigkeit, alles bis auf die letzte Minute hinauszuschieben.

Mir geht es ähnlich, nur dass ich mitunter versuche, meine Tagträumereien in Kunst umzusetzen, was man durchaus als Hybris bezeichnen könnte. Wenn ich also zurückkomme von diesen Ausflügen ins Kunstleben, erstarre ich zur Salzsäule. Weiß ich nicht, was ich mit mir anfangen soll. Damit ich mir in meiner ganzen Unklarheit nicht selber unheimlich werde, läuft der Fernseher tagelang, ich lasse mich berieseln, veröden, beträufeln, nutze diese gleichförmige Dusche, um das Laken meiner Gedanken zu glätten und die Zweifel zu vertreiben. Die Zweifel an mir und am Leben überhaupt, über das, was meine genuine Aufgabe hier auf dieser Welt sein könnte. Diese Aufgabe, die anderen so leicht zuzufallen scheint, ganz normalen Menschen aus der Arbeitswelt um mich herum, aber auch Vorbildern, Künstler/innen, die ganz von selbst auf ihr Lebensthema gekommen sind, das auf ganz natürliche Weise aus ihnen herauswächst, als wenn sie für nichts anderes geboren worden wären. Warum nur ist mir diese Klarheit nicht gegeben? Warum muss ich die ganze Zeit darüber nachdenken, was ich bin oder sein könnte? Warum hat mich die Göttin der Einzigartigkeit nicht geküsst? Warum konnte Bon Scott einfach Bon Scott sein und alle fanden ihn dafür gut, während ich in der Summe der Möglichkeiten meines Seins ersaufe?

Manchmal hege ich den Verdacht, dass ich unter einer autistischen Persönlichkeitsstörung leide und in Ermangelung eines geregelten Tagesablaufes mit Beschäftigungsverhältnis in einem lebenslangen Selbstbeschäftigungsverhältnis gelandet bin.

Die vom Staat sitzen in ihrer Schaltzentrale und beobachten mich durch ihre Geheimkameras:

Staatsdiener A: Du, sag mal, was machen wir denn mit Kandidat RS-8.5.66? Der ist mal wieder lethargisch, wenig konstruktiv und sitzt meist nur so rum und jammert vor sich hin!

Staatsdiener B: Du, lass den mal machen, den kannst du sowieso nicht in nen normalen Beruf stecken, da wiegelt der die Angestellten auf, das bringt nur Unruhe.

Staatsdiener A: Sollen wir den nicht mal langsam aus dem Verkehr ziehen und verschrotten?

Staatsdiener B: Nee, lass den mal vor sich hinprökeln, gar nicht weiter beachten, der ist nicht gefährlich. Vielleicht zahlt er sich eines Tages noch aus für das System – und wenn er nur irgendwelche bescheuerten Songs schreibt und die anderen Zweifler und Nörgler beruhigt. Weißt du: Wir brauchen Nörgler, um die Nörgler zu beruhigen.

Staatsdiener A: Wie schlau ist das denn?

Diese Orgien der Bewegungslosigkeit machen mich natürlich nicht zufriedener und glücklicher, im Gegenteil, ich brate im stinkigen, alten Fett meiner Lethargie und mache mir unentwegt Vorwürfe. Ich könnte auf Reisen gehen, ich könnte Ausbildungen machen, aber es gelingt mir nicht, ich bin wie Prometheus an meinen inneren Felsen gekettet, und jeden Tag kommen die Adler des Zweifels, um von meiner Leber zu fressen. Mit anderen Worten: Ich poliere das Minus im Stein meiner Seele.

Manchmal zumindest inspiriert mich das laufende TV-Programm in seiner ganzen Plattheit und Perversion zum Schreiben. Zu Gedichten, Song- oder Prosatexten. Ich schreibe aus lauter Langeweile – und aufgeladen von all dem TV-Schrott – einen dreiteiligen Kurzkrimi mit dem Titel »Funkgeräte und Autos«. Der Hauptdarsteller »Horst Pagels« erlebt darin ein Feuerwerk an Plattheiten, denn ich benutze alle zur Verfügung stehenden Film- und Literaturklischees. Ich lese den Zitronen das Kurzwerk auf einer Tour vor, und zumindest im Bandbus ist es ein durchschlagender Erfolg. Veröffentlicht wird dieser erste literarische Versuch allerdings nie.

FÜNF AUF DER NACH OBEN OFFENEN RICHTERSKALA

Die Einstürzenden Neubauten kommen nach Hamburg! Ans Deutsche Schauspielhaus! Machen die Musik zu dem Stück ANDI! Unter Peter Zadek. Die Meldung ist eine Sensation. Denn die Neubauten gelten weltweit als das Härteste, Konsequenteste, Abwegigste, Radikalste, was die Musikwelt zu bieten hat. Ich kenne nur Filmausschnitte mit ihnen, in denen sie in der Ruine einer Autobahnbrücke musizieren, umgeben von Beton, Stahl, Dreck, Staub und Dunkelheit. Sie sehen krass aus, roh, brutal – intellektuelle Endzeitpunks, die den Score zum Weltuntergang schaffen, mit Hämmern, Eisenstangen, Motorsägen, die auf Metall treffen, mit spritzendem Schweiß, fließendem Blut, fliegenden Funken und infernalischem Lärm, so stelle ich mir die konsequente Weiterentwicklung von Punkrock vor, die Pistols wirken dagegen wie eine Boogie-Woogie-Band. Blixa Bargeld ist ein Monsterdrache, groß, dürr, mit zerfetzten Haaren und knallengem Bondage-Lederdress, er strahlt für mich pure Härte und Finsternis aus. Und die vier Reiter der Apokalypse um ihn herum stehen ihm in nichts nach. Ausgerechnet diese bizarren Kreaturen der Gegenwelt gehen nun in Hamburg ans Theater. Ans Deutsche Schauspielhaus, in den pittoresken Plüschtempel des Bürgertums, die riesige, goldstuckverzierte Puppenstube der Großkunst, Treffpunkt der Wichtigen und Wertigen, der Bestimmer und Ansager, der Reichen und Herrschenden. Das ist ein echter Weltenclash! Ich bin noch nie im Theater gewesen, außer bei einem Schulausflug in der achten Klasse, als wir in Lübeck »My fair Lady« sahen. Diese Erfahrung sollte – so hatte ich mir vorgenommen – für den Rest meines Lebens reichen. Und jetzt das! Da kommt zusammen, was bis dahin definitiv nicht zusammengehörte. Wir wollen doch ostentativ keinen Kontakt zu »denen da oben«. In einem Fernsehinterview sehe ich Blixa, der feststellt, dass sie das alles – seinem Nachnamen getreu – nur fürs Geld täten. Das Theaterstück sei natürlich inakzeptabel, das könne man sich eigentlich gar nicht anschauen. Durch diese Aussage kriegt das Ganze einen Sex-Pistols-Aspekt, gehen die Neubauten jetzt mit dem gleichen Rip Off Trick in die Theaterwelt, wie die Pistols damals in die Musikbranche? Das wäre eine fantastische Idee. Das hieße, wir könnten das Theater betreten, ohne uns schuldig zu machen. Ohne uns zu beschmutzen. Ohne uns vor- oder verführen zu lassen. Auch als Zuschauer. Dieses Stück, so nehme ich mir vor, werde ich mir dann doch anschauen. Denn das Buch ANDI imponiert mir, der erschossene Hauptdarsteller hat meine vollste Sympathie, ein Prolljunge als Opfer der deutschen Kleinbürgerlichkeit. Hinzu kommt, dass ausgerechnet Uwe Bohm, mein Jugendidol aus »Nordsee ist Mordsee«, den Andi spielen wird. Ich liebe Uwe Bohm. Und Heinz Schubert – der legendäre »Ekel Alfred« – Inkarnation des Spießertums, wird den alternden Kioskbesitzer geben, den Schützen, der Andi erschießt. Es kommt also einiges zusammen in dieser Großproduktion, vielleicht ist es das erste Theaterstück, das sich den Schulterschluss mit dem deutschen Hardcore-Underground traut.

Einige Tage nach der Premiere, zu der ich mir natürlich keine Karten leisten konnte, gibt es eine Skandalmeldung: Ein Zuschauer des Stückes hat sich, als der Kioskbesitzer auf der Bühne stand, in der ersten Reihe erhoben, mit einer Pistole auf Heinz Schubert gezielt und abgedrückt, aber es sei nur eine Schreckschusspistole gewesen. Heinz Schubert freilich rechnete mit seinem tatsächlichen Ende und erlitt fast einen Herzinfarkt. Von diesem Tag an waren die ersten drei Reihen des Parketts mit Flatterband abgehängt, dort durfte niemand mehr sitzen. Ein weiterer Grund, das Skandalstück so bald wie möglich zu sehen.

Ein paar Abende darauf sitzen Ente und ich bei Kasper im Subito am Tresen, wir haben endlich unsere erste eigene LP erhalten – sie trägt den verheißungsvollen Titel »Vision« – und wollen das freudig begießen. Vor uns auf dem Tresen liegt ein kleiner Stapel der Platten und Kasper mustert neugierig das absurde Cover, auf dem ich liegend in einem Tigerkostüm zu sehen bin, eine Banane essend, während die Explosions und die Explonettes hinter Gitterstäben hungrig auf mich (oder die Banane) stieren.

Auf einmal öffnet sich die Tür und die Einstürzenden Neubauten betreten den Laden. Das ist ein großer Auftritt, wie in einem Western, in dem die Desperadobande die verlassene Steppenkneipe betritt. Vorneweg Blixa Bargeld, in schwarz glänzendem Ledertaucheranzug und spitzen Haarstacheln auf dem Kopf, hohlwangig und spiegelbebrillt, hinter ihm die Reiter der Apokalypse: FM Einheit, Mark Chung, Andrew Unruh und Alexander Hacke, alle in feinstem eigenkreatürlichem Undergroundzwirn. Von FM Einheit und Mark Chung weiß ich, dass sie bei Abwärts spielten, meinen absoluten Punk-Helden. Die Kinnlade hängt mir sekundenlang herab, bis Ente mit dem Zeigefinger sacht meinen Mund schließt, der Rest der anwesenden Trebegänger ist ähnlich geblendet. Die Neubauten kommen mir vor wie Lebewesen von einem anderen Stern – hypercoole, gefährliche Aliens –, und jetzt stehen sie hier in derselben Stadt, im selben Laden, am selben Tresen und bestellen dasselbe Prollbier, das auch ich trinke. Kasper begrüßt die Band – er kennt sie bereits – und stellt ihnen ihre Getränke hin.

Es ist noch früh, der Laden nicht allzu voll, und relativ schnell ergibt sich eine muntere Trinkrunde, in der Kasper irgendwann auch mich der Band vorstellt. Anfangs kriege ich kein Wort heraus, das ist mir ne Nummer zu groß, was soll ich denn sagen, damit nicht sofort auffällt, dass ich ein einfacher Junge aus dem Wald bin? Mit welchem Thema könnte ich aufwarten im Angesicht dieser Großstadtgiganten, die alle Codes kennen, alle Regeln und Antiregeln, alle Haltungen und Meinungen. Aber Kasper wirft sich für mich ins Feld und kündigte mich als »DEN Underground Entertainer« an, »aus dem Jungen wird noch mal was« und »den müsst ihr im Auge behalten«! Dann schnappt er sich, bevor ich es verhindern kann, meine neue LP vom Tresen und legt den »Tiger in der Nacht« auf, ich versinke vor Scham fast im Boden. In den Gesichtern der Neubauten: keine Regung, sie schweigen und trinken. Blixa schaut zur Decke, ist er gelangweilt, angeödet, wie miserabel wird er dieses provinzielle Machwerk finden? Am Ende des Songs, in dem mich die Explonettes fragen, ob ich wirklich »der berühmte Tiger« sei, sehe ich den Anflug eines Lächelns über sein Gesicht huschen, und als die Musik ausblendet, murmelt er etwas wie »Gar nicht mal so übel« und bestellt eine Runde Wodka. Ich bin erlöst, nicht vernichtet worden zu sein, habe überlebt, bin nicht geteert und gefedert. Mark Chung kommt zu mir und meint, ihm habe der Song wirklich gefallen. Ihn habe ich noch vor zwei Jahren in Kiel auf der Bühne als Bassisten von Abwärts gesehen, mit einem riesigen Iro auf dem Kopf, er hatte mich von dort oben aus angeblickt und ich hatte mich unendlich klein gefühlt im Fokus dieses Giganten. Jetzt steht er auf Augenhöhe vor mir. Wieso sagt er das? Es zwingt ihn doch niemand. Er steht unter keinem Druck. Dann müsste er ja eigentlich auch nicht lügen. Was aber wäre, wenn er nicht lügen würde? Das hieße, dass ihm der Song tatsächlich gefällt. Das wäre ja irre.

Solche Gedanken schwirren mir durch den Kopf, während ich nicht weiß, was ich entgegnen soll, und irgendetwas vor mich hin stottere. Blixa schmeißt noch ne Runde Wodka, langsam lockert sich meine Zunge und ich traue mich zu sprechen. Gewinne etwas Land unter den Füßen, habe nicht mehr das Gefühl, in allem zu schlecht und nicht genug zu sein, für diese wilden Männer und die beeindruckenden Frauen um sie herum.

Nach zwei weiteren Wodka lade ich Blixa in mein spezielles Geheimversteck ein. Im Gang zum Klo gibt es unter einer Treppe einen schachtartigen Raum, in den man hineinkriechen kann, er ist vielleicht einen halben Meter hoch und wir beide liegen darin, im Staub und Dreck, zwischen toten Kellerasseln und Scherben und trinken und rauchen und schmeißen den Vorbeigehenden leere Flaschen auf die Füße. Blixa gefällt mein Drecksnest, wir liegen im Dunkeln und unterhalten uns, über Musik und Humor. Ich erzähle ihm von mir, von meiner Herkunft, meinen künstlerischen Plänen und Visionen und er lacht mich sonderbarerweise nicht aus. Er lässt mich einfach sein. Als wir wieder herauskriechen, sind wir dreckig und eingesaut, aber wir haben einen Draht zueinander. Die Nacht schnürt uns alle zusammen, die Grenzen verschwinden und die Regeln auch, die Zeit verlangsamt sich, wird zähflüssig, kriecht kurz vor dem Stillstand, der Raum verbiegt sich angenehm nach außen, Nebel legt sich zwischen die Figuren, und als ich mich am Tresen umdrehe, steht dort auf einmal eine Frau, komplett schwarz gekleidet, mit langen blonden Haaren, die mich aus unverschämt tiefen blauen Augen anblickt. Oder sind es grüne Augen? Graue Augen? Zumindest sind es Augen. Ich bin ganz gebannt von diesen Augen. Und dem Mund. Und den Haaren. Mir wird schwindelig.

Als ich am nächsten Morgen erwache, träume ich noch lange mit halb geschlossenen Lidern vor mich hin. Von einer

Daryl-Hannah-haften Frau, umgeben von Drachenechsen. Sie schwebt mir vor, aber ich weiß weder, wer sie ist, noch warum ich von ihr träume. Ist das die Frau von gestern Abend? Gab es die überhaupt? Oder phantasiere ich einfach nur von Daryl Hannah? Ich werde es vermutlich nie herauskriegen. Aber die Drachenechsen habe ich kennengelernt. Und ich werde sie wieder treffen, im Subito. Und Mark Chung hat mich ins Theaterstück eingeladen, das erinnere ich noch, zu Andi, am nächsten Wochenende, genau am Abend vor der nächsten kleinen Tournee mit meiner Band.

Am Freitagabend mache ich mich theaterfein, ziehe mir einen zerschlissenen Brokatmantel über mein schwarzes Hemd, dazu trage ich die alte Anzughose meines Vaters. Die Risse und Löcher in den Kleidungsstücken habe ich mit Silberdraht genäht. Ich lege goldene Ohrringe an und färbe meine Haare nachtschwarz. Außerdem benutze ich Kajal.

Ich habe mich mit Salvatore verabredet, ihn kenne ich aus dem Subito und er wiederum hat Kontakt zu den Neubauten. Salvatore, hochenergetischer, kleiner Italiener mit lautem Mundwerk und großen Ideen, holt unsere Karten am Kassenhäuschen ab, und ich betrete zum ersten Mal das Deutsche Schauspielhaus. Ich bin geblendet von all dem Prunk und Pomp, von der Größe und Pracht des riesigen Saales, den samtenen Logen und dem mächtigen Kristallleuchter in der Mitte des Raumes. Die ersten Reihen sind tatsächlich mit Flatterband abgeklebt, Blixa hat im Subito am Tresen erzählt, dass der Typ, der die Schreckschusspistole gezogen hat, um auf Heinz Schubert zu zielen, kein Fremder gewesen sei, sondern ein Freund der Band, ich musste sehr lachen, die Neubauten versuchen alles, um den normalen Ablauf des Abends zu torpedieren. Das Theaterstück selbst berührt mich nicht sonderlich, aber der Auftritt der Neubauten schon, der hat etwas Unwirkliches, etwas Höllisches an sich, als ob sich ein Spalt in der Erde aufgetan hätte, aus dem diese brachialen Unterweltwesen ausgespuckt werden. Die Musik ist infernalisch laut, brutal, die Bühne sieht aus wie eine Szenerie auf einem Hieronymus-Bosch-Weltenbrand-Gemälde, dunkel, nebelig und Lichtblitze spuckend, ich staune wie ein kleines Kind, das ist tatsächlich etwas völlig anderes als das bieder langweilige »My fair Lady«. Wenn das hier modernes Theater ist, dann kann ich den Trubel verstehen. Merkwürdig ist nur, dass diese Band mit dieser Bühne und diesem Stück eigentlich gar nichts zu tun hat. Denn das Stück spielt in Hamburg Dulsberg, da gibts nichts Industrielles, das ist keine Endzeitgegend, das ist ein tristes, flach bebautes Rotklinkerghetto, AC/DC hätten da besser hingepasst als die Neubauten. Aber gerade deshalb tauchen im Schauspielhaus nun viele Menschen auf, die sich das Stück sonst niemals angeschaut hätten, Zadeks Kalkül geht auf. Wenn ich doch auch nur einmal – so wie die Neubauten – bei einem Stück im Schauspielhaus mitwirken könnte, aber das wird niemals der Fall sein, so viel ist sicher.

Nach dem Stück gehts in die Kantine unter dem Theater. Ich habe noch nie eine derartige Zusammenballung von »wichtigen Menschen« gesehen, von Theaterfunktionär/innen, Szenegrößen, Medienheinis und Groß- und Kleinkünstler/innen. Die Frauen sehen unfassbar gut aus, hier wimmelt es nur so von klugen, starken Kunstdamen in speziellen Outfits, alle natürlich dem Coolheitsgestus der Hauptmatadoren angepasst, Schwarz ist die Farbe des Abends. Ein DJ legt Industrial Musik auf, im Strobolicht zucken einige Frühverstrahlte vor sich hin. Salvatore kennt Gott und die Welt, ich werde eingeführt in diese Kreise und lerne im Vorüberziehen viele bizarre Menschen kennen. Allerdings kann und will ich mich an den aufgeregten, wichtigen, lautstarken Gesprächen kaum beteiligen, ich habe keinen blassen Schimmer vom Theater, von all der Kunst und all den Büchern, über die hier parliert wird, um zu beweisen, dass man sich auskennt, dabei ist, Ahnung, Meinung und Haltung hat, zu allem etwas Hieb- und Stichfestes zu sagen hat. Ich habe zu all dem eher wenig zu sagen, darum schweige ich geheimnisvoll und lasse mich beglotzen: Wer ist denn der hübsche Neuling, das Küken, der dünne dunkle Prinz mit den rosigen Wangen und den zerschlissenen Klamotten? Ich spüre deutlich interessierte Frauen- und Männerblicke auf mir, bin aber zu schüchtern, um mich wirklich in die Brust zu werfen. Mit Salvatore kann ich reden, er nimmt mir meine Unfertigkeit, meine Halbbildung nicht übel und teacht mich, erklärt mir, wer hier wer ist und auf wen ich zu achten habe. So könnte der blutjunge Helmut Berger sich gefühlt haben, als er in die Welt von Visconti eingeführt wurde: ängstlich, unsicher, aber erblühend und Begehren erweckend.

Als die Neubauten Salvatore und mir irgendwann ein Zeichen geben, mit ihnen den Raum zu verlassen, bin ich erlöst und zugleich unglaublich stolz: Sie haben mich auserkoren, mit ihnen zu kommen, ich gehöre zur Incrowd, zu coolsten Posse der Nacht, neidische Blicke verfolgen mich, als ich mit der Band den Raum verlasse. Ich glaube, ihnen ist der Trubel zu viel, die Kulturleute zu affektiert, die Theatermagnaten zu wichtigtuerisch, und Blixa schlägt vor, zu ihrem Freund Fritz Brinkmann in die Lange Reihe zu ziehen. Dort sitzen wir dann stundenlang herum unter den Fotos, die Fritz, der geniale Kunstderwisch, von den Neubauten gemacht hat, und unterhalten uns über die nächste Neubauten-Platte:

Fünf auf der nach oben offenen Richterskala

Was für ein Titel! Was heißt denn das? Blixa dechiffriert: In der Liste der Stärke der Erdbeben heißt der Stärkegrad 5 auf der nach oben offenen Richterskala: Einstürzende Neubauten! Genial! In dieser Atmosphäre verliere ich meine Angst und meine Minderwertigkeitskomplexe. Die bizarren Höllenbiester, die eben noch auf der Bühne den Eingang zur Unterwelt geschmiedet haben, nehmen mich in ihre Familie auf und erweisen sich als die offensten und warmherzigsten Menschen, die ich mir überhaupt vorstellen kann. Erst jetzt kapierte ich, was für ein humorvoller Vogel Blixa eigentlich ist, er kann ungemein komisch erzählen und bringt sagenhafte Pointen. Alexander Hacke, der sehr hübsch, zart, fast kindlich aussieht, ist genauso jung wie ich, ebenfalls ein aufregender Erzähler voller Begeisterung und jugendlicher Komik. Mark Chung nimmt mich beiseite und spricht mich auf meine Karriere an. Wenn ich denn eine weitere LP aufnehmen würde, so sagt er, solle ich mich doch bei ihm und seinem Verlag melden, Freibank heiße der und sie hätten echtes Interesse an mir. Sowieso würde er mich gerne bald mal treffen, um mit mir über meine Zukunft zu reden. Ich als Künstler beim Verlag der Neubauten, na, aber sicher, was denn noch? Ich sage zu, glaube ihm aber kein Wort. Ab und zu wird Speed genommen, um munter zu bleiben und die endlos spiralisierenden Gespräche nicht abreißen zu lassen. Ich weiß ja, was für verheerende Auswirkungen diese Substanz auf mich haben kann, lasse mich aber dennoch einladen und rieche an dem alten Zehnmarkschein der Höllenechsen. Am Ende der Nacht verabrede ich mich mit Fritz Brinkmann für die erste echte Fotosession meines Lebens, also im Studio mit richtigem Licht und so. Im Morgengrauen wanke ich schließlich erfüllt und geadelt zur S-Bahn, um zum Treffpunkt mit meiner Band am Bandbus in Altona zu fahren. Der Speedpegel hat bereits deutlich nachgelassen und irgendwann übermannt mich die Müdigkeit. Ich sacke auf meinem S-Bahn-Sitz zusammen und erwache erst, als mich an der Endstation in Wedel ein Bahnangestellter energisch an den Schultern rüttelt. Schlaftrunken und kaputt tapere ich in die nächste Bahn gegenüber und schlafe sofort wieder ein, dieses Mal fahre ich durch die ganze Stadt und bis Poppenbüttel am gegenüberliegenden Rand der uns bekannten Welt, wo ich wiederum durch energisches Schulterrütteln geweckt werde. Mit dem nächsten Zug schaffe ich es tatsächlich bis Altona, als ich am Bandbus auftauche, bin ich völlig verkatert, zerstört und fühle mich, als wenn ich bereits zwei Wochen Tour hinter mir hätte. Meine Band, unser Mischer und der Fahrer warten seit Stunden auf mich und sind berechtigterweise sauer. Ich lege mich auf die Rückbank zwischen die Instrumente und falle in einen komatösen Schlaf.

1988

EIN RICHTIGES LEBEN IN FLASCHEN

Im Januar des Jahres soll die große Düsseldorfer Bläserpunkformation Family 5 in der Großen Freiheit spielen. Ich bin ein absoluter Fan der Band um Frontsänger Janie J. Jones, der mir mit Fehlfarbens »Monarchie und Alltag« die wichtigsten Texte meiner Jugend geschenkt hat. Ich bekomme in einem Telefonat mit Xaõ Seffcheque, dem Gitarristen von Family 5, heraus, dass Janie am Tag des Konzertes seinen dreißigsten Geburtstag feiert, und berate mich mit Schorsch darüber, ob wir unser »Idol« überraschen können. Wir beschließen, mit einigen Freund/innen eine weiße Stretchlimousine zu mieten und Janie – den wir noch nie getroffen haben – am Nachmittag in der Großen Freiheit für einen Hamburg-Trip abzuholen. Gesagt, getan, um 16 Uhr treffen wir mit dem riesigen Wagen vor dem Veranstaltungsort ein und Xaõ führt Janie unter einem Vorwand vor die Tür, wo wir auf ihn warten. Ich bin mir nicht sicher, was er empfindet, vermutlich ist er verwirrt und leicht indigniert, von einem Haufen fremder Punks in einem hässlichen Riesenauto entführt zu werden, aber er kann schlecht ablehnen, denn auf der anderen Seite sind wir ja nicht irgendwer, zumindest von den Zitronen kann man das behaupten. Es werden verschiedene Alkoholika mitgeführt, und während wir auf unserem Sightseeingtrip die Köhlbrandbrücke überqueren, kommen bereits Spirituosen in kleinen Fläschchen zum Einsatz. Janie hat nichts gegen das forcierte Trinktempo, immerhin verflüchtigen sich so die anfänglichen Fremdeleien schnell und wir umlagern ihn, bombardieren ihn als einen der ersten Punks des Landes mit Fragen und freuen uns, endlich den mythischen

Großmeister aus Düsseldorf kennenlernen zu dürfen. Er berichtet uns über die Anfänge der Bewegung, die erste selbst geschriebene Musik und über die Aufnahmen des Monuments »Monarchie und Alltag«. Als wir nach mehreren Zwischenstopps schließlich am frühen Abend die Große Freiheit erreichen, wo das Konzert bald beginnen soll, entfaltet der Alkohol bereits deutlich seine Wirkung. Backstage gibt es nur eine Kiste Bier und die wurde vom Rest der Band bereits verarbeitet, also macht sich Janie mit Schorsch und mir auf die Suche nach weiteren Stimulanzien. Im Ganglabyrinth unter dem Auftrittssaal entdeckt er eine Gittertür, hinter der Flaschenregale verführerisch glitzern, und da die Tür nicht zu öffnen ist steigt Janie via Räuberleiter nach oben und zwängt sich durch den schmalen Ritz zwischen Tür und Decke, nach einigem Ruckeln gelingt es ihm, hindurch zu kommen. Er greift zwei Flaschen Whisky, die allerdings nicht durch die engstehenden Gitterstäbe passen. Auch ist ihm unklar, wie er ohne Räuberleiter wieder zurück durch den Spalt kommen soll. Schorsch und ich auf der anderen Seite werden zusehends nervöser, denn die Angestellten der Freiheit und vor allem der Nightleader patrouillieren häufig durch diese Gänge. Janie stopft sich die beiden Flaschen in seine Lederjacke, um die Hände zum Klettern frei zu haben, und schafft es bis zum oberen Rand der Tür. Als er sich allerdings durch den Spalt drängen will, verklemmt er sich wegen der beiden Flaschen und kommt weder voran noch zurück. In diesem Moment eilt der Nightleader der Freiheit den Gang hinunter, er will nach der Band schauen, die gleich auf die Bühne muss. Schorsch und ich versuchen ihn abzulenken, drucksen herum, aber irgendwann wandert sein Blick zur Decke und er entdeckt den regungslosen Janie, Sänger der von ihm gesuchten Band, der augenscheinlich ins Getränkelager der Großen Freiheit eingebrochen ist. Es gibt ein Mordsgeschrei, während die Tür aufgeschlossen wird, der Nightleader verordnet ein Trinkverbot für die Band, offenbar ist dem Mann nicht bewusst, über wen er hier gerade sein Urteil fällt, oder schlichter noch: Es ist ihm egal. Diese Band und ihr Sänger sind für ihn irgendeiner von zig Acts, die hier jedes Jahr spielen, und die sollen sich gefälligst ordentlich, professionell und sittsam verhalten. Das Geschrei ist Janie egal, er wankt mit uns in den Backstageraum, und als der Nightleader abgezogen ist, öffnet er die Lederjacke und präsentiert die Beute seines Raubzugs, die der Chefaufseher in der ganzen Aufregung völlig übersehen hat: zwei Flaschen Ballantines. Wir stoßen gemeinsam an, dann machen Schorsch und ich uns auf in den Saal, um das Konzert zu sehen. Als Family 5 einige Minuten später auf die Bühne kommen, hat Janie augenscheinlich bereits weiter am Ballantines gearbeitet, er torkelt Richtung Mikro, fängt an zu singen, vergisst aber sogleich den Text und kräht irgendetwas Unverständliches in die Menge. Vor der Bühne steht ein langhaariger Ordner, ein Rockertyp, der nicht zum Publikum schaut, sondern sich zur Bühne umdreht, offenbar hat er von dem Vorfall im Backstage gehört und Punkbands kann er sowieso nicht leiden. Anstatt also auf potentielle Ärgerpatienten aus dem Publikum zu achten, will er den Sänger der Band, den Unruhestifter und Dieb, im Auge behalten, und wenn Janie torkelnd dem Bühnenrand zu nah kommt, schreit der Roadie von unten rauf und droht ihm. Spontan muss Janie sich übergeben, und genau in diesem Moment steht der Roadie vor ihm, und weil es einfach nicht zu verhindern ist, kotzt Janie dem Mann von oben auf den Kopf, die Kotze klatscht auf die Haare, spritzt in sein Gesicht und rinnt die Schultern herunter. Der Roadie dreht völlig ab, schreit wie am Spieß, versucht, auf die Bühne zu gelangen, während die Band geschockt und zugleich amüsiert weiterspielt. Als der Roadie es schließlich geschafft hat, die Bühne zu erklimmen, flüchtet Janie, verschwindet torkelnd in den Backstagegängen und versteckt sich in irgendeiner Ecke. Andere Roadies kommen von den Bühnenseiten und halten den vollgekotzten rasenden Rächer von Ahndungen ab, dies ist eine professionelle Rockbühne, hier ist kein Platz für Privatanimositäten. Family 5 spielen minutenlang weiter, aber Janie taucht nicht wieder auf, also schnallt Xaõ Seffcheque die Gitarre ab und macht sich auf die Suche nach seinem Mitmusiker. Er findet ihn schließlich in irgendeiner Toilette, auf der sich Janie noch einige Male übergeben hat. Als sie zurück auf die Bühne kommen, ist der Alkoholballast entsorgt und Janie scheint wie ausgewechselt, zwar muss er sich immer noch gelegentlich am Mikroständer abstützen, aber er bringt das Konzert ohne weiteren Ausfall über die Bühne.

WESTERLAND

Das Frühjahr des Jahres 1988 verbringen wir zu größeren Teilen auf Tour. Wir spielen auf einer von Fabsi organisierten ausgedehnten Gruppentournee mit dem Namen »We are the Champions«, neben uns stehen auf der Bühne die »Mimmi's« – Fabsis eigene Band –, »Stunde X« – meine Lieblings-Modband aus Düsseldorf – und eine französische Funpunkband namens »Ludwig von 88«. Mit den X-ern verstehe ich mich blind, sie sind neben den Hosen und den Zitronen eine der Bands der Stunde, spielen feurigen Modpunk mit deutschen Texten, und ihr Sänger Bodo hat einen sehr merkwürdigen und undurchschaubaren Humor, er bewegt sein Gesicht beim Lachen nur minimal und wir arbeiten Humorcodes aus, die wie die Ordensregeln einer eingeschworenen Bruderschaft funktionieren und von außen völlig unverständlich sind.

Wir sind in einem Overnighter Bandbus untergebracht. Als ich das erste Mal einsteige, bin ich sehr stolz, jetzt endlich auch mit so einem glamourösen Rock-Monstrum durchs Land fahren zu dürfen, aber bereits nach zwei Tagen begreife ich, dass diese Reise ein zweifelhaftes und schäbiges Vergnügen wird, denn wir sind mit zwanzig Reisenden schlichtweg zu viele und der Platz ist zu eng. Die sechs Schlafkojen, die mit 80 Zentimeter Breite für eine Person ausgelegt sind, müssen jede Nacht mit zwei Schläfern besetzt werden, was zu ewigem Streit und Gewaltausbrüchen führt. Der Rest von uns pennt auf Bänken oder auf dem Boden. Die ultraenge Dusche und die Mikrotoilette sind ständig besetzt oder verstopft, und da wir uns deshalb nur selten waschen, stinkt es im Bus mitunter äußerst intensiv. Der Verwahrlosung sind vom ersten Tag an keine Grenzen gesetzt, im ganzen Bus schwappt ein Meer aus Müll, leeren Bierdosen, Chipstüten, Pizzaschachteln, umgekippten Aschenbechern und dreckigen Klamotten hin und her, und nur Fabsis strenger Aufruf zur Raison glättet die Wogen mitunter. Die drei anwesenden Frauen, Fabsis Freundin Elli T. Sex, Gitarristin der »Mimmi's«, deren Bassistin Sylke, in die ich immer ein wenig unglücklich verliebt bin, und die Sängerin von »Ludwig von 88«, versuchen in der verlotterten Jungmänner-Atmosphäre bei Laune zu bleiben, was ihnen nicht leicht fällt.

Das Ende unserer Tournee fällt mit dem letzten Konzert der Ärzte zusammen. Sie haben sich nach sechsjähriger Existenz spontan aufgelöst, weil es in Punkkreisen nicht als vornehm gilt, über längere Zeit in derselben Band zu spielen. Kaum habe ich mich von dem Dauerexzess der Championstour erholt, heißt es, mit einem großen Freundespulk nach Sylt zu reisen, in diesem Fall ist wirklich alles dabei, was in Funpunkkreisen Rang und Namen hat. Die Regierung der Stadt Westerland erlaubt ein Konzert der Ärzte in der Stadthalle vor 1500 Zuschauern, ein zweites am selben Abend aber nicht, aus berechtigter Angst vor Punkausschreitungen. Nur machen sich natürlich, wie auch im Fall der Hosen auf Helgoland, viel zu viele Fans in der Hoffnung auf den Weg, doch noch einen letzten Blick auf die verehrten Helden ergattern zu können.

Wir Freunde und Kollegen der Ärzte haben glücklicherweise im Oberrang der völlig überfüllten Halle eine eigene Etage zugeteilt bekommen und beobachten von hier aus den letzten Auftritt unserer Freunde. Neben mir stehen der vor Abschiedstrauer heulende Fabsi und Micha Wahler, legendärer Cäptn der Suurbiers, der Berliner Ur-Funpunkband, aus der viele andere wichtige Bands hervorgegangen sind. Micha ist mit Farin Urlaub und Sahni zur Schule gegangen und hat mit ihnen die allerersten musikalischen Versuche gewagt. Dann hat er die Suurbiers gegründet und Wölli – späterer Drummer der Toten Hosen –, Beckmann – späterer Bassist der Rainbirds –, Bela – späterer Drummer der Ärzte – und Sahni – späterer und dann ehemaliger Bassist der Ärzte – haben bei ihm gespielt und die Suurbiers als Trainingslager und Startrampe für ihre eigenen Karrieren benutzt, während der Cäptn nach ihrem Weggang allein zurückblieb und wieder von vorne anfangen musste.

Micha steht neben mir und singt viele Songs der Ärzte auswendig mit, ein irres Feuer flackert in seinen Augen, denn irgendwie waren die Ärzte auch seine Band. Zumindest haben die Ärzte all das umgesetzt, was ihm – dem Ur-Talent, dem ewigen Star in spe – versagt geblieben ist. Wenn sich die Ärzte jetzt auflösen – und dann bald vielleicht auch noch die Hosen und bestenfalls auch noch die Rainbirds, dann könnte er seine Band ja eigentlich wieder zusammenbekommen.

Am Ende ihres regulären Programms beginnen Bela, Farin und Hagen ihre anwesenden Freunde mit Coverversionen zu ehren, sie spielen Songs all der anwesenden Musiker/innen in einem riesigen, schier endlosen Medley, wir sind alle völlig baff, mit welcher Akribie und Genauigkeit sie das erarbeitet haben. Von mir spielen sie »Liebe kann man sich nicht kaufen«, von den Suurbiers »Teenage Rebell«, von den Zitronen »Doris ist in der Gang«, wir fühlen uns persönlich gemeint und getroffen, in aller Augen steht ein wenig Kirschwasser. Der abschließende Applaus scheint unendlich, ein gigantisches Klatschen, Schreien, Kreischen, Pfeifen, Stampfen, niemand der Anwesenden will es hinnehmen, dass diese Band jetzt das Zeitliche segnet.

Irgendwann später in der Nacht laufen wir Freunde der Ärzte ausgepowert und ein wenig ziellos durch Westerland, bis sich herumspricht, dass es einen Treffpunkt in einer Diskothek in der Innenstadt gibt, wo wir uns langsam sammeln. Ich gehe mit Calamity Jane zu ihrem Auto, um meine Lederjacke zu holen. Auf dem Rückweg durch die leeren Seitenstraßen treffen wir auf einen kleinen Pulk von Skinheads. Warum die sich ausgerechnet an diesem Tag nach Sylt gewagt haben, ist mir ein Rätsel, aber in diesem Moment sind sie in der Überzahl und umringen uns sofort. Sie beschimpfen uns, pöbeln rum, wollen Ärger. Ich ergreife ihren Anführer am Kragen, schleudere ihn zu Boden und knie mich auf ihn, die anderen trauen sich aus unerfindlichen Gründen für einen Moment nicht zu reagieren. Ich springe auf und drohe ihnen lautstark, nutze die Gunst der Stunde und verziehe mich mit Jane. Einige Ecken weiter kommen wir vor der Diskothek an und treffen auf unsere Freunde, denen wir von der Attacke berichten. Kurz darauf stürzen die Skins um die Ecke, sie haben etwas zu spät realisiert, dass ihnen ihre Opfer entwischt sind, und wollen schnellstmöglich alles nachholen, was sie glauben, verpasst zu haben. Das Spiel geht nicht auf, denn nun sind wir in der Überzahl, und sofort werden die Skins dingfest gemacht und verarbeitet. Der eine hat eine Gaspistole dabei und zielt auf uns, aber der Duke, ein Freund der Ärzte, nimmt ihm ganz langsam und sacht die Pistole aus der Hand, dreht sie um und stopft sie ihrem Besitzer mit dem Lauf in den Mund. Er solle dran lecken und saugen, sonst gehe sie los. Der heulende Skin leckt und saugt an seiner eigenen Gaspistole, das ist ein schönes und befriedigendes Bild. Die Prozedur der Demütigungen dauert so lange, bis wir uns sicher sein können, dass die Tölpel in dieser Nacht nicht mehr zurückkehren.

Die Feier geht noch bis zum nächsten Morgen und beim

Sonnenaufgang am Nordseestrand gedenken wir ein letztes Mal der Ärzte, die von der Welt für immer Abschied genommen zu haben glauben.

GEFANGEN IM REICH DES SEXGNOMS

An einem warmen Dienstag im August sitze ich bei geöffnetem Fenster in meinem Zimmer, um zu schreiben. Texte für die nächste Platte, von der ich noch nicht weiß, in welche Richtung sie geht und wo sie erscheinen wird. Alles will ich verändern, alles soll anders und neu sein. Kein Beat mehr, keine Sixties-Zitate mehr, moderner soll es werden, elektronischer und größer. An diesem Nachmittag schreibe ich Texte, experimentiere mit surrealen Komponenten, schneide Sätze und Zusammenhänge auseinander und setze sie neu zusammen, suche nach einem Schlüssel für ein anderes Textverständnis. Auf einmal klingen Klaviertöne durch das Fenster, Akkorde, sie scheinen sehr nah, vertraut, aufregend, die Akkordreihenfolge wiederholt sich, ich überlege, bis mir einfällt, was das ist: Anna Stesia von Prince, von seiner gerade erschienenen Platte Lovesexy. Ich verehre Prince sehr, bewundere alles an ihm und erwarte jede neue künstlerische Äußerung sehnsüchtig. In diesen Jahren ist er das Maß aller Dinge, seine musikalischen Ideen, seine tänzerischen Fähigkeiten auf der Bühne, die Art, wie er singt und spielt, die stilistischen Wendungen von Album zu Album erscheinen immer aufs Neue unberechenbar, ich kann nur staunend zuschauen und lernen. Er hat einen verborgenen Punkt in mir angerührt, der Jahre danach noch fiebrig nachbebt, wenn ich auch nur den Beginn von einem seiner Songs höre. Die Akkorde kreiseln immer weiter, ohne dass der Gesang beginnt, und ich überlege, ob vielleicht meine Nachbarin im Haus gegenüber mit dieser Variation Klavier übt. Ich öffne das Fenster und stelle fest, dass die Musik von überall herkommt, auch am

Fenster zum Hinterhof ist die Luft erfüllt davon. Dann beginnt auf einmal die Stimme des Meisters zu singen, scheint ganz nah, intim und mir stellen sich die Haare auf den Armen auf. Prince ist überall, am helllichten Tag, in ganz Sankt Pauli. Ich eile die Treppen meines Hauses hinunter, um festzustellen, woher die Musik kommt, folge den lauter werdenden Tönen und gelange schließlich zum Millerntor-Stadion. Mittlerweile ist mir klar geworden, was der Grund für dieses Gottesgeschenk sein muss: Prince Rogers Nelson aus Minneapolis ist zu Gast in Sankt Pauli! Für zwei Tage wird er hier bei uns im Viertel spielen, ist jetzt schon anwesend, wenige Hundert Meter von mir entfernt, probt, macht einen Soundcheck, dem sich kein Einwohner der Umgebung entziehen kann. Sowas hat es hier noch nie gegeben, das Wilhelm-Koch-Stadion darf normalerweise aus Lärmschutzgründen nicht für Großveranstaltungen dieser Art benutzt werden, aber in diesem speziellen Fall hat der graue Gott der Beamten ein Einsehen und erteilte seinen Untergebenen auf Erden eine Ausnahmeerlaubnis. Ich wäre gerne zu Prince gegangen, hätte ihn wie einen alten Freund begrüßt, da er mich seit vielen Jahren begleitet und erzogen hat, seit meiner Zeit auf dem Land, als ich zusammen mit Fliegevogel im Soldatenkino in Behrensdorf Purple Rain gesehen habe und bekehrt worden bin. Leider ist diese Bekanntschaft nur einseitig. Ich eile nach Hause und versuche über alle mir zur Verfügung stehenden Kanäle an Karten für das Konzert zu gelangen, bis ich merke, dass es noch ganz normale Verkaufskarten gibt. Ich erstehe sofort zwei davon, für Frenchy und mich, denn auch sie ist dem Meister treu ergeben. Zum Abend hin wandern wir Richtung Stadion, die Aufregung im Viertel ist groß, Tausende Menschen strömen durch die Straßen, wer nicht genug Geld hat, bleibt zu Hause, um das Konzert bei geöffnetem Fenster umsonst zu genießen, laut genug ist es auf jeden Fall. Die entscheidende Information aber kommt von Frenchy: Sie hat gehört, dass Prince nach der Stadionshow noch ein Aftershowkonzert geben will, vermutlich in der Großen Freiheit 36, dem Laden, in dem sie arbeitet und sie will uns beide dort einschleusen. Das sind wirklich verheißungsvolle Aussichten. Das Stadionkonzert ist mir gleich nicht mehr so wichtig, erhoffe ich mir doch von der Aftershow viel intimere Eindrücke aus dem Leben meines einseitigen Freundes.

Die Show ist massiv, überbordend, zum ersten Song fliegt Prince in einem rosa Chevy Cabriolet an einem langen Metallarm auf die Bühne und zieht dann vor den 20 000 Zuschauern wirklich alle Register eines Massenspektakels. Mich lässt das ein wenig kalt, weil es so unpersönlich erscheint, Popjahrmarkt, maximale Familienunterhaltung. Wie immer bei Massenevents stehe ich in der letzten Reihe und sehe dem zwergenhaften Sexgott bei der Arbeit zu.

Nach der Show gehe ich nach Hause und Frenchy in die Große Freiheit, um dort ihre Nachtschicht zu bestreiten, es ist vereinbart, dass sie mich telefonisch herbeizitiert, wenn denn die Zusage zu des Meisters Erscheinen kommt. Kurze Zeit danach klingelt tatsächlich das Telefon und ich eile zur Freiheit. Eine große Traube steht vor dem Eingang, aus der ganzen Stadt reisen die Prince-Freaks an, die das Gerücht gehört haben und auf Einlass hoffen. Ich gehöre zum Kreis der Auserwählten und werde hereingebeten. Ich bin Frenchy so dankbar und umarme sie freudestrahlend an der Garderobe. Dann treffe ich auf Bela B., er begleitet seine Freundin Taylor Dayne, die auf dem Höhepunkt ihrer Karriere steht und mit »Tell it to my heart« einen veritablen Welthit auf der Habenseite hat. Wie ist er denn an die gekommen? Und sie an ihn? Prince beginnt das Konzert um 2 Uhr nachts. All die legendären Musiker, die eben noch auf der riesigen Stadionbühne gestanden haben, betreten nun die kleine Clubbühne, auf der ich noch vor kurzem Family 5 gesehen habe, allen voran Sheila E., und starten das Set mit »Just my Imagination« von den Temptations. Als Prince die Bühne entert, dieses Mal für alle etwa tausend Anwesenden gut sichtbar, sehe ich in den Gesichtern so etwas wie Unglauben. Wie kann dieser Mann nach der eben abgeschlossenen zweieinhalbstündigen Megashow mit totaler körperlicher Verausgabung nun schon wieder auf der Bühne stehen, topfit, bestens gelaunt und perfekt aussehend? Ihn scheint das alles überhaupt nicht anzustrengen, er macht das scheinbar aus Spaß und Liebe zur Musik, einfach weil er sich nichts besseres vorstellen kann, als vor Menschen zu musizieren. Das Konzert ist anspruchsvoll, Prince spielt auf Zuruf, lässt sich treiben, improvisiert ewig, spielt Welthits und auch völlig unbekanntes Material. Dann bittet er zu »Still Would Stand All Time« Taylor Dayne auf die Bühne, die ihn noch nie getroffen hat und die wirklich sehr aufgeregt ist. Selbst für sie als Weltstar ist Prince schlichtweg Gott, eine Begegnung mit ihm kann die ganze Karriere verändern, so wie bei den Bangles. Neben mir auf der Balustrade des Clubs steht Bela und verfolgt das Geschehen mit stolzem Blick. Prince umzirzt Taylor und singt die Ballade so, als ob sie seine Auserwählte wäre, und neben den Stolz in Belas Augen tritt eine gewisse Unruhe, was könnte er schon ausrichten gegen den magischen Sexgnom? Hier sind wir in seinem Reich und völlig machtlos, überhaupt sind alle Männer im Raum überflüssiger Ballast, nur geduldet um der Quote willen, es gibt eigentlich nur die Frauen und Prince. Zu Belas Erleichterung bleibt Taylor nur für einen Song auf der Bühne, danach allerdings verweilt sie im Backstage, was zu neuer Nachdenklichkeit bei meinem Freund führt. Denn eigentlich ist das ja noch viel gefährlicher für ihn. Ich sauge das Konzert, die Musik, die Bewegungen, Moves, Styles der gesamten Truppe in mir auf, habe das Gefühl, der musikalischen Weltführerschaft bei der Arbeit zusehen zu dürfen. Wenn ich nur ein Prozent davon verinnerlichen kann, werde ich zukünftig verändert auftreten, die Inspiration ist ungemein. Bis mir auffällt, dass genau deshalb auch all die anderen Männer hier im Raum anwesend sind. Musiker, die vom Meister lernen wollen, Zauberlehrlinge, die Magie studieren, um danach in die Welt zu strömen und mit den kopierten Tricks die Frauen von sich zu überzeugen. Nachwuchspfauen, die dem Pfauenkaiser folgen.

Prince spielt bis halb fünf morgens. Am Ende bin ich völlig satt und hoffe, dass das Konzert langsam zu Ende geht. Das muss man sich mal vorstellen: Ich wünsche mir tatsächlich, dass der aufregendste und extraordinärste Musiker der Welt endlich Ruhe gibt, dass er endlich – so wie auch ich – müde genug ist, um zu Bett zu gehen. Eine derartige Dosis von nur einem einzigen Künstler habe ich noch nicht konsumiert. Ich frage mich, wie er das gemacht hat: War er, waren sie alle entgegen allen Behauptungen doch auf Drogen, also auf kolumbianischem Marschierpulver? Auf jeden Fall hat er es uns allen kollektiv derart besorgt, dass wir wirklich nicht mehr können.

WIR BAUEN EINE STADT

Ich bin stets rastlos, nervös, angespannt und kann nicht unterscheiden: Bin ich eigentlich auf der Flucht oder auf der Jagd? Vermutlich beides, auf der Flucht vor mir, der Ruhe, dem Nachdenken, der Erkenntnis, dem eigentlichen Sein, und gleichzeitig auf der Jagd nach dem Erlebnis, der Ablenkung, der puren Aktion. Ich kann es nicht ertragen, wenn sich die Dinge um mich herum nicht bewegen, und bleibe dadurch selber in einer ständig rastlosen Bewegung, ich bin im wahrsten Sinne des Wortes ein »rollender Stein«. Ich suche nach »Etwas«, ohne zu wissen, was »Es« eigentlich ist. Geht es um Liebe, Zuwendung, Anerkennung, Respekt oder Ruhm? Nichts von dem reicht als Antwort aus, ich bin einfach unendlich getrieben. In jeder Künstlerseele gibt es ein »Loch« – einen Bruch in der Biografie, der nicht von selbst zusammenwächst. Es gibt eine Grundverletzung, sei es durch die fehlende Liebe der Eltern oder innerfamiliäre Dramen jeder Art, also beginnen wir Versehrten, uns die Zustimmung von Fremden zu ergaunern. Durch Taschenspielertricks jeder Art – Tanz, Malerei, Schauspiel, Musik, Schriftstellertum – bannen wir Schiefen die Aufmerksamkeit der Geraden auf uns und fühlen uns in diesem Fokus für einen kurzen Augenblick gesehen und anerkannt. Man applaudiert zu den Blüten unserer Schwächen, bis das Bühnenlicht erlischt und wir in die graue Realität unserer eigenen alltäglichen Leben zurückkehren müssen. Dieses Loch ist meine Triebfeder. Mein Unglück und Vorteil zugleich, denn das Spannungskraftwerk in mir erzeugt unendlich viel Energie, die in Schüben durch mich hindurch marodiert und die ich bestenfalls für die

Kunst nutzen kann. Manchmal aber gibt es schlichtweg zu viel Energie in mir und ich muss sie mit Alkohol abbrennen. Erst der Kater holt mich zurück auf den Boden der Tatsachen.

Nacht für Nacht bin ich unterwegs, lasse mich durch die Läden treiben, um Menschen kennenzulernen, Künstler und Künstlerinnen, um mit ihnen zu verschmelzen im großen Brodem aus Musik, Gesprächen, Berührungen, Drinks und Tabak. Es gibt viele neue Läden, alle mit Mikrouniversen und Spezialbiotopen: Vom Subito aus gehe ich ins Kir, in dem unter der Ägide des paradoxerweise stets weiß gekleideten Clemens Grün sehr gute Underground-Konzerte stattfinden, Pete Shelley von den Buzzcocks sehe ich dort mit seiner neuen Band, die von mir hochverehrten S.Y.P.H. und viele andere.

Auf dem Hamburger Berg entsteht eine eigene kleine Untergrundwelt, dort eröffnen Läden wie das Tempelhof, ein Soulladen, und eine Treppe darüber das Camelot, eine von Lesben frequentierte Disco. Es gibt das Sparr, ein hell ausgeleuchteter Raum mit großer Frontscheibe, vollgestellt mit alten Sofas und einem Kickerraum, die Toiletten sind auf dem Hinterhof. Hier arbeitet Sigurd Müller, der Sänger von »The Beauty Contest« und »Golden Shower« hinter dem Tresen, ein finster dreinblickender, aber auf den zweiten Blick äußerst liebenswerter Untergrundfürst. Tobias Gruben, der Sänger von »Die Erde«, und ich sitzen nächtelang bei Sigurd und seiner Mitbetreiberin Kathleen und unterhalten uns mit den Kastrierten Philosophen – Katrin Achinger und Matthias Arfmann, zwei ebenfalls sehr inspirierende Musikschaffende und Nachtmenschen. Es ist eine fruchtbare Zeit für Bands, sie ploppen wie Pilze aus dem Boden und es gibt keine Grenzen zwischen den verschiedenen Szenen der Stadt, alle treffen auf alle, so zumindest kommt es mir vor.

Im Studio habe ich Bernd Begemann und Matthias »Tex«

Strzoda von »Die Antwort« kennengelernt, und sie laden mich ein, meine Songs bei ihrem Labelauftritt im Stadtpark in einer Soloversion ohne meine Band zu singen. Bernd ist ein umtriebiger und wortstarker Entertainer und Connecter, dem ich gerne zuhöre und der sich als Fan meiner Musik vorstellt. Ich soll nach der »Antwort« und vor den »Grace Kairos« und den »Jeremy Days« alleine mit Gitarre auftreten und habe das Gefühl, nicht unpassender sein zu können. All diese Bands sind äußerst ambitioniert, können wirklich spielen und singen und haben bereits diverse Platten und kleinere Hits auf der Habenseite, ich hingegen bin noch immer der Junge aus dem Wald, der sich zufällig in die Stadt verirrt hat, so zumindest komme ich mir vor. Eigentlich ist mein Auftritt an jenem Abend völlig egal, wichtig ist mir nur, diese Musiker kennenzulernen, beobachten zu dürfen, die »Hafenklang Gang«, da sie alle unter der Leitung des umtriebigen Produzenten Alexander von Oswald im Hafenklang Studio am Fischmarkt ihre Platten aufnehmen. Die Grace Kairos mit Timo Blunck haben sich ihre Scheibe vom Minneapolis-Kuchen und »Morris Day and the Time« abgeschnitten und tanzen beim Spielen wie die Amis, die haben's echt raus. Als ich auf die Bühne komme, fängt es an zu regnen, und ich danke dem Wettergott, dass er meine Blamage großmütig hinter einer Wand aus Wasser verbirgt. Nach drei Songs, die unter den Schirmen kaum jemand mitbekommt, bin ich erlöst und kann mich wieder der Beobachtung der Fähigkeiten der Anderen widmen. Ich will einfach nicht mehr alleine spielen, ich will nicht mehr als witziges Unikum bloßgestellt sein, ich brauche meine Band um mich herum.

GEBURT EINES UNIVERSUMS

In der Lincolnstraße auf Sankt Pauli hat Freund Jens, dessen VW Jetta ich und Reverend zuvor zerstört haben, vom Vermieter den gesamten Keller seines Mietshauses zur freien Nutzung gestellt bekommen. Jens baut einen Partykeller daraus, es gibt acht Räume, einen für Bandkonzerte, einen für Discodancing, die anderen sind mit Sofas und Tresen vollgestellt. Abgesehen von einem etwas kleineren Raum, der noch zur freien Verfügung steht. Zusammen mit Freund Kayser Walter beschließe ich, in diesem Raum eine Boutique zu eröffnen. Kayser Walter – umtriebiger Szene- und Konzertgänger, Styler und Raggafan – hat kurz zuvor in einer Zeitungsannonce vom Räumungsverkauf einer ehemaligen Boutique in Altona gelesen und sich die Hinterlassenschaft zeigen lassen. Bei einem Hausbrand in den frühen siebziger Jahren mussten die Besitzer des Modegeschäfts »Alexandra« ihre komplette Ware auf unbestimmte Zeit einmotten und nun, 15 Jahre später, sind die Klamotten keinen modischen Pfifferling mehr wert, die Erben versuchen alles im Bündel zu verkaufen. Wir leihen uns von Freunden zweitausend Mark und kaufen das Konglomerat, säckeweise alte High Fashion, muffig riechend, aber einzigartig. Es sind Hunderte Exponate der besten modischen Prêt-à-porter-Auswüchse, die die frühen Siebzigerjahre für beiderlei Geschlecht hervorgebracht haben, hergestellt aus Synthetikstoffen, Baumwolle und Seide. Hemden mit absurden Kragenformen, Schlaghosen aus discoiden Stoffen, Jacken, deren Plüschärmel man auf mehrere Meter langziehen kann und unendlich viele spacige Kleider und Röcke. Voller Freude und Aufregung schaffen wir das Material in die Lincolnstraße und hängen es auf ein Trägersystem, das wir in den kleinen Raum gebaut haben. Dann denken wir lange über den Namen nach, denn der ist wie immer das Wichtigste. Nach ewigen Überlegungen stehen auf einer langen Liste mit durchgestrichenen Namen in der letzten Auswahl zwei Begriffe: »Boutique Pferdestall« und »Boutique Pudel«. Zwar finden Kayser Walter, Jens und ich »Boutique Pferdestall« eigentlich komischer, da der Titel so unmodisch, unglamourös und trampelig klingt. Aber »Boutique Pudel« macht das Rennen, denn der Pudel ist ein ideales Logo für unser Vorhaben: zum einen Symbol für die untergegangene spießige Kleinbürgerlichkeit der Siebziger, auf der anderen Seite in Subkulturen schon länger mit einem tuntig widerständigen Divine Charme versehen, schillert das faustische Tier, in dem sich der Teufel verbirgt, in verschiedensten Nuancen.

Zur ersten großen Party in den neuen Räumen erscheint die ganze Sankt-Pauli-In-Crowd. Im Konzertraum spielt eine Krachband, die das vierstöckige Haus eine Stunde lang erbeben lässt, im Discoraum wird Ragga aufgelegt und Kayser Walter und ich haben uns in die Boutique zurückgezogen. Wir selber tragen ein paar unserer besten Exponate und warten hinter geschlossener Tür auf die Kunden. Vom Tape läuft in Endlosschleife Kaufhausmuzak mit Werbedurchsagen – natürlich von uns selbst produziert –, und um den dumpfen Mottenkugelgeruch etwas zu überdecken haben wir Duftstäbchen im Raum verteilt und die Kleider teilweise mit billigsten Parfüms vom Hyper Market bearbeitet. Kurz nach Eröffnung der Party beginnt der Verkauf, wir lassen nie mehr als zwei Kunden in den Raum, damit wir sie persönlich beraten können und tun dies so ausgiebig und lange, bis die Nachtschwärmer bestenfalls komplett neu bekleidet unser Geschäft verlassen, um in den Tanzraum zu wechseln. Das wollen die anderen Gäste nicht auf sich sitzen lassen, unsere Preise sind moderat und die Kleidung exquisit und so steht die ganze Nacht eine Schlange vor der Boutique Pudel. Kayser Walter und ich bekommen kaum etwas mit vom Rest der Party, wir sind glücklich und erfolgreich in unserem kleinen Modeuniversum.

Bei allen weiteren – alle paar Wochen stattfindenden – Partys sitzen der Kayser und ich nun in unserer Boutique, ab und zu hilft auch Schorsch aus oder Jens oder Steph, und ohne es zu ahnen, legen wir damit den Grundstein für das später explodierende Pudel-Universum.

EINLADUNG INS NICHTS

Meine Mutter ruft mich an einem Montagmorgen an: Sie hat Krebs. Mir bleibt die Luft weg, ich weiß nicht, was ich entgegnen soll, sie ist gerade mal 48 Jahre alt, sieht fit aus, ernährt sich gesund, hat keine wirklich giftigen Leidenschaften. Ihre Stimme am Telefon klingt gebrochen – sie habe einen Tumor in der Brust und müsse einen Eingriff über sich ergehen lassen, danach Chemotherapie. Bilder trudeln durch mich hindurch, die Vorstellung, sie zu verlieren, löst Panik in mir aus. Bei aller Distanz, die ich zu ihr aufgebaut habe, ist sie dennoch mein Ankerpunkt, der Hafen, von dem aus ich meine Reise begonnen habe, der Urquell meiner künstlerischen Veranlagung, die Sicherheit des Lebens liegt in ihrem Sein. Mir versagen die Worte, ich gebe unbeholfene Mutfloskeln von mir: »Ach was, mach dir keine Sorgen, das wird schon wieder …«, aber ich glaube mir selber nicht. Ich verspreche, sie so bald wie möglich zu besuchen, dabei gibt es nichts, was ich wirklich tun könnte, uns allen bleibt nur übrig, die weiteren Untersuchungen abzuwarten und darauf zu hoffen, dass der Eingriff glimpflich verläuft und noch keine Metastasen in andere Körperteile gestreut haben. Nach diesem Gespräch hat sich etwas verändert, die Selbstverständlichkeit des Lebens ist für mich grundsätzlich in Frage gestellt.

WILDES HERZ

Ich toure mit der Band, obwohl meine LP »Vision« mehr oder weniger gefloppt ist, die Verkaufszahlen halten sich in Grenzen, das Album hat höchstens einen gewissen Kultstatus erreicht. Anderen Musiker/innen allerdings gefällt die Platte gut, ich bleibe, was ich schon vorher gewesen bin: ein Musician's Musician, der Entertainer der Unterhaltenden.

Wir spielen häufig auf Tourneen mit anderen Bands, das garantiert – schlauer Schachzug – höhere Zuschauerzahlen bei niedrigeren Gagen. Wir teilen uns die Bühne und den Bandbus mit den Mimmi's, den Panhandle Alks, Rumble on the Beach und Stunde X. Eine Package Tour vollziehen wir mit Calamity Jane und ihrer Band, unseren Freunden. Am Ende dieser Abende spielen wir alle zusammen und stehen zu zehnt auf der Bühne, was zu furiosen Sessions führt, die das Publikum in Rage und Verzückung versetzen.

Wir bekommen sogar das Angebot, bei der berühmten Werbeagentur Springer & Jacoby zu spielen, die bieten uns für eine einstündige Session 6000 Mark, so viel Geld haben wir noch nie verdient. Zwar spielen wir tatsächlich in ihren Agenturräumen in der Hamburger Innenstadt, aber merkwürdigerweise interessiert sich keiner der Werber/innen für unseren Auftritt, und so rattern wir routiniert wie ne Muckband unser Set runter und beobachten dabei die champagnerschlürfenden Businesspeople auf der anderen Seite des Raumes. Warum haben die uns überhaupt bestellt? Empfinden sie Freude dabei, uns herabzusetzen? Endlich mal den feinen Künstlern zeigen, was ne Harke ist. Die ja ansonsten zu cool sind für die Werbung, denen es zu nieder ist, für Leute mit richtigem Geld zu arbeiten. Aber hier müsst ihr zum Tanz aufspielen – und es tanzt niemand – ha! Mir isses egal, nach etwas mehr als einer Stunde verteile ich fünf Tausender in die Band und gehe mit meinem Anteil zufrieden ins Olympische Feuer, um ne richtig schöne Portion Spaghetti Bolo mit extra Käse abzuräumen.

Im Herbst des Jahres veranstaltet der wahre Heino erneut ein Festival im Tempodrom in Berlin, dieses Mal verabschiedet er damit sein legendäres Plattengeschäft, den »Scheißladen«, und plant mit den Erlösen des Festivals mit seiner wunderbaren Frau Theo zusammen ein Künstlerhotel zu eröffnen. Wieder sind diverse hochkarätige Künstler und Künstlerinnen geladen, unter anderen die Abstürzenden Brieftauben, Andreas Dorau, die Lolitas, die Strangemen, Family 5, die Fehlfarben, die Goldenen Zitronen, die Waltons, Pseiko Lüde & Die Astros und viele mehr. Dieses Mal bin ich in besserer Verfassung als beim letzten Festival und reise gemeinsam mit der Band im Tourbus an. Viele der Auftretenden habe ich noch nie live gesehen, geschweige denn, dass ich sie kenne, und ich bin – als Fan – voller nervöser Vorfreude. Ich treffe das erste Mal auf Andreas Dorau und bin begeistert von ihm, ich habe ihn mir als kühlen, nüchternen Intellektuellen vorgestellt, aber er entpuppt sich als energetischer Partycrooner, es lohnt sich, an seinen Lippen zu hängen, denn er ist eigen, schnell, merkwürdig und sehr komisch. Françoise Cactus, die ich bereits zuvor als großer Lolitas-Fan kennenlernen durfte, singt mit mir zusammen auf der Bühne einen meiner Songs, ich bin stolz und dankbar, denn ich verehre sie sehr, sie ist so großzügig und flapsig und nonchalant und schwebt auf eine einmalig coole Weise über dem ganzen Abend. Und ich sehe das erste Mal Pseiko Lüde & Die Astros, eine psychedelische Beatband aus Osnabrück, von denen ich schon sehr viel gehört habe. Sie waren die Ersten, die den Move zum Hardrock wagten, lange Haare und Rockeroutfit trugen, wahnsinnig wild und gut spielen konnten und dennoch keine Machoidioten waren.

Nach dem Konzert ziehe ich mich im Backstage um und lasse mich ein wenig über das Festival-Areal treiben, durch die vielen Menschen, versinke in der Menge, bestaune und bejubele die Bands auf der Bühne, bin ganz und gar Fan, allein und einer von vielen. Als ich für einen Moment frische Luft vor der Tür schnappe, tippt mir jemand von hinten auf die Schulter. Ich drehe mich um und stehe vor einer Frau, die mir auf merkwürdige Weise bekannt vorkommt. Sie ist relativ groß, schwarz gekleidet, hat lange blonde Haare, und ihre Augen scheinen mir auf geheimnisvolle Weise vertraut, es durchfährt mich wie ein Blitz – dies ist die Frau aus meinem Darryl-Hannah-Traum, von der ich nicht gewusst habe, ob es sie wirklich gibt! Sie bemerkt meine Unsicherheit, meine Verwirrtheit und lächelt mich wissend an. Ob ich mich denn nicht an Hamburg erinnern könne, an den Abend im Subito, mit den Neubauten? Ich bin peinlich berührt, tue aber so, als ob mir alles bewusst sei, sie durchschaut mich sofort und lacht mich aus, nicht hämisch, eher liebevoll spöttisch. Dann erzählt sie mir, dass sie Anne heißt und dass wir uns im Subito lange unterhalten haben, ich sei allerdings ganz schön angeschlagen gewesen. Ich schäme mich bodenlos. Sie fragt, ob ich auf dem Festival bleiben wolle, sie würde gern den Ort wechseln. Ich bin gebannt von ihrer ruhigen, selbstbewussten Art, sie scheint den Plan zu haben, die Übersicht, den Durchblick, sie weiß genau, was sie will. Mir ist das Festival von der einen auf die andere Sekunde plötzlich völlig egal, ich lasse alles stehen und liegen und gehe mit ihr, schon einmal habe ich sie verloren, das passiert mir nicht noch mal. Sie hat einen kleinen Wagen, wir fahren zur Tanke und kaufen eine Flasche Moskovskaya, dann fährt sie mit mir zum Glienicker See, der die Grenze zum Ostteil der Stadt bildet. Wir setzen uns auf eine Bank am Ufer, trinken Wodka, schauen über die glitzernde Wasseroberfläche Richtung DDR und unterhalten uns. Sie ist klug und kennt sich gut aus in den Sphären der Kultur, außerdem ist sie Zahnärztin mit eigener Praxis, das imponiert mir. Wir vergleichen unsere Welten, sie erklärt mir Berlin und ich ihr Hamburg, ich erkläre ihr Punk und sie mir Soul, wir sprechen über Kunst und Film, über Liebe und Sex, zwirbeln uns in immer weitere Gedankengänge, treiben mit den Worten über den See und durch alle Ecken des uns bekannten Raums, erregen uns an Themen und am gegenseitigen Anblick, denn im Mondschein am See unter dem Einfluss von Wodka beginnt sie auf einmal magisch zu leuchten. Wir lachen und schweigen und nach einer endlosen kleinen Pause im Nichts küssen wir uns, ich falle dabei fast in Ohnmacht, weil alles so aufgeladen und perfekt ist. Sie bietet mir an, mit zu ihr zu kommen, und ich kriege schon wieder weiche Knie, womit habe ich denn diese unerwartete Wendung verdient? Auf der Fahrt durch das nächtliche Berlin zu ihr pulsiert das Glück in allen Nuancen durch meinen Körper.

Als ich am nächsten Tag gegen Mittag erwache, wird mir schmerzhaft bewusst, dass ich sofort zum Festival-Gelände fahren muss, meine Band wartet, will packen und abreisen. Ich verabschiede mich etwas überstürzt von der noch im Halbschlaf liegenden mir unbekannten und doch so vertrauten Anne, deren Gesicht ich unter ihren langen, wilden, blonden Haaren kaum finden kann. Sie steckt mir zum Abschied ihre Telefonnummer zu.

Ich fahre mit Bussen durch den Westberliner Sonntagmittag Richtung Tempodrom und bin ganz angefüllt von der Summe der Erinnerungen. Erst all die Bands gesehen haben zu dürfen, einige von ihnen kennengelernt zu haben und danach mit dieser geheimnisvollen Frau auf dem Flickenteppich unserer Worte durch die Nacht geschwebt zu sein. Als ich endlich im Tempodrom ankomme, ist der Bus mit meiner Band schon abgefahren, nur ein Häuflein mit meinen Sachen liegt noch wie eine Anklage in der Ecke. Ich verdamme mich selber – warum bin ich so verantwortungslos, nicht rechtzeitig zur gemeinsamen Abreise hier zu sein? Diese Menschen sind mit mir hergekommen, um mich zu unterstützen, dies ist nicht ihr Projekt, es ist meines und ich habe es noch nicht mal nötig gehabt, mit ihnen den Bus zu packen und sie zu verabschieden – so geht schlechtes Benehmen. In mir kämpft die Scham mit dem Gefühl des Gewinns, denn wäre ich verantwortungsvoll geblieben, hätte ich diese Nacht nicht erlebt.

Lüde und die Astros kommen durch den Backstageraum und suchen ihre Sachen zusammen. Ich unterhalte mich mit Tex Morton, dem Gitarristen der Band, den ich in der letzten Nacht kennengelernt habe und der mir brüderlich verwandt erscheint. Er erklärt mir, dass sie von morgen an auf Tournee gehen, durchs ganze Land, und als ich meinen Neid bekunde, bietet er mir an, sie zu begleiten. Ich bin überrascht von der Idee, weiß aber nicht, was ich dort tun könnte. Mittlerweile ist die Band um mich versammelt und Lüde, langhaariger und walrossbärtiger Sänger und Chef des Haufens, bietet mir an, Tourkameramann zu werden, unausgesprochener Titel des zu erstellenden Films: »Eine Rockband auf dem Weg nach ganz oben«. Ich soll die ganze Tour filmisch festhalten, die Kamera haben sie dabei, nur die Person, die sie bedienen könnte, fehlt noch. Da ich keine anderen Pläne habe und mir die Idee abenteuerlich und frei vorkommt, willige ich ein. Ab jetzt bin ich Kameramann auf einer Hardrocktournee. Es gibt noch eine weitere Band auf diesem Ausritt, die »Unapproachable Slawheads« (ehemals »Metallgemüse«) aus Frankfurt.

Die Tage kommen mir merkwürdig leicht vor: Ich habe keine schweißtreibende Verantwortung, muss nicht auf der Bühne repräsentieren oder mich um Struktur und Ordnung in der eigenen Band kümmern, ich habe nur darauf zu achten, die entscheidenden Momente des Touralltags festzuhalten. Die große, relativ schwere Videokamera ist mir zwischendurch an die rechte Hand gewachsen, ich lasse sie kaum los, habe immer den Finger am Auslöser, um nur ja keinen grotesken Moment zu verpassen, filme die Astros und die Slawheads, im Tourbus, auf der Bühne und im Hotel. Zwar sind die Astros mit einem großen Overnight-Bus unterwegs, was auf ein bereits höheres Tourniveau hätte schließen lassen können, aber die Hallen sind zu groß gebucht, nicht ausverkauft, die Promo schlecht gelaufen und das Land offenbar noch nicht bereit für eine Hardrockband mit psychedelischen deutschen Texten und verquerem Humor. Dass die englischen Vorbilder – Zodiac Mindwarp and the Love Reaction – mittlerweile zu Weltstars geworden sind, heißt noch lange nicht, dass das deutschkonservative, sicherheitsbestrebte, immer-dasselbe-sich-wünschende Publikum gewillt ist, eine teutonische Variante davon zu akzeptieren. Also wirken die Bühnenshows wild und aufregend, die P. A.s sind groß und laut ausgelegt, eine eigene Lightshow mit extraordinären Licht- und Farbeffekten lässt die Zuschauer staunen, die Bands spielen hart und wild, geben alles, aber es sind schlichtweg nicht genügend Menschen anwesend, um tatsächliche Hysterie zu erzeugen. Immer wenn die Astros ihre »musikalische Pyramide« aufbauen, bei der Gitarrist Tex Morton auf den Oberschenkeln von Sänger Lüde und Bassist Stefan stehend ein bizarr schnelles, geniehaftes Gitarrensolo spielt, drehen die eingeschworenen Fans vor der Bühne durch, headbangen bis zum Kopfschmerz, hinter ihnen aber steht schlichtweg niemand. Ich gewöhne mir an, die Kameraperspektive so einzurichten, dass man diesen Makel nicht bemerkt. Auch nach den Shows im Backstage und im Hotel filme ich weiter. Eines der schönsten Motive: Tex Morton hat sich spätnachts einen Teller Spaghetti mit Tomatensoße mit aufs Zimmer genommen. Im Sitzen auf dem Bett versucht er seine hautenge Rockjeans abzustreifen, was ihm aber wegen der ebenfalls passgenauen kniehohen Krokodilleder-Cowboyboots nicht gelingt, die Hose hat sich umgedreht und über die Stiefel gestülpt, ein unentwirrbares Konstrukt ist um die Beine des hungrigen Gitarrengottes entstanden. Schließlich lässt er sich auf den Rücken sinken, um wenigstens sein Essen zu sich zu nehmen. Dabei übermannt ihn die Müdigkeit und er zieht sich im Halbschlaf die Bettdecke über die verwickelten Beine und den vollen Nudelsoßenteller. Als Lüde am nächsten Morgen ins Zimmer kommt, um Tex zu wecken, und ihm die Bettdecke herunterzieht, ist er für einen kurzen Moment zutiefst erschrocken wegen des ganzen vermeintlichen Blutes, bis er versteht, was passiert ist. Sofort fordert er mich auf, den Tatbestand festzuhalten, natürlich zum Unwillen des langsam erwachenden und völlig eingesauten Tex.

Wenn ich tagsüber Zeit habe, tippe ich Untertitel ins Menü der Kamera, die dann im Bild auftauchen, ich lasse mir allerlei unrockige und die Männlichkeit im allgemeinen veralbernde Titel einfallen. Für die »Unapproachable Slawheads«, die in ihrem eigenen Bandbus fahren und ab und zu auf der Autobahn mit ernsten Gesichtern an uns vorbeirauschen, blende ich als Untertitel ein: »Hier zu sehen – die fein bemehlte Band ›Plöbekötte‹ auf ihrer Tournee ›Leicht befurzt in Flandern‹«. Lüde und die Astros sind zumindest von dieser Arbeit mehr als amüsiert. Später auf einer Raststätte spiele ich den Slawheads die Sequenz vor, die Reaktionen gehen gegen Null, man findet das weder lustig noch angemessen. Nur der Sänger Patrick Orth, der später der Manager der Toten Hosen wird, kann sich ein müdes Lächeln abringen.

Nach einigen Tagen gerät mein Stern als Kameramann und Kommentator ins Trudeln, ich halte augenscheinlich die peinlichsten Momente der Reisenden einer erfolglosen Tour fest und untergrabe mit den Untertiteln nachträglich auch noch deren Coolness. Ich verbrauche Platz, Geld, schlicht Ressourcen und so erklärt man mir schließlich, dass man sich diesen teuren Spaß nicht weiter leisten könne. Auf einer Autobahnraststätte wechsele ich in den Bandbus vom Caspar Brötzmann Massaker und fahre postwendend zurück nach Hamburg.

AUSLADUNG AUS DEM NICHTS

Nach meiner Rückkehr fahre ich mit Frenchy aufs Land, um meine Mutter zu besuchen. Den relativ überschaubaren Eingriff hat sie hinter sich gebracht, leidet aber deutlich unter der Chemotherapie. Ihr fallen die Haare aus und irgendwann hat sie sich den Kopf rasiert, sie trägt Tücher und Kopfbedeckungen, um die Glatze zu verdecken, für die sie sich sehr schämt und die zu einem endlosen Fragenansturm führen würde. Gleichzeitig verändert sie sich, die Angst lässt sie wachsen, sie wird klarer, selbstbestimmter, der Kampf gegen den Krebs bringt sie zu sich selbst, und das Unsichere an ihr, das mich vorher manchmal so auf die Palme getrieben hat, weicht in der Zeit der Genesung. Sie hat beschlossen, von nun an vor allem sich selbst zu dienen, nicht mehr anderen, auch nicht ihren Söhnen. Sich nicht ständig Gedanken über die Menschen um sich herum zu machen, sich nicht in ihren Sorgen über die Welt zu verlieren, sondern nur an sich und ihre Heilung zu denken. Diese Entscheidung steht ihr gut zu Gesicht, ich habe das Gefühl, sie nochmal neu und anders kennenzulernen, vielleicht auch bedingt durch meine Verlustängste. Mir wird zum ersten Mal bewusst, dass diese Person, die mir ewig und unsterblich erschien, auch nur ein ganz normaler Mensch ist, ein eigenes, fehlbares, verletzliches Individuum. Und erleichtert realisiere ich, dass sie gerade dem Tod von der Schippe gesprungen ist. Dennoch bleibt bei ihr, bei meinem Vater, meinem Bruder und mir ein unsicheres Gefühl zurück. Dies ist ein Warnzeichen gewesen: Alles, was selbstverständlich erscheint, kann von heute auf morgen zerbrechen, das Leben ist filigran, verletzlich und angreifbar. In meinen Gedanken bleibt eine grausame Konsequenz aus jener Zeit zurück: Alles kann jederzeit und überall passieren. Nichts ist jemals sicher.

1989

EVERSEX

Das Frühjahr des neuen Jahres steht wiederum im Zeichen der Live Auftritte. Ich und meine Mitmusiker/innen haben beschlossen, auf eine weitere kleine Package Tour mit Calamity Jane und ihrer Band zu fahren, und unser Freund Nick verspricht uns kurzerhand, diese Tournee zu buchen und zu managen. Nick kennt sich als musikaffiner Engländer gut mit Bands, Liveshows und Clubs aus, hat zwar noch nicht in dem Business gearbeitet, verspricht uns aber, schon bald Ergebnisse vorzulegen. Also beginnen wir zu proben, manchmal in den einzelnen Bands, manchmal auch gemeinsam mit allen zehn Musiker/innen im Proberaum, um die Höhepunkte der Abende auszuarbeiten. Wir nehmen eine Single auf, die den schönen Namen »Eversex« trägt, und Malerfreund Daniel malt das Cover. Nick empfiehlt mir eine Fotografin und Grafikerin, die unser Tourplakat gestalten könnte, Dorle ist ihr Name und ich besuche sie in ihrer Fabriketage in der Hamburger Innenstadt. Sie ist eine hochenergetische und lebenslustige Frau und ich kann mich in ihrer Gegenwart nur schwer auf die Gestaltung des Plakats konzentrieren, so eingenommen bin ich von ihrer Art. Letztlich bin ich froh, als ich ihre Räume wieder verlassen kann, denn sie schüchtert mich in ihrer Grandezza ziemlich ein.

Die Proben ziehen sich einige Wochen hin, die Single wird gemischt, gepresst und als Ankündigung an Plattenläden ins ganze Land verschickt. Zwischendurch frage ich bei Nick immer wieder den Stand der Konzertbuchungen ab, und er versichert, dass alles perfekt läuft: Zehn wunderbare Veranstaltungsorte in den besten Städten hat er an einer Perlenkette aufgereiht, die Garantiegagen sind hoch, die erwarteten Zuschauerzahlen exorbitant, wir werden in guten Hotels wohnen und es gibt überall Interviewanfragen. Was für ein Könner der Mann ist. Wie die Veranstaltungsorte heißen, will er an dieser Stelle noch nicht verraten, das sei mehr oder weniger »Surprise«, wir wundern uns ein wenig darüber. Eines Tages bekommt Calamity Jane zufällig heraus, dass es in Ulm für unser Konzert keine Ankündigungen gibt. Das macht uns skeptisch und wir überprüfen eher sporadisch auch die anderen Orte, in denen wir auftreten sollten: Nirgendwo weiß jemand etwas davon, kein Veranstalter, Club, Konzertsaal hat je von unserer Tour gehört. Es haben noch nicht mal Vorgespräche stattgefunden, unser Nick ist den Veranstaltern völlig unbekannt. Als wir Nick zur Rede stellen, lügt er sich in immer tiefere Spiralen, bricht schließlich zusammen und gibt zu, dass alles nur erfunden ist. Gar nichts habe er gebucht, es sei ihm alles über den Kopf gewachsen und dann habe er irgendwann halt angefangen zu lügen. Unser Schweigen dauert minutenlang, bevor ich und die Musiker/innen konsterniert den Raum verlassen. Vor der Tür wird kurz überlegt, ob wir umkehren und Nick eine Abreibung verpassen, aber das bringt uns auch nicht weiter. Wir alle sind völlig geschockt und kurz davor, alles hinzuschmeißen. Über Umwege bekommt eine Freundin aus Berlin, Suse Kost, davon Wind, und verspricht, uns auszuhelfen. Innerhalb von nur zwei Wochen (der Zeitraum der Tournee steht wegen anderweitiger Verpflichtungen der Musiker/innen nicht zur Disposition) stampft sie eine komplette Tournee aus dem Boden, wie sie das schafft, ist ein vollkommenes Rätsel, normalerweise dauert so ein Unterfangen Monate. Sie wird uns sogar als Tourmanagerin begleiten, kündigte sie an – und einen Tourbus, der groß genug ist, um uns alle zu transportieren, hat sie auch schon aufgetan.

So beginnt am 6. März 1989 die »Eversex Tour«, die uns durchs ganze Land führt: Osnabrück, Düsseldorf, Siegen, Köln, Cloppenburg, Bielefeld, Mannheim, Kassel, Schorndorf und Freiburg heißen die Stationen. Durch die äußerst späte Ankündigung kommen nicht eben gerade viele Leute zu den Shows, aber das ist uns ein bisschen egal, wir sind ein großer wilder Haufen und uns selbst genug. Auch wenn vor der Bühne nur dreißig Leute stehen, spielen wir mit aller Kraft und Inspiration auf, weil wir so viel Freude an der Musik haben. In Rosenheim fahren wir nach der Show zu unserem Punkfreund Knacki, der in Altenmarkt in der Nähe des Chiemsees in einer großen Villa wohnt und Übernachtungsplätze für alle versprochen hat. Die brauchen wir allerdings gar nicht, nur eine große, alte Doppelbettmatratze erbitten wir uns von ihm, denn um 2 Uhr Nachts, auf dem Höhepunkt unserer Aftershowparty, fahren wir ab nach Berlin. Die Matratze wird hinten in dem geräumigen Mercedes-Bus über die Instrumente und Verstärker gelegt und unser Roadie Cay Steele verspricht, uns trotz allgemein hohem Alkoholkonsum sicher nach Berlin zu fahren. Auch er hat tüchtig mitgefeiert, aber er hält durch, besorgt sich nur ab und zu einen Kaffee an ner Tanke, und während wir anderen in grotesken Positionen im völlig überfüllten Bus unseren Rausch ausschlafen, bugsiert er uns über die DDR-Transitstrecke nach Berlin.

Der Höhepunkt der Tournee allerdings ist kurz danach in Hamburg. Wir spielen in der Prinzenbar, einem hübschen Hinterclub des Docks auf der Reeperbahn. Die Nachfrage nach den Karten ist so stark, dass wir noch am Tag des Konzerts eine zweite Show ansetzen, wir werden also von 20 bis 24 Uhr auf der Bühne stehen. Um das zu schaffen, wird für alle, die es brauchen, Speed gereicht, auch ich rieche ausgiebig am Klodeckel. Die erste Show läuft großartig, wir sind nach der Tournee perfekt eingespielt, spielen ein Set, in dem wir uns ständig gegenseitig abwechseln, alle Musiker/innen rochieren auf der Bühne, der Abend zwirbelt sich zu einer phantastischen Energiespirale, die als Höhepunkt im Abschlusssong und Funkmasterpiece »Eversex« kulminiert, zu dem wir alle auf der Bühne stehen und völlig durchdrehen, das Publikum verlässt die Show nach dem Konzert in einer kreischenden Polonaise, während die nächsten Fans bereits auf der Straße warten. Wir machen uns im Backstage kurz frisch, trinken einen Longdrink, rauchen eine Zigarette und entern dann sofort wieder die Bühne für den nächsten Auftritt. Kurz nach Beginn der zweiten Show spüre ich, wie der Speedpegel sinkt und bekomme totale Panik, dass ich jetzt das Actionniveau nicht halten kann, also renne ich, als Calamity Jane mit ihren Songs dran ist, in den Backstagebereich, suche panisch das Speed, durchwühle alle möglichen Klamotten, schäme mich, spüre die Angst näher kommen, finde das Briefchen glücklicherweise in einem Schrank und ziehe mir eine große Nase rein. Ich warte einige Sekunden, dann fühle ich mich wie Asterix, wenn er den Zaubertrank zu sich nimmt. Innerhalb kürzester Zeit bin ich wieder unter Starkstrom und zische wie ein Blitz zurück auf die Bühne. Das Publikum staunt über unsere musikalische Verbundenheit und über die magische Superpower, mit der wir unseren Showtrain auf Hochtouren bringen. Das zweite Set ist fast noch besser als das erste, und die Leute verlassen nach zwei Stunden völlig begeistert die Halle. Auch wir selber sind eingenommen, geflasht, haben die Berührung zu dieser Higher Power wie ein Naturwunder erlebt, sind glücklich und erlöst, immer noch drauf und feiern die ganze Nacht, bis im Morgengrauen das Speedlevel endgültig einbricht, alle Briefchen aufgebraucht sind und wir völlig kaputt mit den ersten Zeichen der großen inneren Kälte in unsere Betten sinken: schlafen, möglichst schnell schlafen, so lange schlafen, bis die gesammelte Tristesse, die jetzt ansteht, verschwunden ist.

Natürlich verschwindet die nicht von selbst, sondern fesselt mich drei Tage ans Bett. Ich kann nicht aufstehen, der Vorhang bleibt zugezogen, ich schaffe es nur ab und zu auf die Toilette, um dann sofort wieder ins Bett zu sinken und zu warten, dass die Angst, die Tristesse, die Depressionen vorüberziehen. Immerhin weiß ich, dass wir einen bleibenden Eindruck hinterlassen haben – ich werde auch Jahre danach noch ab und zu auf diesen wilden Abend angesprochen –, aber der Preis dafür ist hoch. Diesen Preis werde ich auf Dauer nicht zahlen können.

JEANS UND ELEKTRONIK

Die Auflösung der Ärzte ist ein Schock für die Fans und vor allem für die Plattenindustrie, denn es gibt zu diesem Zeitpunkt in dem Sektor nur zwei Bands, die den gesamten deutschsprachigen Mainstreammarkt beliefern: die Toten Hosen und eben die Ärzte. Ohne die entsteht ein Loch, ein Verdienstvakuum, das es so schnell wie möglich zu füllen gilt. Goldgräberstimmung macht sich unter den Scouts der Major Label breit: Wer wird als erster *DEN ACT* an Land ziehen? Wer kann den Nachfolger der Ärzte präsentieren? Wer schafft es, all die Kohle einzuheimsen?

Mark Chung von den Neubauten, der ebenfalls begeistert von unserem Auftritt in der Prinzenbar war, lädt mich zu einem Gespräch bei seinem Verlag Freibank ein, den er mit seinem Partner Klaus Maeck betreibt. Klaus, der ehemalige Inhaber des legendären Punk-Plattenladens Rip Off ist mittlerweile Filmemacher und ebenfalls Verleger geworden. In einem langen Gespräch offenbaren mir die beiden, dass sie glauben, ich hätte das Zeug dazu, das Ärzte-Loch zu schließen. Ihre Idee ist, meinen Freund Bela B. Felsenheimer zu fragen, ob er nicht Lust hätte, meine nächste Platte zu produzieren und damit sozusagen die Staffel der Ärzte an mich zu übergeben. Das wäre ein schlauer Schachzug, denn damit hätte man Bela, sein Können und Wissen, seine Expertise und seinen Ruf an Bord und könnte den Claim vor aller Welt abstecken. Der Plan ist, mit diesem Package an alle großen deutschen Label heranzutreten und sie konzertiert bieten zu lassen, wie bei der Versteigerung eines edlen Rennpferdes. Der Meistbietende bekommt den Zuschlag. Mir bleibt die Luft weg angesichts der Größe dieses Vorhabens, des Zutrauens, das die beiden in mich setzen, und auch angesichts der Möglichkeit, diese Wünsche wahr machen zu können. Ich bitte mir Bedenkzeit aus und verspreche, mit Bela zu telefonieren, um ihn zu fragen, ob er überhaupt Interesse hat. Ich rede mit Frenchy über die Avancen, über meine Ängste und Hoffnungen. Was, wenn kein Label anbeißt? Was, wenn sie anbeißen, aber nicht genug bieten? Was, wenn sie genug bieten und ein Vertrag abgeschlossen wird? Was soll ich dann sein – ein Teeniestar? Mit Artikeln in der Bravo und Bauzaunplakatierung? Mit glattgebügelter Musik und Chartposition? Mit Promilife und Homestory in der Gala? Kann und will ich das sein? Antwort: Eigentlich nicht. Ich möchte so hell wie möglich strahlen, aber nur zu meinen eigenen Bedingungen. Könnte ich diese Bedingungen stellen? Habe ich die Kraft, diesen Marsch durchzustehen, und die Lust, diese Idee Wirklichkeit werden zu lassen? Habe ich überhaupt das Talent, die musikalischen, tänzerischen und entertainerischen Fähigkeiten, all diese Hoffnungen, Wünsche, Projektionen zu bündeln und einzulösen? Frenchy macht mir Mut – so eine Chance kommt nur einmal. Wer sonst erhält so ein Angebot? Es wäre förmlich arrogant, solch eine Schicksalseinladung auszuschlagen. Gleichzeitig ahnt sie, dass in der Offerte eine ernsthafte Gefahr steckt, für mich und für unsere Beziehung.

Ich telefoniere mit Bela und hoffe insgeheim, dass er ablehnt. Das er mich auslacht. Leider gefällt ihm die Idee, denn er ist – wie er selber sagt – in erster Linie Musikfan, und da er auf meinen Stil steht, gefällt ihm der Gedanke, meine Musik zu forcieren. Zwar hat er eigentlich geplant, nach dem Ende der Ärzte erst mal eine längere Pause einzulegen, aber bis der Deal abgeschlossen wäre, bis zum Zeitpunkt der Produktion, wird er schon wieder bei Kräften sein. Außerdem könnte er eine neue

Position ausprobieren: die des Steuermanns, des Fädenziehers, als Quincy Jones, der den jungen Michael Jackson ins Rennen schickt, auch wenn dieser Vergleich natürlich hinkt. Seine Bedingung ist, unseren gemeinsamen Freund Beckmann als Mitproduzenten ins Team zu nehmen, ein phantastischer Musiker mit Geschmack und menschlichem Weitblick, der bei den Suurbiers und den Rainbirds Bass spielt. Mir gefällt die Idee, denn ich kenne Beckmann und mag ihn sehr. Mit Belas Zusage gibt es kein Zurück mehr.

In den kommenden Tagen spreche ich erst mit Hardy und Reverend und frage, ob sie bereit wären, das Experiment mit mir zu wagen. Ob sie etwas dagegen hätten, wenn wir Teeniestars würden. Zumindest Underground Teeniestars. Nachdem wir uns einig geworden sind, sage ich bei Freibank zu, stelle aber zur Bedingung, dass ich nicht allein in dieses Rennen gehe, da ich mit meinen beiden Vertrauten arbeiten möchte. Mark und Klaus willigen ein und bitten uns, auf dem Vierspurrekorder von Hardy ein paar Demos meiner neuesten Songs aufzunehmen.

Wir treffen uns immer wieder zu dritt und Hardy nutzt seine mittlerweile umfassenden Produzentenfähigkeiten, um aus unseren Aufnahmen drei Singles zu schustern, die sich hören lassen können. Der vermeintliche Hit heißt »Ich will Liebe«, klingt ein wenig wie eine Mischung aus Hosen und Ärzten, hat eine große poppige Melodie und eine der Zeit geschuldete fette, knallige Snare und soll unser ködernder Angelhaken für die Plattenfirmen werden.

Mark verspricht, in Kontakt mit den Major Labels zu treten. In dieser angespannten Zeit des Wartens treffe ich mich häufig mit Hardy und Rev und wir sprechen über die kommenden Platten, die Touren, die Musiker, mit denen wir arbeiten möchten, und die Studios, in denen wir aufnehmen könnten. Unsere

Gespräche werden befeuert von Marks Meldungen, dass alle großen Labels starkes Interesse zeigen und bereit zum Bieten seien, die ersten Angebote trudeln bereits ein und sind exorbitant. Ich gerate in einen Strudel aus Zweifel und Befeuerung, aus Angst vor meiner eigenen Courage und Großmannsträumereien, sehe mich aufsteigen auf Rio Reisers Höhen und zerschellen in Ricky Shaynes Tiefen, trage immer das fantastische Cover von David Cassidy in mir – »The higher they climb, the harder they fall« –, auf dessen Frontseite man Cassidy hoch über seinen am Boden stehenden Fans auf einen Stern zufliegen sieht, und auf dessen Rückseite sein zerstörtes Showkostüm auf dem Boden im Dreck zu sehen ist, abgestürzt, zertrampelt und vergessen. Warum sollte ich dieses Risiko überhaupt eingehen? Bin ich nicht ein Undergroundtyp, zu komplex, artifiziell und vielgesichtig für das Massenpublikum, bin ich nicht in meinem Biotop genau richtig angesiedelt? Was will ich in dem Großgehege des Mainstreams, es ist mir doch sowieso viel zu ordentlich, aufgeräumt und langweilig. Und warum sollten sich die frei marodierenden Fanmassen ausgerechnet auf mich einlassen, einen eigenwilligen Künstlervogel aus Norddeutschland? Wo ist der Berührungspunkt zur normalen Welt, wo ist mein Unique Selling Point, was macht mich einzigartig und unverzichtbar für die Welt? Aristoteles sagt: Wo deine Fähigkeiten und die Bedürfnisse der Welt sich kreuzen, da liegt deine Berufung. Kreuzen sich meine Fähigkeiten überhaupt mit den Bedürfnissen der Welt? Ich finde auf diese Fragen keine Antworten und beschließe deshalb, die Beantwortung dem Schicksal zu überlassen.

Währenddessen schreibe ich unentwegt Songs, Texte, arbeite an Ideen, die nicht in dem Spalt zwischen Underground und Mainstream versinken, sondern beide Welten umschließen, denn ich will meine Credibility auf keinen Fall verspielen.

Dass die Punks mich für meine Abtrünnigkeit verfluchen werden, ist völlig klar, aber die Kunstwelt, die Szene-Vögel und -Vögelinnen darf ich auf keinen Fall verprellen, sie sind mein Basement.

Mark Chung ruft mich an und erzählt mir Details von seinen Treffen mit den Plattenbossen. Bei den Summen, die er nennt, bekomme ich Schnappatmung. Krönend berichtete er, wie der Chef der Intercord noch beim Pinkeln auf der Toilette die gebotene Abstecke um 50 000 Mark nach oben hob, um die Konkurrenten auszustechen. Die Gebote sind mittlerweile bei weit über einer halben Million Mark für zwei Platten gelandet, die Auswahl der Majors wird dünner, Chrysalis, WEA und Virgin sind bereits ausgestiegen, in diesen Bereichen können oder wollen nur noch wenige mitbieten. Letztendlich bleiben drei Kandidaten im Rennen, alle mit großen Geldpaketen ausgestattet und mit diversen Argumenten, die sie für sich sprechen lassen wollen: die Anzahl der Mitarbeiter, die Promo-Etats und Video-Budgets, die Kontakte in die deutsche Medienwelt, garantierte TV-, Radio- und Presse-Einsätze und natürlich auch die Bravo-Appearance. Schließlich treffen Hardy, Rev, Klaus, Mark und ich uns, um einen der drei verheißungsvollen Namen auszuwählen: Polydor, Phonogramm oder Intercord? (Was für schöne Namen die Plattenfirmen damals hatten!) Die Polydor mit ihrem jungen und progressiven Chef Tim Renner bietet das größte Budget und hat veritable Underground-Künstler wie Element of Crime und Philipp Boa im Portfolio, beides Acts, die hohes Szene-Ansehen genießen und nicht für den Ausverkauf ihrer Musik stehen bzw. ihn recht gut verbergen können. Wir brauchen nicht lange zu überlegen, wir folgen der Spur des Geldes, weil auch alle anderen Argumente für Renner sprechen. Die Summe, die er geboten hat, liegt bei 750 000 Mark, das ist außergewöhnlich viel. Wir haben einen Bandübernahmevertrag, keinen Künstlervertrag, das heißt, dass dieses Geld zur Produktion der beiden Platten und für die Promotion, die Videos etc. eingesetzt werden soll, für uns als Künstler ist kein privater Etat vorgesehen, es ist aber klar, dass Reisen, Unterbringung und alle Spesen davon bezahlt werden, wir haben also vorerst keine Geldbeschaffungsprobleme. Ne Dreiviertelmillion! Irgendwas muss an mir und an uns sein, woran diese mächtigen Leute glauben. Vielleicht ist es jetzt auch für mich an der Zeit, daran glauben zu können.

Zur Vertragsunterzeichnung treffen wir uns mit Tim Renner, seiner Frau Petra Husemann und seinem Stab bei der Polydor und trinken Sekt, es ist alles sehr spannend und aufgeladen, die Mitarbeiter sind freundlich, offen, rosa Wolken der Zuversicht durchziehen den Raum, man massiert uns mit Komplimenten, so wie das immer passiert, wenn viel Geld im Spiel ist. Als Künstler ist man erstaunt, wenn man diesen Prozess das erste Mal erlebt, denn alle Firmenmitarbeiter vermitteln den Eindruck, als ob sie wirklich wüssten, wie glorios diese Karriere jetzt durchstarten wird. Ich zumindest glaube ihnen, was weiß denn ich schon von Erfolg? Sie sind die Profis, sie bauen Erfolg serienmäßig in Künstler ein, warum nicht auch in mich? Nach dem Treffen gehe ich mit ungeahntem Selbstbewusstsein nach Hause und wache erst nach dem Zuschnappen der morschen Wohnungstür und beim Einatmen der süßlich wabernden Gerüche des Schlachthofs und von Hermann Laues Gewürzketchupfabrik wieder in meiner eigenen Welt auf.

Ich muss meine Selbstaufsicht verändern und anpassen: Ab jetzt bin ich ein Star in spe. Ein Star von morgen. Der nächste deutsche Topstar. Germanys next Superstar. Heute weiß es noch niemand, heute bin ich noch der Junge aus dem Wald, der in der Schrottwohnung am Schlachthof vegetiert. Aber demnächst …

Monate der Vorbereitungen und der Arbeit am Produkt beginnen. Endlose Treffen mit Besprechungen, Abstimmungen, Planungen: Wer wird in der Band spielen? Haben wir Sängerinnen dabei? Bläser? Eine eigene P.A.? Eigene Lightshow? Eigenen Mischer und Backliner? Welches Merch gibt es und wer stellt es her? Wer verkauft es? Wer wird unsere Bühnendresses schneidern? Nach welchen Vorbildern? (Ich vereinbare mit der Schneiderin, dehnbare Stretchparts in unsere Hosen einzulassen für all die James-Brown-Verrenkungen und Prince-Spagate auf der Bühne, dabei kann niemand von uns Spagat und wird es auch niemals lernen.) Wie könnte das Cover der ersten Platte aussehen? Welche Songs landen darauf? Wo werden wir sie aufnehmen? Welche Songs werden die Singles? Wer dreht die Videos? Brauchen wir nicht noch einen echten Gaststar auf dem Album? Einen, mit dem niemand rechnet? Wie wäre es mit Ricky Shayne? Mit Michael Holm? Wir wollten doch eh »Mendocino« covern – warum nicht ihn zum Duett laden? Na, das würde der doch niemals machen! Der ist doch ein echter Schlagerstar aus der alten Zeit, warum sollte der jetzt bei uns mitmachen, wir sind doch seine Totengräber, oder nicht? Michael Holm wird kontaktiert und sagt ohne Umschweife zu. Uff! Ich bin schon wieder geschockt. Michael Holm ist für mich die alte Welt, die Welt der Erwachsenen, der Kontinent, den ich nie erreichen werde. Alles an Michael Holm scheint groß und legendär und vermächtnisvoll. Habe ich das Recht, ihn in unsere kleine Kunstsplitterwelt zu implantieren? Nimmt ihm das nicht Größe und Nimbus? Zieht ihn das nicht herab auf unser spackiges Niveau? Die fleckige Ironie, mit der wir Schlager betrachten, darf auf keinen Fall seine makellose Karosserie beschmutzen, das erscheint mir wichtig. Irgendetwas muss echt bleiben, wenn schon nicht wir selbst, dann wenigstens die Idole unserer Elternwelt.

Als Aufnahmeort wird das Preußenton-Studio am Hermannplatz in Berlin ausgewählt, das Studio, in dem die Ärzte ihre letzten Platten aufgenommen haben, hier kennen Bela und Beckmann sich blind aus. Die Plattenfirma wird für Hardy, Rev und mich eine große Wohnung in Berlin anmieten, für mehrere Wochen.

Wir arbeiten unentwegt an den Songs, treffen uns mit Bela und Beckmann, um das Material auszuwählen. Auch drei Songs aus dem Frühwerk sollen es auf dieses erste große Album schaffen: »Was kostet Liebe«, »Ich hab schon mal gelebt« und »Töten für Liebe« haben nach Produzentenmeinung eine zweite Chance verdient, klangen die ersten Aufnahmen doch noch deutlich zu unausgegoren, man sehe da noch »Potenzial«, da sei noch »Luft nach oben«, das ist auch die Meinung der Polydor-Chefetage.

Um uns persönlich einzustimmen und zusammenzuwachsen, schlägt Beckmann einen Wandertrip mit Bela und mir durchs Tote Gebirge in Österreich vor. Ich imaginiere mich mit meinen Freunden auf Luis Trenkers Pfaden im Hochgebirge, eingeschneit in einsamer Berghütte, bei Getränk und intimen Gedanken – der Kit für eine Lebensfreundschaft. Beckmann, seinem Naturell nach ein ausgeglichener und entspannter Zeitgenosse, hat die Idee für eine einwöchige Route, er ist sie bereits selber im Hochsommer gelaufen und hält sie für geeignet, auch wenn wir viel früher im Jahr dran sind als er damals.

Wir treffen uns in München, decken uns mit ein paar rudimentären Wanderutensilien ein und fahren mit der Bahn zu unserem Startpunkt am Fuße der Alpen. Der erste Tag ist dem Einmarschieren unserer Schuhe und Muskeln gewidmet, wir wandern durch flaches Gelände, über Feldwege und auf Landstraßen. Wir sind ein modisch auffälliges Gespann, Beckmann, kräftiger nordischer Typ, trägt ein halbwegs professionelles

Wanderer-Outfit, während Bela, urbaner, langhaariger Rockstar, in leuchtende Farben und Satinstoffe gekleidet ist und ich im von meinem Vater entliehenen 50er-Jahre-Outfit mit Halstuch eher in Richtung Trenker tendiere.

Bereits nach wenigen Stunden vergeht uns die Lust, wird es uns langweilig, wozu hier im halbflachen Land herumstaksen, wenn doch die Berge bereits in Sichtweite liegen? Also bestellen wir uns aus einer Telefonzelle im Dorf ein Taxi und lassen uns den Rest der Strecke zu unserem Hotel fahren. Während der Fahrt versprechen wir uns hoch und heilig, dieses jämmerliche Detail niemals zu verraten, Stichwort »Taxiwandern in den Alpen«. Deswegen schreibe ich es hier auch nicht auf.

Unser Hotel liegt genau neben dem »Weißen Rössl« am Wolfgangsee, als wir dort ankommen, strömen gerade einige Schulklassen mit 14-Jährigen aus Reisebussen. Als sie Bela erblicken, drehen sie förmlich durch, kreischen, umringen ihn und lassen ihn nicht weiterziehen, bis er auf allen Jeans und Parkas unterschrieben hat. Beckmann grinst mich an: »Willst du das wirklich?« Ich bin mir nicht sicher.

Am nächsten Tag geht es in anspruchsvollere Gefilde, steinige Pfade und steile Almwiesen hinauf, trotz der kühlen Frühlingsluft schwitzen wir im strahlenden Sonnenschein, trinken frisches Wasser direkt aus den Bächen und pausieren vor Almhütten, um zwischen freilaufenden Ziegen eine Jause einzulegen. Abends steigen wir dankbar, glücklich und mit schmerzenden Waden in der ersten Bergstation in unsere Betten, flüstern noch kurz, bis uns ein dünner Gebirgsschlaf übermannt. Am nächsten Morgen stehen wir zeitig auf, denn wir haben die erste wirklich anspruchsvolle Strecke vor uns. Wir wandern durch weite Steinhänge, die Bäume und Sträucher werden immer spärlicher, und schließlich steigen wir in eine mondähnliche Landschaft auf. Scharfe Felsklippen ragen in den Himmel, die Grate, auf denen wir gehen, verengen sich, und zu den Seiten tun sich beachtliche Abgründe auf. Zeitgleich verändert sich das Wetter, der blaue Himmel verschwindet und Wolken ziehen auf, was uns aber nicht davon abhält, unser Ziel anzuvisieren: das Albert-Appel-Haus, eine Schutzhütte auf 1600 Meter, zu der wir am Abend, nach dem Erklimmen einiger Gipfel, aus eisigen Höhen auf der anderen Seite des Bergkammes absteigen wollen. Die körperlichen Belastungen und das fehlende Training allerdings machen sich bemerkbar, Belas Knie beginnen zu schmerzen, immer häufiger bittet er um kurze Pausen. Beckmann hat Dolomos dabei, starke Schmerztabletten, die man im Zweiten Weltkrieg bei Amputationen eingesetzt hat, eine davon beseitigt vorerst Belas Probleme. Als wir um eine steil aufragende Felsnase wandern, werden wir einer neuen Qualität unserer Route gewahr: Der eben noch zwei Meter breite Weg wird schmaler und schlängelt sich über einige Hundert Meter an einer schroffen Bergseite entlang, zu unserer Linken geht es steil bergab. Meine Höhenangst macht sich bemerkbar, meine Handinnenflächen werden feucht und ich bete innerlich, dass dieses Stück die einzige härtere Prüfung auf unserer Strecke bleibt. Ohne die anderen beiden meine Angst spüren zu lassen, gehe ich voraus und blicke mit sturem Blick immer nur auf den Pfad vor meinen Füßen, ein Blick nach links hätte mir den Atem verschlagen. Schließlich kommen wir um eine weitere Felsecke und ab hier wird die ganze Wucht unserer Aufgabe erahnbar: Der Weg verschmälert sich auf einen halbmeterbreiten Trippelpfad auf der Spitze eines Bergrückens, links und rechts geht es jeweils Hunderte Meter in die steil verschneiten Tiefen, nur unterbrochen von einigen messerscharfen Felsspitzen, die aus dem Schnee emporragen. Mir strömt der Angstschweiß aus jeder Pore, panisch überlege ich, ob wir umkehren können, aber der Rückweg würde Stunden dauern und Belas Knie fangen trotz der Tablette wieder an zu schmerzen. Ich bitte Beckmann, mir die Baldriantropfen aus meinem Rucksack zu reichen, schlucke sie gierig, aber sie zeigen keinerlei Wirkung. Am Ende des Bergrückens hört der Pfad auf einmal auf und wir müssen an einem Stahlseil in eine steil abfallende Felswand hineinklettern, zu allen Seiten geht es nur noch bergab und gleichzeitig beginnt es langsam zu schneien. Bela und ich fluchen, aber Beckmann bleibt heiteren Gemüts, ist am fittesten, gibt Anweisung und redet uns gut zu, also klettern wir weiter. Wir landen in einer langen, steilen Bergflanke, in der wir uns mehrere Hundert Meter am Stahlseil entlang hangeln müssen, der Schnee liegt jahreszeitbedingt noch so hoch, dass man die überlebenswichtigen roten Wandermarken kaum sehen kann. Am Ende der Flanke geraten wir auf eine riesige, weite Schneefläche, die sich zunächst sacht und dann immer steiler vor uns in ein gigantisches Tal neigt, die Größe der Landschaft und der Dimensionen machen mich benommen, ich habe Schwierigkeiten, mich dazu in Relation zu setzen, ich als kleines, schwaches, zerbrechliches Lebewesen, zwischen all dieser harten, toten, eisigen Gigantomanie – meine Kräfte und mein Mut zerrinnen endgültig. Mittlerweile sind keine Wandermarken mehr zu sehen und wir wissen nicht, in welche Richtung wir gehen sollen. Vor uns sind ein paar Fußstapfen im Schnee, und wir beschließen, ihnen zu folgen, allerdings haben wir größten Respekt davor, im Schneetreiben auf einen Gletscher zu geraten und in eisbedeckte Felsspalten zu stürzen. Irgendwo auf einer Eisplatte hören die Fußstapfen des Fremden vor uns einfach auf, als wäre die Person davongeflogen. Als ich mich umdrehe, ist Beckmann ebenfalls verschwunden und ich blicke in das panische Gesicht von Bela. Beckmann ist tatsächlich in einer Spalte versunken und hält sich nur noch an seinem quer liegenden Wanderstab auf Bodenhöhe, unter ihm geht es mindestens 15 Meter ins tiefe Dunkelblau. Wir ziehen ihn vorsichtig wieder herauf, keuchend vor Erschöpfung und Angst, und beschließen, umzudrehen, denn vor uns liegt mit großer Wahrscheinlichkeit der Tod. Nach einigen Hundert Metern erblicken wir zu unserer Linken am Fuß eines riesigen Schneetrichters etwas Rotes im Schnee, dies muss die letzte Wandermarke sein, die wir verpasst haben. Wir schnallen die Rucksäcke ab und lassen uns den steilen Hang auf dem Rücken hinabgleiten, das erspart Bela die schmerzhaften Schritte, wir hoffen inständig, nicht auf weitere Spalten zu stoßen. Tatsächlich ist das Objekt am Boden des Trichters unsere verpasste Marke, jetzt wissen wir wieder, dass wir auf dem richtigen Weg sind, Gott sei Dank! Langsam geht es weiter bergab, wir durchwandern triste Gebiete mit verkrüppelten Kiefern, müssen immer langsamer gehen, denn Belas Schmerzen sind trotz einer zweiten Tablette so stark, dass er vorschlägt, ihn zurückzulassen und Hilfe zu holen. Beckmann und ich suchen nach Ästen oder Brettern, aus denen wir einen Tragschlitten bauen können, aber hier oben gibt es nichts Pflanzliches, geschweige denn Menschliches. Also nimmt einer von uns Belas Rucksack und der andere stützt ihn beim Gehen mit der Schulter, das lindert seine Schmerzen zumindest soweit, dass er vorankommt. Der Tag dämmert, wir sind bereits über zehn Stunden unterwegs, völlig erschöpft und deprimiert und suchen nach einem Unterschlupf in den Felsen, nach einer Höhle oder einer Tanne, unter der wir uns zusammenkauern können, als wir endlich auf einen Wegweiser zum Appel-Haus stoßen: Wir sind nur noch wenige Kilometer von unserem Ziel entfernt. Das mobilisiert unsere letzten Kräfte, wir reißen uns zusammen, humpeln weiter (auch meine Knie sind mittlerweile ramponiert), und als es endgültig dunkel wird, stehen wir vor der Schutzstation. Der Hüttenwirt und die drei anwesenden Gäste können es kaum glauben, über welchen Weg wir zu ihnen gestoßen sind, sie klären uns auf, dass zu dieser Jahreszeit niemand sonst dieses Risiko eingehen würde, wir könnten uns glücklich schätzen, lebendig angekommen zu sein. Für uns Anlass genug, unser Überleben zu feiern, nach deftiger Mahlzeit wird alles Flüssige ausprobiert, was der Wirt anzubieten hat.

Der anschließende Kater, das schlechte Wetter und die kaputten Knie schmieden uns auf Tage in der Bergstation fest. Erst am vierten Tag, als die Sonne das Schneetreiben langsam beendet, erklärt sich der Hüttenwirt bereit, uns ins Tal hinabzuführen. Bei diesem Gang durch steile steinerne Schluchten und Täler wird mir noch mal klar, wie klein und ameisenhaft wir doch als Kreaturen im Angesicht der gigantischen Berge sind, erneut hefte ich meinen Blick wie zwanghaft auf den Pfad vor mir, um nicht vor Angst und Schwindel ins Trudeln zu geraten und kurz vor dem Ende unserer Heldenreise doch noch zu stürzen.

Von Salzburg aus fahren wir anschließend mit der Bahn nach Wien, um dort im legendären Musikerhotel Fürstenhof am Westbahnhof abzusteigen. Durch unsere Exkursionen ins nächtliche Wien kommen wir schnell zurück auf ein angemessen großstädtisches Niveau der Verrottung, vor allem der Besuch eines Konzertes der wienerischen Hardrockband »Sextiger« hinterlässt bei uns einen prägenden Eindruck.

HARTE ARBEIT IM GEBIRGE DES ROCK

Kurze Zeit darauf siedeln Hardy, Rev und ich von Hamburg nach Berlin über und ziehen in unser Domizil am Schöneberger Ufer. Die riesige Wohnung eines älteren Ehepaares steht voll eingerichtet für ein paar Monate zur Verfügung, die Besitzer sind verreist.

Voller Zuversicht beginnen wir mit der Arbeit und verbringen die Zeit ab dem späten Vormittag bis in die Nachtstunden in den modernen, großen Aufnahmeräumen am Hermannplatz. Ich bekomme ein Gesangscoaching, lerne zu atmen beim Singen, eine Luftsäule vom Bauch durch den Hals bis ins Gehirn aufzubauen, lerne meine Stimme ganz anders einzusetzen als zuvor, nicht mehr zu pressen, zu gurgeln und zu quetschen, sondern den natürlichen Klang des Organes zu entdecken. Hardy und Rev laufen zur Höchstform auf, spielen zusammen mit Bela an den Drums und mit Beckmann am Bass, die Besetzung wäre perfekt für die Band, leider gilt sie nur für die Studiozeit.

Was ich allerdings nicht bedacht habe, ist der massive Sog der Berliner Nacht. Wie keine andere Stadt schafft es Berlin, an meine labilen Sollbruchstellen zu appellieren, mich immer wieder zu verlocken, einzuladen und zu zerschrabbeln. All die Straßen und Plätze, die Kneipen und Clubs, die so einladend sind, raunen mir zu: Versenke dich in uns, Fremder! Kreuzberg ist der angesagte Stadtteil, und jeden Abend strömen Beckmann, Hardy, Rev, Bela und einige andere Mitarbeiter/innen nach der Arbeit mit mir von Neukölln zum Wiener Blut in der Wiener Straße, um die Studiohysterie auf Fassbier-Niveau abzukühlen. Auf Fassbinder-Niveau aufzuheizen. Eigentlich gehe ich jeden Abend aus, denn ich schaffe es mal wieder nicht, mich nach der Arbeit allein vom Tross abzuseilen und in die Wohnung zu gehen, um mich zu sammeln, zu sortieren und zu beruhigen. Außerdem habe ich die ewige und durchdringende Angst, etwas zu verpassen. Einen emotionalen Höhepunkt, einen vulkanischen Moment der Freude, das Kennenlernen weiterer Berliner Faszinosa, die fluoreszierenden Gespräche mit mir unbekannten Frauen. Ohne die Grundlage von diversen Bieren könnte ich es gar nicht ins Bett schaffen, ich muss mich müde trinken, damit die Gedanken endlich Ruhe geben.

Der Hermannplatz ist eine raue Gegend, auf dem Weg zur Arbeit sehe ich viel Elend, kaputte, runtergekommene Menschen, Penner und Junkies, raumgreifende Armut durchzieht das ganze Viertel um den Platz. Eines Morgens, als ich gerade die große Hoftür zum Studio betreten möchte, beobachte ich, wie ein mittelalter, ziemlich heruntergekommener Typ mit einem harten Gegenstand gegen die Scheibe einer Telefonzelle schlägt. Irgendwann bemerke ich, dass der Gegenstand ein Messer ist, der Mann schreit, holt weit aus und rammt sich das Messer mehrfach in den eigenen Bauch. Er sackt zusammen, richtet sich wieder auf, torkelt auf den Eingang des Studios zu. Ich weiß nicht, was ich tun soll, denn er hält noch immer das Messer in den Händen, dann schwankt er mit glasigem Blick in den Eingang des U-Bahn-Tunnels, eine Blutspur hinter sich herziehend. Kurz darauf eilen zwei herbeigerufene Polizisten ebenfalls in die U-Bahn, kommen aber bereits kurz darauf wieder nach oben und winken ab:

Den lass mal nach Hause fahren. Der muss sich erst mal ausschlafen.

Völlig geschockt gehe ich ins Studio und berichte den anderen von dem Vorfall. Ich kann die Bilder nicht aus dem Kopf kriegen und brauche Tage, bis ich wieder unbenommen funktioniere.

Langsam nehmen die Songs Konturen an, Klanggebilde werden aufgetürmt, Dinge zusammengefügt, von denen ich nicht wusste, dass man sie verbinden kann, ein Fairlight-Sampler für Streicher- und Bläser-Sounds kommt zum Einsatz, die Möglichkeiten scheinen mir unbegrenzt, jedes beliebige Instrument ist über dieses Medium spielbar, viele davon klingen täuschend echt. Nachts bauen wir an Drumstrecken, Bela spielt stundenlang Parts und Schichten für »Töten für Liebe« ein, der Sound wird mächtig und teuer, vielleicht viel zu mächtig und teuer, aber über die Grenzen nach oben mache ich mir zu diesem Zeitpunkt keine Gedanken, es soll groß klingen, fett und wertig, dass Charme und Eigenart dabei verloren gehen können, ist mir nicht klar.

Viele Freunde und Freundinnen aus der Berliner Musikszene unterstützen uns, wir treffen sie nachts in den Clubs und Kaschemmen, und sie besuchen uns tagsüber bei der Arbeit. Anne, meine schöne, geheimnisvolle Zahnärztin, taucht ab und zu auf und lässt sich in das Labyrinth unseres Machwerks einführen. Immer wieder macht sie kluge Anmerkungen, was schwierige stilistische Entscheidungen betrifft. Außerdem hat sie die Fähigkeit, mich spirituell zu fordern, mich auf einer anderen, tieferen Ebene anzusprechen, sie mobilisiert mir unbekannte innere Kräfte. Und es gibt die Studiopromoterin Jana, die ich ein wenig verehre, aber wann immer ich ihr nach der Arbeit einen Drink spendieren möchte, lehnt sie liebevoll, aber deutlich ab, sie ist zu professionell für Flirts bei der Arbeit.

Unser Band-Verhältnis untereinander ist relativ ausgeglichen, aber mit dem Fortlaufen der Zeit, dem hohen Stress und dem Alkoholpegel kommt es immer wieder zu Spannungen, es steht so viel auf dem Spiel und wir sind jung und verwirrt von all den schillernden Möglichkeiten und von den Substanzen, die wir einnehmen. Unsere Beziehung wird dem Realitätstest ausgesetzt, die Feuerprobe der Professionalität rupft uns die letzten Daunen der Jugend. Wir trudeln von der Begeisterung über das Geschaffene in endlose Streits und manchmal auch in Schreiereien über Mini-Details, die jeder von uns anders sieht, angepeitscht von Ruhelosigkeit und Schlafentzug und dem hemmungslosen Einsatz von Getränken, um uns wieder zu beruhigen und zu vereinen.

Schließlich ist der große Tag gekommen, an dem Michael Holm uns im Studio besuchen will, um seinen Part in Mendocino einzusingen, wir sind alle aufgeregt und wissen nicht genau, wie wir uns dem imaginierten Schlagergott gegenüber benehmen sollen. Als die Studioklingel sein Auftauchen ankündigt, wird mir flau im Magen, aber ich reiße mich zusammen, zumindest theoretisch ist der ja auch nur ein Mensch. Jana führt Holm in den Regieraum und er verbreitet sofort Esprit. Er wirkt für seine 45 Jahre noch sehr jugendlich, springt federnden Schrittes durch den Raum, lässt sich alle Songs des Albums vorspielen, macht begeisterte Vorschläge für Gesangsparts und raucht eine Zigarette nach der anderen. Er ist völlig anders, als ich ihn mir vorgestellt habe, keine steife Glamdiva, kein veralteter Siebziger-Jahre-Popanz, ein echter Musiker mit Begeisterung für die Musik und mit profundem Können. Er erzählt uns viel über die Produktion seiner großen Hits »Mendocino«, »Barfuß im Regen«, »Tränen lügen nicht« und »Lucille«, garniert mit äußerst belustigenden Details und Anekdoten über die Schlagerbranche und die Auftritte in der ZDF-Hitparade – wir lauschen gebannt. Er berichtet von der Zusammenarbeit mit dem großen Ricky Shayne. Zusammen mit dem noch größeren Giorgio Moroder hat Holm Musik und Text für den Mod-Schlager »Ich sprenge alle Ketten« geschrieben. Kurze Zeit später war Shayne zu einem Auftritt mit Halbplayback in der ZDF-Hitparade eingeladen. Er schaffte es, seinen Song bis zum Refrain problemlos zu präsentieren, aber dann fiel ihm der Text der zweiten Strophe nicht ein. Er überlegte eine kurze heiße Sekunde lang, was er tun könnte, dann ließ er sich einfach auf den Boden fallen und mimte einen Herzinfarkt. Der Song musste abgebrochen werden, und Shayne wurde aus dem Studio getragen, erholte sich aber erstaunlicherweise schnell wieder, einen Arzt brauchte er nun doch nicht. Mir gefiel diese Idee so gut, dass ich sie mir seitdem zeitlebens als Option für ein Versagen bei einem TV-Auftritt vorbehalte.

Im Anschluss an die große Erzählstunde singt Holm seine Parts in kurzer Zeit ein, er ist sicher und selbstbewusst, zeigt mir ein paar Tricks für Falsett-Heuler und nachdem er Mendocino absolviert hat, coacht er mich bei meinem Part. Anschließend singt er uns auch bei weiteren Songs noch ein paar Chöre ein, ich bin ihm sehr dankbar.

Mit seinen Aufnahmen schließen wir die LP ab und fahren zurück nach Hamburg.

HIMMELHOCH JAUCHZEND, ZU TODE BETRÜBT

In den Tagen nach dem Stress der Produktion falle ich zu Hause in einen Abgrund, das berühmte »Produktionsloch«, es funktioniert genauso wie das »Tourloch« – alle Beteiligten in kulturellen Prozessen kennen das: Man hängt sehr eng und verschworen für Wochen zusammen und ist emotional und künstlerisch verheddert, man teilt den Energiepool der gemeinsamen Kunst und braucht die Fähigkeiten und Macken der anderen, man ist so verschmolzen, dass man sich anschließend regelrecht entkernt fühlt, deshalb erträgt man die Gewöhnlichkeit des Alltags nach dem unendlichen Ausnahmezustand nur schwer. Dieser Fakt und meine depressive Veranlagung zwingen mich dazu, etwas zu unternehmen. Im Hamburger Michael-Balint-Institut suche ich mit einem Berater nach einem geeigneten Therapeuten oder einer Therapeutin.

Bereits einige Tage später sitze ich in den Behandlungsräumen einer Psychotherapeutin in Altona und spreche über meine Probleme. Ich berichte über meine Labilität, über die ständigen Selbstzweifel, das Minus, das in meine Seele geritzt ist, meine Selbstverachtung und meine regelmäßigen suizidalen Phantasien. Während ich spreche, wird die Frau immer bedrückter, sie sackt förmlich in sich zusammen, und ich frage mich, was ich falsch mache, übernehme innerlich sofort die Schuld für ihr Leid und meine gescheiterte Präsentation, die sie vermutlich quält. Ich zweifle an meinem Vortrag und habe das Gefühl, selbst für eine Gesprächstherapie zu schlecht zu sein. Ich bekomme Mitleid mit der in ihrem Sessel zusammengesunkenen Frau und denke, während ich auf Autopilot über mich spreche, über ihr Leid nach: Was hat sie wohl? Bin ich schuld an ihrem Zustand oder geht es ihr noch weitaus schlechter als mir? Kann ich ihr helfen? Vielleicht sollte ich sie bitten, nun endlich VON SICH zu berichten? Vielleicht sollte ich endlich schweigen und sie sollte eine Therapie bei mir machen? Am Ende der Stunde verabreden wir ein baldiges Wiedersehen. Aber ich gehe nie wieder zu ihr, zu sehr hat mich ihr Zustand mitgenommen. Die arme Frau.

Einige Wochen später finde ich einen für mich passenden Therapeuten und gehe von nun an einmal in der Woche zu ihm. Gleich in unserem ersten Gespräch klärt er mich über die Möglichkeiten auf. Er führt aus, dass seiner Ansicht nach meine emotionale Amplitude enorm weit ausschwingt, wie ein riesiges Pendel bis ganz an die Ränder, die Welle meiner Befindlichkeiten hat augenscheinlich hohe Spitzen und tiefe Täler. Und er könnte mir Medikamente verabreichen, die die Wellen abflachen, ich würde nicht mehr so sehr jubilieren, aber auch nicht mehr so stark leiden. Gleichzeitig aber vermutet der Doktor, dass ich meine Kunst, meine Texte und Inhalte aus genau dieser Amplitude beziehe. Er stellt mich vor die Wahl, mit Tabletten die Welle zu brechen oder in einer langwierigen Gesprächstherapie daran zu arbeiten. Ich entscheide mich für die Gespräche, denn was habe ich davon, wenn es mir gut geht, aber mir nichts mehr einfällt? Kunst erwächst nicht aus Zufriedenheit.

Um mir ein Gefühl von Sicherheit in Notsituationen zu vermitteln, gibt mir der Doktor eine einzige große rote Tablette, ein starkes Beruhigungsmittel, ich könne sie mit mir rumtragen und hätte dadurch einen einmaligen Ausweg, wenn es mal ganz schlimm um mich bestellt sei und ich Panikattacken erleide. Mir gefällt der Gedanke und ich trage die Tablette von nun an immer in meiner Hosentasche, in einer TicTac-Packung, eingewickelt in Toilettenpapier, wie einen Talisman. Ich kann hier jederzeit raus, wenn nichts mehr geht, habe ich einen Ausweg.

Die Arbeit am Album dauert an, in Berlin im Studio wird gemischt, immer wieder kommen Mixe auf DAT-Tapes per Kurier nach Hamburg, häufig gibt es noch etwas auszusetzen und die Arbeit beginnt von vorne. Videopläne werden geschmiedet und für das Cover fragen wir Gepa Hinrichsen an, meine gute Freundin aus der Werbung, und ihren Freund Felix Reidenbach, die uns ein schönes Logo mit einem Totenkopf entwerfen, aus dessen Schädelknochen eine Krone wächst. Felix ist ein hervorragender Grafiker, aus diesem Logo und meinem darübergelegten Profilfoto baut er das Frontcover.

Seit einiger Zeit haben Frenchy und ich das Gefühl, uns voneinander zu entfernen. Ich drehe mich stark um meine Musik, wir sehen uns selten, sie fühlt sich ungeliebt. Ihr Vorwurf ist berechtigt, denn ich suche nach Distanz, möchte autark sein, mich ganz meinen egoistischen Bestrebungen hingeben können, ohne mich dabei schlecht zu fühlen. Wir verabreden eine Trennung auf Zeit, wollen überprüfen, ob wir uns tatsächlich brauchen, wollen wissen, ob unsere Liebe einer tieferen Notwendigkeit entspricht. Dass Frenchy mich nicht dafür verflucht, dass auch sie diese Überprüfungsrunde versteht und befürwortet, erleichtert und befreit mich.

In den Tagen nach unserem letzten tränenreichen Treffen fühle ich mich einsam und autark. Auch Uta ist aus unserer gemeinsamen Wohnung in der Kampstraße ausgezogen und Walding zieht in ihr Zimmer ein, wir gründen eine Jungs-WG, was dem Zustand der Wohnung nicht eben positiv anzumerken ist. Dafür kann ich mit ihm tage- und nächtelang über Musik, Filme und Bücher sprechen, wir vergraben uns regelrecht in

Gesprächsstollen, diskutieren über Politik, Anarchismus und die Freiheiten der Kunst.

Ich gehe noch mehr aus als zuvor schon, möchte meine neue Freiheit genießen, sündigen, ohne mich schuldig zu fühlen, und verheddere mich dabei immer tiefer in einem Sumpf aus Begehren, Alkohol und Drogen, Großmannsträumereien und wachsender Unruhe. Da ich durch die Trennung meinen Pol verloren habe, blicke ich immer wieder in kilometertiefe Abgründe aus Kater und Selbstverachtung. Im Halbdunkel spreche ich flüsternd mit meinem Spiegelbild:

Warum machst du das?
Warum lässt du dich so fallen?
Warum kannst du dich nicht schützen,
dich zurückhalten, dich achten und pflegen?
Du hast so viel von dem, was andere nicht haben.
Du bist beschenkt, mit deinem Körper und deinem Gehirn,
deinen Voraussetzungen und Fähigkeiten,
und weißt mit diesem Geschenk nicht umzugehen,
du bist das Geschenk nicht wert,
du wirst verrecken an deinem Hochmut
und an deiner fehlenden Selbstachtung.
Du wirst stürzen und verrecken.
Du wirst stürzen und verrecken.

Wenn ich nachts allerdings unterwegs bin, fühle ich mich sicher, auf der Straße, in den Clubs, Bars und Kneipen, unter all den anderen Verlorenen, hier kann ich nach einigen Getränken auftrumpfen und mich selbstsicher benehmen. Ich habe das Glück, dass man mir aufgrund meiner Jugend die Verwahrlosung nicht sofort ansieht, und imponiere vielen als wildes und ungestümes aktionistisches Biest, als tolldreister Springinsfeld, keiner ahnt, wie ich bin, wenn ich mich am Ende der Nacht daheim von Hyde zu Jekyll zurückverwandele. An den Tagen nach meiner Transformation allerdings wage ich weder die Wohnung noch das Bett zu verlassen, wenn es ganz schlimm wird, hänge ich die Fenster mit Decken ab, damit keinerlei Licht mehr in die Wohnung dringt, es ist ein vampirisches Dasein. Dieses Pendel zwischen absoluter Agonie und dem Tanz auf dem Vulkan schwingt immer hin und her, alle paar Tage sitze ich beim Psychiater und berichte von meinem Doppelleben, was mich aber auch nicht auf die Idee bringt, meine Zyklen anders einzurichten. Mein Arzt lässt mich unkommentiert gewähren, mein Leidensdruck ist offenbar noch immer nicht hoch genug, um mich selber auf eine Lösung zu bringen.

In einer warmen Spätsommernacht gehe ich mit Rev und einer von mir verehrten Frau über die Große Freiheit. Cecily ist eine selbstbewusste Nachtschwärmerin von starkem Temperament und betörendem Äußeren, sie trägt stets einen langen schwarzen Ledermantel und hohe Stiefel, sieht ein wenig nach Halbwelt aus und imponiert mir in ihrem angstlosen Weltvertrauen. Wir wollen ins Cool, ein kleiner Club gegenüber dem Kaiserkeller, und ich beobachte etwas eifersüchtig, wie Cecily und Rev sich ein paar Schritte vor mir angeregt unterhalten. Ich habe einen gefüllten Halbliter-Bierhumpen mit dickem Glasboden in der Hand, bin bereits betrunken und meine, auf lässige Weise auf mich aufmerksam machen zu können, indem ich mir einfach das Glas selber über den Kopf schlage. Meine Gedanken dazu sind relativ undramatisch, die Handlung dafür aber umso mehr. Ich habe nicht mit der Massivität und Festigkeit des Glasbodens gerechnet, er zersplittert auf meinem Schädel, gräbt sich mit großen gezackten Scherben in meine Kopfhaut ein und fällt dann krachend zu Boden. Rev und Cecily drehen sich erschrocken um und sehen, dass mir ein fingerdicker Blutstrahl aus dem Kopf pumpt, das Blut läuft mir zusammen mit dem Bier über die Haare, das Gesicht, die Kleidung, ich muss aussehen wie ein verrückter Zombie. Cecily schreit laut auf, reißt ein Taschentuch aus ihrem Mantel und versucht, die Blutung zu stoppen, während Rev sich nach dem Täter umsieht – wer hat das getan, wo ist der Irre hin? Schmerz durchpumpt meinen Schädel, ich kann wegen des Blutes kaum klar sehen, dennoch grinse ich Rev irre an und zeige auf mich selbst – icke wars, Mister Hyde! Rev will wissen, warum ich das getan habe, aber ich zucke nur mit den Schultern: »Hab ja nicht damit gerechnet, dass das gleich so eine Sauerei gibt, sorry!« Cecily versucht, ein Taxi anzuhalten, das mich ins Krankenhaus fährt, aber alle Taxifahrer geben Gas, sobald sie mich sehen, kein Wunder. Ein Ordner des Kaiserkellers gibt Cecily eine Verbandsrolle, die sie mir als Pressverband um den Kopf wickelt, damit zumindest die Blutung stoppt. Die beiden bringen mich zur Notfallpraxis in der Bernhard-Nocht-Straße. Während mir die Menschen auf dem Bürgersteig der Reeperbahn entsetzt ausweichen, ärgere ich mich über die Aktion: Was habe ich erreicht? Cecily ist auf jeden Fall nicht positiv überrascht gewesen, hat mich weder verliebt angeschaut, noch besteht die Chance, die Nacht mit ihr verbringen zu können. Vor der Praxis verlassen mich die beiden und ich begebe mich in Behandlung. Meine Frustration wächst weiter an, und um das Ganze auf die Spitze zu treiben, verbitte ich mir beim Nähen der Kopfwunde jede Art von Schmerzmittel. Jeder Stich in die Wundränder tut weh, aber ich will es nicht anders und beiße zornig die Zähne zusammen, während mir Tränen in den Augen stehen. Tränen des Stolzes, der Verzweiflung, der Frustration. Nach dem Nähen bekomme ich einen dicken Verband um den Kopf, einige Spritzen gegen Wundstarrkrampf und Tetanus und die Anweisung, sofort nach Hause zu gehen und den

Kopf zu schonen, die Effekte der Gehirnerschütterung werden nicht auf sich warten lassen. In diesem Zustand, mit verbundenem Kopf, zerzausten und teilweise abrasierten Haaren und völlig blutübersudelten Klamotten stapfe ich ins Sparr zu Sigurd Müller an den Tresen und lasse mir nach dem Erzählen meiner Story eisgekühlte Schnäpse gegen die Anschwellung des Gehirns servieren.

Das Erwachen am nächsten Tag ist höllisch. Ich liege in meinen blutverkrusteten Klamotten im Bett und zu den Schmerzen der Gehirnerschütterung kommt ein massiver Kater, Depressionen und die Selbstanklage:

Was hast du nur getan?
Und warum hast du das getan?
Was sagt dir das?
Wo liegt eigentlich dein Problem?
Möchtest du sterben?
Kannst du auch anderen Menschen gefährlich werden?
Bist du an einer Grenze angelangt?
Und wenn ja, warum?
Was wird dein nächster Schritt sein?

Ich bin schockiert darüber, wozu ich in der Lage bin. Und ich verstehe den Sinn dieser Botschaft an mich selbst nicht.

Bernd Begemann hat von meiner Selbstzerstörungsattacke gehört und besucht mich am nächsten Nachmittag. Er bietet mir an, mich aufs Land zu meinen Eltern zu fahren, was ich dankend annehme.

Als ich vor meiner Mutter stehe, bricht sie vor Schreck fast zusammen. Was ist bloß aus ihrem Jungen geworden? Aus ihrer Kreatur, ihrem Meisterwerk? Sie hatte es doch immer gewusst, dass diese verrottete Stadt nicht das Richtige für mich ist.

Dass sie mich zerstören und fressen wird. Dass ich dort vor die Hunde komme. Und sie hat recht behalten. Hier liefert man ihr nun die Reste zurück, den Schrotthaufen, den der Moloch von ihrem Kind übrig gelassen hat, einen in blutverschmierte Klamotten gekleideten Penner mit einem dicken Verband um den Kopf und einer Wodkafahne, die Bände spricht.

Ich liege Tage im Bett und lasse mich versorgen. Vermisse Frenchy. Bereue es, dass wir uns getrennt haben, sehne mich zurück zu ihr. Wenn das der Preis der Freiheit ist, dass ich hier zerstört und vereinsamt in meinem alten Jugendzimmer liege, in dem wir unsere ersten gemeinsamen Nächte verbracht haben, dann ist die Trennung die falsche Entscheidung. Aber ich kann auch nicht zurücklaufen, nur weil ich an der ersten Wegkreuzung in ein selbstbestimmtes Leben gestürzt bin.

Nach einer Woche berappele ich mich langsam wieder. Höre auf, mir endlose Vorwürfe zu machen, ich habe sogar meinen Therapietermin ausfallen lassen. Ich beschließe, mich zusammenzureißen, mein Bündel neu zu schnüren, mich nicht mehr so weit gehen zu lassen, auf mich zu achten, meine Grenzen zu schützen und zu akzeptieren und ruhig und gewissenhaft auf mein dringlichstes Ziel zuzugehen: die Veröffentlichung des Albums.

Zurück in Hamburg nehme ich meine Arbeit wieder auf, plane die Tournee zum Album, treffe mich mit Rev und Hardy und neuen Musikern, um die Band zusammenzustellen. Ich gewinne wieder an Kraft, Lebensfreude und Selbstvertrauen und mit den Haaren, die auf meiner Kopfwunde wachsen und das Loch in meiner Frisur versiegeln, versinkt auch die große Selbstanklage gnädig im gleichbleibenden Strom der Ereignisse. Ich treffe mich immer wieder mit Frenchy und stelle fest, dass sie mir fehlt, dass ich noch Gefühle für sie habe – und sie offenbar auch für mich. Dennoch widerstehen wir dem Impuls, uns wieder zu verbinden. Wenn, dann wollen wir sicher sein, dass wir wirklich zusammengehören. Wie lange man ausharren muss, um das zu wissen, ist uns beiden unklar, aber es liegt auch etwas Genüssliches in diesem Sehnen und in der Wahrscheinlichkeit, voneinander erhört zu werden.

PUNKERTAGE 89

Von dem Moment an, da die Gleichförmigkeit, die Sicherheit der Gewohnheit, die Routinen des Alltäglichen mich ummanteln, dauert es nicht lange, bis ich wieder hochmütig werde. Anstatt aus meinem Absturz Demut als Lebenselixier zu kondensieren, wähne ich mich nach der Erholungsphase bald vollumfänglich wiederhergestellt und klage in Gesprächen mit Freunden über Langeweile und fehlendes Feuer. An einem tristen Montagabend im Oktober treffe ich mich mit Schorsch, ihm geht es nicht anders, irgendwie haben wir das Gefühl, die letzten Schleier unserer Jugend davonfliegen zu sehen, und sehnen uns nach der Impulsivität und Wildheit vergangener Tage. Es ist etwa zehn Uhr abends, als wir beschließen, »die Düsseldorfer« anzurufen und sie zu fordern. Schorsch teilt Campino am Telefon mit, dass heute »Punkertage 89« seien – das angeblich größte Treffen der letzten noch lebenden Punker der Erde – und wir jetzt losfahren würden, wenn sie sich denn trauten, uns zu empfangen. Campino lacht mitleidig und teilt uns mit, dass man uns um halb zwei in der Nacht im Hofgarten erwarte. Voller Elan und wildem Aktionsfeuer springen wir in Schorschs Honda und machen uns auf den Weg durch die Nacht nach Düsseldorf. Tatsächlich schaffen wir es, den Zeitplan einzuhalten, und tauchen um halb zwei in dem verlassenen Innenstadtpark auf. Alles ist menschenleer, kein Penner, kein Polizist ist zu sehen. Wir setzen uns auf eine Parkbank und warten angeödet in der nächtlichen Stille. Natürlich gehen wir davon aus, dass Campi und Co. uns versetzt haben und sich zu Hause über die völlig umsonst angereisten »O. H. Subs« totlachen. Nach einigen Minuten tauchen ein paar dunkle Gestalten zwischen den Büschen auf, es sind wider Erwarten tatsächlich die Hosen, alle bis auf Wölli – müde und in der Hoffnung, das Ding hier schnell zu Ende zu bringen. Sie setzen sich neben uns auf die Parkbank, Breiti hat einen Bocksbeutel mit süßem Wein dabei, den lassen wir rumgehen, so hängen wir gemeinsam ab, es ist wirklich mehr als Tote Hose. Nachdem wir die Flasche geleert haben, ist klar, dass wir diese Nacht nicht einfach so vorbeiziehen lassen können, also besorgen wir uns an einer Tanke weitere Getränke und ziehen in den frühen Morgenstunden in eine Altbierstube, die bereits geöffnet hat. Ab jetzt ist das Geschehen nicht mehr zu stoppen, der Stein ist ins Rollen geraten und wir alle kullern den Berg hinab, ein Ausstieg ist unmöglich. Kurz vor Mittag, nach dem Genuss von etwa fünfzig Altbieren, ziehen wir ins Aquarium des Düsseldorfer Zoos und pöbeln herum (»Herr Ober, ich nehme den Flussaal aus Becken drei, aber in Mehlpanade, dazu einen Viertel Grauburgunder!«), bis man uns vor die Tür setzt. Gelangweilt wie ein Haufen pubertierender 14-Jähriger verziehen wir uns in Kuddels Wohnung, um ne Runde fernzusehen. Beim Glotzen werden sogenannte Happy Caps gereicht, irgendwelche Tabletten, von denen man »gut drauf kommt«. Kurz darauf pennen alle im Sitzen ein. Nach einer Dreiviertelstunde setzt die Wirkung der Pillen ein, das Speed beendet unseren Powernap und wie die Duracell-Äffchen beginnen wir auf einmal manisch in der Wohnung herumzumarschieren. Es kommt die Idee auf, zu Wölli umzuziehen, seine Wohnung sei größer, er habe ne super Anlage, dort könne man sehr laut Musik hören. Also wechseln wir den Standort und besorgen auf dem Weg dahin große Reserven an Alkohol und Junkfood. Angekommen in Wöllis Wohnung wird die Tür von innen verschlossen und die Fenster verhängt, wir haben ein konspiratives Spitzentreffen, die Punkertage 89. Zu diesem Anlass werden jetzt alle Schleusen geöffnet, wie bei einem Potlatch der nordamerikanischen Indianer versenken wir uns zeremoniell und schalten die gesamte Restwelt aus. In einem letzten Aufwallen jugendlicher Idiotie kreiseln wir durch einen Strudel aus Musik, Alkohol, aufgeheizten Gesprächen, in immer neuen Konstellationen, einige tanzen halb entkleidet, andere sinken kurzfristig auf Sofaecken in Minutenschlaf. Schließlich, um den Ausnahmezustand noch zu steigern, fangen wir an, die Wohnung auseinanderzunehmen, Regale krachen zu Boden, Tische und Stühle stürzen und werden zu Höhlen umfunktioniert, Essen, Kippen, Flaschen, Schallplatten fliegen durch die Gegend und vermischen sich zu einer müllhaldenhaften Schicht, die den gesamten Boden der Wohnung überzieht. Campino liegt mit vollen Klamotten in der Badewanne, er hat sich Tampons in Ohren und Nase gestopft und murmelt immer wieder:

Hosen, nicht schlecht, oder? Niiicht schleeeecht, oder?

Er lässt einen erst gehen, wenn man brav bejaht.

Hoooseeeen – niiiiiicht schleeeeeecht, oder?

Jaaaa, Campi, ist recht, Campi, Hosen, niiiiiicht schlecht.

Wölli mischt eine harte Pampe aus Rotwein, Whisky und Coca Cola – genannt Wine Spo Dee O Dee – und nötigt uns alle zur Bruderschaft.

Ich weiß nicht wie, aber so vergehen 24 Stunden, auf eine völlig ziellose, aber gleichzeitig wundervolle und magische Weise haben wir Zeit und Sinn komplett zum Stillstand gebracht und sind in ein außerweltliches Kontinuum eingetreten, in dem ich gerne mein ganzes Leben verbringen würde, nichts hat mehr Bedeutung, alles fließt, wir sind Quallen der Liebe.

Schließlich, nach zwei schlaflosen, verrauschten Tagen, löst sich der Haufen auf, ziehen die ersten ab, trollen sich nach Hause, in ihr Bett, in ihre Ordnungszusammenhänge, und am späten Nachmittag fahren Schorsch und ich zurück nach Hamburg. Ich bin so verstrahlt und drüber, dass ich auf der Rückfahrt kurz mit dem Gedanken spiele, die dicke rote Tablette zu schlucken, die ich für Notfälle immer mit mir rumtrage. Ich komme aber davon ab und genehmige mir lieber noch eine Flasche Amselfelder, die allerdings kaum mehr Wirkung zeigt, Schorsch fährt schweigend und kreidebleich, alles ist gesagt und getan, wir sind nur noch zwei leere bleiche Hüllen, die zu tief in den Schacht des Seins geblickt haben. Zu Hause ziehe ich für mehrere Tage die Vorhänge zu, denn die Beute dieses Raubzugs ins Glück sind 20 Barren pure Depression.

ZEITENWENDE

Als die Mauer fällt, sitze ich um Mitternacht alleine zu Hause vor dem Fernseher. Sie fällt zwar schon am frühen Abend, aber bis die Bestätigung über dieses Ereignis nach Hamburg durchgedrungen ist, dauert es ein paar Stunden. Ich bin schockiert über die Fernsehbilder mit den Massen, die sich Deutschland-Fähnchen-schwenkend in die Arme fallen, und habe spontan Angst. Angst vor Deutschland. Angst vor dem, was jetzt kommen könnte. Ich befürchte reflexhaft aufkommende großdeutsche Gefühle. Ich imaginiere nationaltrunkene Massen und deren vermeintlich ersehntes deutsches Weltreich. Und ich betrauere, dass das Experiment Sozialismus gescheitert ist. Obwohl es ja gar nicht in der DDR gescheitert ist, der DDR-Sozialismus war nichts als eine Farce. Um kurz nach Mitternacht ruft mich Micha Wahler, also Cäptn Suurbier – mit dem ich zu diesem Zeitpunkt häufig Kontakt habe – an, er ist hörbar erregt.

Ey Rocko, haste schon jehört?

Hey Micha, äh, was …

Die Mauer is jefallen!

Die Mauer is …

Na, sie ham die Mauer einfach uffjemacht.

Hab im Fernsehen gesehen …

Alter, ick war da, die Massen strömen rüber, janz Ostberlin rennt durch den Westen …

Ja, beängstigend.

Beängstigend? Spinnst du?

Wieso?

Ick habe diese verdammte Mauer so jehasst. Immer hab ick sie jehasst. Diese verdammte Spießergrenze. Diese verdammten Knastwände. Diese kranke Idee. Jetzt reißen sie sie ein. Überall stehen sie mit Hämmern und picken druf los.

In dem Moment begreife ich, dass ich mit meinem Urteil daneben liege. Dass ich gar kein Recht habe zu urteilen, denn ich bin von den Auswirkungen der Mauer nicht direkt betroffen gewesen. Für mich war die Mauer ein absurdes, nahezu artifizielles Objekt, in seiner Groteskheit nicht ernstzunehmen, ausgedacht, temporär und auf tönernen Füßen, unseriös, mit anderen Worten: eine Quatschidee. Aber für viele Menschen, die im Schatten der Mauer lebten, auf beiden Seiten, im Osten wie im Westen, war die Mauer sehr konkret: eine Trennung, eine Drohung, eine Unterwerfung, eine Machtdemonstration und Zurechtweisung.

Die Mauer jing durch unser Viertel, in Hermsdorf, hab sie jeden Tag als Kind jesehn und hab jedacht: Wieso sperren die uns hier wohl ein? Wat ham wa denen jetan? Aber dann hat mein Vater mir jesagt, dat die sich selber einjesperrt haben. Wie verrückt is das denn? Und dadurch waren wir denn ooch einjeknastet, verstehste? Einjeknastet von einem größeren

Knast, nämlich der DDR. Ein Knast im Knast. Wie son Russenpüppchen.

Micha schweigt einige Sekunden.

Und nun werde ick vielleicht demnächst von Berlin nach Hamburg mit dem Auto fahren und ick werde nicht an der Grenze halten müssen, werde keenen Ausweis vorzeigen müssen, ick werde nicht jefilzt, ick kann einfach durchfahren, der Knast löst sich uf, verpufft, verschwindet, wird wegradiert, det ist n Traum, Alter, verstehste?

Ich habe ihm nichts entgegenzusetzen, er hat vermutlich mit allem recht.

Als am nächsten Mittag die ersten Trabis über die Reeperbahn fahren, bin ich sogar ein wenig gerührt. Ich sehe die aufgeregten Menschen, die vom Osten in unsere Stadt kommen, ins wilde Sankt Pauli, auf die Reeperbahn, die verwirrt durch die Straßen laufen, man kann die meisten sofort an ihren Klamotten und Frisuren als Ostler erkennen, staunend über all die Möglichkeiten, vielleicht auch erschrocken von all der Verkommenheit. Die ihr Begrüßungsgeld bei der Sparkasse abholen, um ein paar Stunden später von der Melkmaschine Sankt Pauli um genau die hundert Mark ärmer gemacht worden zu sein. Willkommen in Hamburg. Wie gewonnen, so zerronnen. Scheiß Kapitalismus.

In diesen Tagen fällt es mir schwer alleine zu sein. Meine ganz persönliche neu gewonnene Freiheit erscheint mir kalt, einsam, trostlos. Der Winter steht vor der Tür und ich werde ohne Begleitung sein, eine deprimierende Vorstellung. Ich sehne mich nach Frenchy, wünsche sie zu mir zurück, halte die Trennung für einen Fehler. Was glaubte ich eigentlich dadurch gewonnen zu haben? Unendlich viel freien Sex? Ja und dann? Körperliche Begegnungen dauern kurz, sind spannend, manchmal erfüllend, häufig irritierend, schambehaftet, manchmal sogar verstörend und man fragt sich, wie man sich all die Rohheiten gegenseitig antun kann, ohne in irgendeiner Form vertraut miteinander zu sein. Was wissen wir bei Erstbegegnungen schon über die Vorlieben anderer und was glauben wir anderen mit den eigenen Vorlieben zumuten zu können? Und dennoch erscheint mir die Möglichkeit, all das ungestraft haben zu dürfen, immer wieder als große Verlockung. Vielleicht sollte auch ich nach einer Wiedervereinigung streben, denke ich mir – um an dieser Stelle mal die Analogie zu strapazieren. Nach einer langen Nacht in der alten Heimat, auf dem Hessenstein, an deren Ende ich allein ins Bett in meinem verlassenen Jugendzimmer sinke, begreife ich, dass ich Frenchy zurück möchte. Jetzt, sofort. Dass ich sie brauche und sie mir an meiner Seite wünsche. Aber sie ist nicht auf dem Land, sie ist in Hamburg, telefonisch nicht erreichbar, unterwegs, vielleicht auch auf Reisen, vielleicht bei einem anderen Mann? Vielleicht habe ich sie schon verloren, denke ich. Auch sie sieht den Winter auf sich zukommen, vielleicht hat sie sich ein anderes Nest gesucht, um es warm zu haben. Vielleicht hat sie einen neuen Mann gefunden, einen passenderen, der nicht ein Relikt ihrer Jugend ist, keine Figur aus dem Gestern, sondern ein neuer, glänzender Zukunftsgott. Ich weiß, dass sie sich mit Männern trifft, und auf einmal bin ich eifersüchtig. Am späten Nachmittag überlege ich, wie ich nach Hamburg kommen könnte, und da ich keinen Führerschein besitze, bitte ich Freund Uglus, mich zu fahren. Am Abend bringt er mich in die Stadt, nachdem ich diverse Male versucht habe, Frenchy telefonisch zu erreichen. Ich fange an, die Kneipen abzusuchen, renne durch Sankt Pauli, und meine Befürchtung wird immer größer, sie für immer verloren zu haben. Schließlich, nach Stunden, finde ich sie im Komet auf Sankt Pauli, auf einem Konzert. Ich falle ihr in die Arme und gestehe ihr meine wiedererwachte Liebe, meine Sehnsucht und Angst. Als wenn sie auf mich gewartet hätte, umarmt sie mich und erklärt mir, dass es ihr ähnlich gehe, dass auch sie sich gefragt habe, was diese Zäsur eigentlich bedeute, dass es viele Männer gegeben habe, zu denen sie hätte gehen können, aber die wollte sie alle nicht. Sie will mich. Ich bin unendlich erlöst.

DER LUSTIGSTE MANN DER ERDE

Schorsch hat bei Zardoz in Altona eine Platte gekauft, der Künstler heißt »Helge Schneider«, niemand hat je von ihm gehört. Auf dem Cover ist das Foto eines grotesken Schlagersängers in Siebziger-Jahre-Outfit zu sehen, die Musik klingt wie bizarrer heimproduzierter Mikroschlager mit Jazzmomenten, die stolprigen Texte mäandern improvisativ, nichts ist voraussehbar, ständig zerbrechen Inhalte und Sinnzusammenhänge, Klischees splittern, ich komme von einem hysterischen Lacher zum nächsten, dies ist meiner Ansicht nach die komischste Platte, die je von deutschem Boden ausging. Wer ist dieser Mann, aus welchem Zusammenhang kommt er, wieso ist er mir unbekannt, obwohl ich doch meine, im äußerst beschränkten Humoruniversum Deutschland alles zu kennen, was auch nur einen Schmunzler wert ist. Vielleicht können wir ihn nach Hamburg einladen, um ihn spielen zu sehen? Ich schreibe an das Label, um den Unbekannten zu kontaktieren. Tatsächlich bekomme ich kurz darauf zu meinem großen Erstaunen einen Brief von eben jenem Helge Schneider, der anbietet, uns in einigen Wochen in Hamburg zu besuchen. Ich eile zu Schorsch und Ted und teile ihnen die spannende Neuigkeit mit.

Als sich der Nachmittag unseres Treffens nähert, sind wir freudig gespannt. Wir haben einige Freundinnen und Freunde eingeladen und gemeinsam in Teds Wohnung in der Buttstraße eine Empfangssituation erstellt: Es stehen Tabletts mit Häppchen herum, auf den Toastecken haben wir mit Billigkaviar die Initialen H. S. auf Frischkäse drapiert, Luftballons und Papierschlangen unterstreichen die Partysituation. Am frühen Abend um sechs fährt ein alter weißer Peugeot 504 Kombi mit dem Nummernschild von Mülheim an der Ruhr vor, darin sitzt Helge Schneider. Wir begrüßen ihn mit großem Komitee, ein Haufen von etwa 14 Punks und Punketten in Abendgarderobe steht Spalier. Helge ist älter als wir, er trägt lange Haare und einen Fellmantel, er sieht eher aus wie ein Freak als wie ein Schlagersänger. Der Empfang gefällt ihm und erstaunt begibt er sich in diese für ihn neuen Kreise. Noch nie sei er in Hamburg gewesen, erzählt er auf seine verschmitzte und etwas nasale Art, nur einmal vor Jahren auf der Durchreise. Aus dem von Anfang an recht hohen Trinktempo hält er sich vornehm raus, lüpft lange an seinem Bier und ist dennoch völlig entspannt, er erzählt uns von sich, von der Jazzmusik, seinen ersten Auftritten in Mülheim und Umgebung, seinem Film »Johnny Flash«, der bald herauskommt, und wir haben das Gefühl, einem aus jedem Zeit- und Raumgefüge gelösten Wesen zu begegnen, denn er steht in keiner irgendwie gearteten deutschen Tradition und verfolgt keine zeitgenössischen Strömungen oder Stile. Nach einiger Zeit bitten wir ihn, ein paar Kostproben seines Könnens zum Besten zu geben. Ted hatte einen Ghettoblaster mit angeschlossenem Mikrofon, Helge legt eine Playback-Kassette ein und singt uns drei Songs vor. Mit dem ersten Ton der Musik verwandelt er sich und wird zu dem Schlagersänger, den wir auf dem Albumcover gesehen haben, eine sesamstraßenhafte Figur, ein Comicwesen mit absurder Körperhaltung und Stimme. Die Texte improvisiert er scheinbar zu dem Playback, singt, was ihm gerade einfällt, so zumindest kommt es uns vor, er bricht ab, stockt, springt in den Ideen, schnell und unvorhersehbar, sodass wir kaum folgen können. Viele der Anwesenden haben noch nicht mal seine Platte gehört und sind nun irritiert von dem Dargebotenen, so etwas haben wir alle noch nicht gesehen. Am Ende des dritten Songs, der genauso unvorbereitet aufhört, wie er angefangen hat, sind der Begeisterung unserer kleinen Runde keine Grenzen gesetzt, was Helge bietet, ist etwas wirklich Neues, Andersartiges, denn es gibt zu diesem Zeitpunkt keine Comedy in Deutschland, keine Brüche und fehlenden Pointen im Humor, alles ist aufgeräumt, sauber und vorhersehbar, am Ende des Witzes kommt immer die Pointe, das Zeichen für die Teutonen, dass jetzt derbe und kurz gelacht werden darf – bei Helge gibt es das nicht. Sein Humor ist purer Jazz, frei, anarchisch, wild, unterspannt, klein, manchmal unverständlich und in seiner Albernheit dennoch elegant. Wir sind alle stolz, dieses kleine Wunder erlebt haben zu dürfen, und stoßen ausholend darauf an. Helge aber packt sein Bündelchen und noch vor Mitternacht setzt er sich in seinen 504 und fährt zurück nach Mülheim. Was für ein Auftritt.

Ich glaube, von diesem Moment an hat sich etwas in meinem Humorverständnis verändert. Ich hatte davor bereits nach jener löchrigen, sinnzerstörenden, surrealen Art von Humor gesucht, sie bei den Dadaisten, bei Karl Valentin und bei Hermann Harry Schmitz gefunden, hatte selber daran geschrieben und gebaut, denn für mich war Komik immer schon ein Werkzeug für die Kunst. Ein Distinktionswerkzeug, mit dem ich mich abgrenzen konnte von der Welt der Erwachsenen, der Spießer und der ewig Gleichförmigen. Ich setzte Humor als Code und Ersatzsprache ein, um Leute auf ihre Gesinnung zu überprüfen oder mit Gleichgesinnten in direkten Dialog zu treten.

Mit Helge steht dort auf einmal jemand, der diese Form bereits zur vollen Blüte entwickelt hat. Er trägt den rheinischen Frohsinn zwar in sich, hat ihn aber weiterbearbeitet, zerlöchert, übertrieben, unterhöhlt, stellt den Humor an sich in Frage, schließt gleichzeitig zu einer Urformel für Komik an, die man – so behaupte ich – auf der ganzen Welt versteht.

Und tatsächlich ist Helge eine Zäsur für den Humor in Deutschland, Jahre in der Zukunft, nach Katzeklo, verändert sich alles, Helge geht mit seinem Duktus in den Sprachgebrauch des Landes ein, Leute benutzen seinen Singsang und sein Seitenzungenlispeln, ohne zu wissen, dass sie Helge Schneider kopieren, seine Art ist in den Volksmund übergegangen.

DER KERN DES PUDEL

In meiner Straße gibt es gleich neben meinem Wohnhaus eine eingeschossige Eckkneipe, die seit längerem leer steht und die ich immer wieder neugierig umrunde. Eines Tages entschließe ich mich, meinen Hausverwalter zu fragen, ob er mir den Schlüssel zum Gebäude für die Zeit des Leerstands überlassen könnte, ich würde dort gerne »Fahrräder reparieren«. Arglos übergibt er mir den Schlüssel, er hat keine bessere Verwendung für diesen altmodischen Ort, das Viertel ist arm und nicht angesagt, niemand will hier eine alte Eckkneipe mieten, zum Ausgehen geht man nach Sankt Pauli oder ins feine Eppendorf. Staunend erkunde ich die Räumlichkeiten, die Kneipe ist voll eingerichtet, mit Tresen, Barhockern, in den Schränken stehen Geschirr und Gläser, sogar eine Zapfanlage gibt es. Nach hinten liegt eine Küche, ein Arbeitsraum, im Keller die Toiletten und Lagerräume, Strom, Heizung und Wasser laufen. Auf einmal habe ich eine vollständig eingerichtete Kneipe an der Hand. Ich rufe meine Freunde Schorsch, Jens, Kayser Walter und Steph an, und wir treffen uns in den Räumlichkeiten, um über ihre Bestimmung nachzudenken. Alle sind begeistert und wir imaginieren, was man hier alles veranstalten könnte. Zuallererst brauchen wir einen Namen, und weil die Boutique Pudel so ein schöner, kleiner, spackiger Erfolg war, beschließen wir, den Laden »Pudel Club« zu nennen.

Die ersten Treffs vor Ort sind eher konspirativ, wir haben eine Hifi-Anlage und eine Lichtorgel aufgestellt, gestalten den Laden mit den perfekt zu uns passenden und radikal komischen Bildern der Maler 4000 und Sam, die direkt nebenan ihr

Atelier haben, illuminieren die Tische und den Tresen mit Kerzen und laden dann kleine Gruppen von Freunden ein, um zu sehen, wie es sich anfühlt, eine eigene Kneipe zu betreiben, wie laut wir werden können, ohne die Nachbarn sofort gegen uns aufzuhetzen, und ob wir von irgendwelchen Ordnungskräften kontrolliert werden, denn wir betreiben ja einen »schwarzen Club«.

Das Ding spricht sich rasant herum, von Mal zu Mal werden die Veranstaltungen größer, der Laden immer voller, wir suchen Kontakt zu einem professionellen Händler, weil wir die Mengen an Flaschen nicht mehr selber schleppen können, und finden ihn in Hans Werner Grimm, einem sehr liebenswerten Altonaer Getränkelieferanten, der für uns bald nur noch der »Dealer« heißt.

Alle paar Wochen organisieren wir eine Veranstaltung, das Anbahnungsprozedere läuft immer ähnlich ab: Ich habe zu Hause in der Kampstraße einen kleinen Walkman mit eingebauter Box, den man mit Ansagen besprechen kann. Um also nicht mit allen Freunden, die wir einladen möchten, persönlich telefonieren zu müssen, haben wir uns eine »Anrufautomatik« ausgedacht: Ich, Schorsch oder Kayser Walter besprechen das Gerät mit den zu erwartenden Programmpunkten:

Hey, Young Urban Professionals, hier spricht eure Pudel Crew, wir erwarten am Freitag den angesagtesten Import-Act aus Berlin, die sagenhaften »Lassie Singers«! Pünktlich um 22 Uhr gehts los, danach legt Kayser Walter für euch auf, bringt 5 Mark Eintritt mit und zieht euch was Schönes zum Ausziehen an! Wuff, wuff, wuff!!!

Dann ruft einer von uns die Teilnehmer unserer »Actionlist« an, wählt die Nummern unserer dreißig besten Freundinnen und Freunde, und ein anderer hält, wenn abgenommen wird, die »Anrufautomatik« an den Hörer und spielt die Botschaft ab. Ein Verfahren ähnlich einer Rundmail von heute, nur eben einzeln abgespielt und dementsprechend unglaublich zeitaufwändig. Nach etwa zwei Stunden ist der Samen gepflanzt, die Botschaft wird sich von nun an von selbst verbreiten.

Am Abend der Veranstaltung gehen wir vorher häufig erst mal zum Griechen auf der Schanzenstraße, um uns zu stärken, ich esse dort meist die sehr günstige und gute Bohnensuppe. Die Frau des Wirts ist die Köchin, eine bereits etwas ältere Dame, die kein Deutsch spricht. Als sie mir zum ersten Mal die Suppe bringt, erschrecke ich mich, weil die Fingerspitzen ihrer rechten Hand, mit der sie den dampfend heißen Teller völlig schmerzbefreit trägt, schwarz und verbrannt sind. Erst auf den zweiten Blick realisiere ich, dass sie einen Plastikarm hat und wohl häufig mit den Fingern an die Kochplatten gerät.

Der erste Auftritt der Lassie Singers in Hamburg und im Pudel gerät zu einem kleinen Triumph, hier kommt zusammen, was zusammengehört. Die Lassies bestehen an diesem Abend aus ihren drei Sängerinnen Christiane, Almut und Kathrin und ihrem Gitarristen Herman Herrmann. Ich habe nur Legenden von ihnen gehört, sie seien in Berlin angesagt, hätten einen Komponisten, der Funny van Dannen heiße und nicht mit auf Tournee reise, ähnlich wie Brian Wilson bei den Beach Boys. Der Auftritt der Lassies zu fortgeschrittener Stunde im Pudel kippt relativ schnell ins Chaotische, die Anlage funktioniert nicht richtig, quietscht und fiept, Kabelbrüche brizzeln laut in den Boxen, Hermans Gitarre lässt sich nicht tunen, und mit jedem auftauchenden Problem versuchen die Lassies nur noch lauter durchzudringen, was zu lang anhaltendem markerschütterndem Geschrei der drei Frauen führt, ich komme aus dem Lachen gar nicht mehr raus, so irre und drüber ist die Atmosphäre. Obwohl ich wegen des Gekreisches nicht alle Texte der Songs verstehe, liebe ich die Lassies vom ersten Moment an für ihre äußerst spezielle, ehrliche Art, ihren pfeildirekten Humor, ihren aufgeregten Charme, für den Rabatz und den Ärger, der sie umschwirrt, für ihre Schläue und Großherzigkeit. Unsere Gesprächsfelder überschneiden sich perfekt, politisch, literarisch, musikalisch liegen wir in vielen Punkten nah beieinander – und wenn nicht, lohnt sich der Streit, bringt die gegenseitige Anpöbelei Freude und Erregung. Herman Herrmann ist ein fantastischer Songschreiber, mit ihm unterhalte ich mich lange über das, was wir für gute Songs halten und wie man sie herstellen kann, er erzählt mir, dass er in einem Anfall des Selbstzweifels schon mal das gesamte eigene Werk vernichtet hat, alle Skizzen, Aufzeichnungen, Texte, Noten seines Lebens – einfach verbrannt, ohne Rücksicht auf Verluste, das imponiert mir.

Die vielleicht vierzig Gäste, die bei diesem ersten Lassies-Auftritt in Hamburg kommen, sind begeistert, wenn auch die wenigsten ahnen, dass diese Band bereits zwei Jahre später zu großen Indiestars erstrahlen würden, die die Fabrik in Hamburg im Handumdrehen ausverkaufen.

1990

DURCHBRUCH, NUR WOHIN?

Derweilen macht meine eigene Karriere Fortschritte, der Tag der Veröffentlichung meines Albums rückt näher und die Videos für die Singles müssen gedreht werden. Das Video für die erste Auskopplung »Ich will Liebe« ist ein von Klaus Maeck aufwändig hergestelltes Filmchen, in dem Rev, Hardy und ich eine glücklich im Wald lebende Kleinfamilie darstellen, die von den Haien der Musikindustrie – personifiziert von Bela und Beckmann – entführt werden. Mit dieser Story planen wir, dem Vorwurf des Ausverkaufs zuvorzukommen, es ist sozusagen eine vorauseilende Entschuldigung.

Das Video zur zweiten Single »Mendocino« wird vom legendären Palais-Schaumburg-Sänger Walter Thielsch regiert. Michael Holm ist von München nach Hamburg angereist und Walter choreografiert uns einen ganzen Tag lang, zeigt uns Moves und Stops, setzt uns Sombreros auf und dreht von allen Seiten.

Die beiden Videos werden frühzeitig an alle Abspielstationen und vor allem an MTV lanciert, damit sie zu den Stichtagen der Releases gesendet werden können. Die Singles, die Maxis, einige Remixe und Hörspiele werden vorbereitet. Das Albumcover ist fertig designt, und als Höhepunkt gestattet uns die Polydor einen Gag: Wir haben – als persönliche Feinde des aufkommenden CD-Formats – unserem Album eine »Flexi-CD« beifügen lassen, also eine kreisrunde, biegsame silberne Folie, die aussieht wie eine CD und bedruckt ist mit Titeln, die angeblich darauf zu hören sind, die Songs heißen »Auf dem Wurstfest« und ähnlich. Diese »Flexi-CD« wird dem Album beigelegt, auf dem Cover prangt ein Aufkleber »Inkl. Flexi CD!« Wer später diesen vermeintlichen Tonträger in seinen CD-Player einlegt, kann diesen danach nicht mehr öffnen, da sich die Folie durch den Laserstrahl verbiegt und die Lade verklemmt. Zugegeben – ein perfider Trick von Vinyl-Freaks, der den Lauf der Dinge um kein Jota verändern wird.

Im Mai des Jahres 1990 kommt der Tag des Releases. Als ich die Wohnung in der Kampstraße verlasse und durch die Schanze spaziere, ahne ich die Dimension unseres Aufschlags: Die ganze Stadt ist vollplakatiert mit unserem Cover und meinem Namen, nicht nur die normalen DIN-A1-Formate hängen dort, sondern auch DIN-A-Doppel-Null-Riesenplakate und Breitwand-Banner, meine Visage ist tatsächlich überall zu sehen, man kann mir schlichtweg nicht entgehen. Ich setze eine Spiegelbrille auf, ziehe die rote Wollmütze tief ins Gesicht und gehe gesenkten Hauptes durch mein Viertel und Sankt Pauli, denn ganz im Gegenteil zu dem Gefühl, das ich erwartet habe, schäme ich mich nun durch und durch. Ich komme mir aufdringlich vor, penetrant, egozentrisch und wie ein Verräter meines schönen Subkulturviertels, in dem wir doch alle einen so feinen Bodensatz gebildet haben. Jetzt soll ich im großen Stil der »King« sein, das war lustig und cool, solange es die anderen von mir sagten, solange es eine übertriebene Behauptung war, aber nun, wo ich selber von jedem Bauzaun damit werbe, kommt es mir nur noch wie prollige Angeberei vor. Ich flüchte, so schnell ich kann, in meine Wohnung und verlasse sie erst wieder, als es dunkel wird, um nur ja nicht auf meinen Verrat angesprochen zu werden. In den kommenden Wochen versuche ich, so selten wie möglich im Viertel aufzutauchen, und hoffe, dass meinen Mitmenschen entgeht, zu was für einer unangenehm übergroßen Figur ich gerade mutieren soll.

Die Polydor hat eine Promotournee quer durchs Land organisiert, von Osnabrück über Bremen, Münster, Dortmund, Bochum, Herne, Essen bis nach Düsseldorf, der Süden wird später folgen. Hardy, Rev und ich sollen von einem Fahrer in die verschiedenen Großstädte kutschiert werden, um dort subkulturelle Promo zu betreiben, soll heißen, dass wir mit Aufklebern unseres Singletitels »Ich will Liebe« durch die Innenstädte marschieren, um sie dort anzubringen, an Ampeln, Laternenmasten, auf Schildern, Eingangstüren, in Clubs an den Tresen und auf den Toiletten. Außerdem haben wir Schablonen des Totenkopflogos dabei, die wir überall sprayen sollen. Durch diese subkulturelle Bewerbung von unten sollen wir die Fanmassen von der Straße abgreifen, den Kids das Gefühl geben, dass wir »down« seien, dass die Werbung nicht von »oben« komme, sondern von anderen Kids. Schon bei der ersten Sprayaktion in Osnabrück werden wir auf einem Parkplatz von den Bullen festgenommen und deutlich verwarnt, dieser Zweig unserer Aktivitäten ist somit sofort beendet. Also ziehen wir nur noch wie eine Billo-Drückerbande durch die Einkaufszonen und kleben verschämt unsere Aufkleber, die wirklich niemanden interessieren. Auch ein paar Interviews bei regionalen Privatsendern sind eingeplant, die kommen uns fast noch trister als das alberne Geklebe vor, da keiner der Mainstream-Redakteure uns kennt, geschweige denn an mir oder uns wirklich interessiert ist.

Dann kommen die TV-Einsätze. Rev und ich sollen im Frühstücksfernsehen bei »Guten Morgen mit SAT.1« auftreten, und da wir wissen, dass wir niemals um 6.30 Uhr ausgeschlafen im Studio auftauchen können, machen wir die Nacht im Subito durch, gehen im Anschluss noch ins Erika's Eck, eine Metzgerkneipe am Schlachthof, und halten uns mit Schnäpsen wach und bei Laune. Als wir im Studio auftauchen, sind wir völlig drüber, stinken nach Alkohol und sehen deutlich erodiert aus.

Die Moderatorin beäugt uns verunsichert, weiß nicht, ob von uns Gefahr ausgeht, und versucht uns durch ruhige Gesprächsführung zu mäßigen, was völlig überflüssig ist, es gibt in uns kein Aggressionspotenzial, wir sind einfach nur verstrahlt und geben merkwürdige Antworten von uns: dass wir von der »Farm Extrem« kämen, dort sei alles möglich, weil wir »Crazy Energy« erzeugen würden – dazu lächeln wir irre in die Kamera, wie die Anhänger einer idiotischen Drogensekte. Dieser Auftritt verschafft uns also keine weiteren Plattenverkäufe.

Der nächste Auftritt ist in einer TV-Show am Hamburger Fischmarkt, sie heißt »Dock 11«. Der Chefredakteur P. W. Fischer nimmt mich vor der Sendung beiseite und fragt mich, ob ich den legendären Auftritt des Boxers Norbert Grupe a.k.a. »Prinz von Homburg« im Sportstudio gesehen hätte. Nachdem ich verneine, erklärt er mir, dass Grupe bei seinem Auftritt minutenlang geschwiegen habe, und ob ich mir das auch vorstellen könne, die Moderatorin der Sendung – Berit Schwarz – sei ganz neu im Fach, und er würde gerne sehen, ob sie spontan genug mit der Situation umgehen könne. Ich willige ein, denn die Aktion erscheint mir spannend. Vor der Aufzeichnung verhalte ich mich gegenüber Berit sehr nett und offen. Als dann die Kameras laufen und das Live-Interview beginnt, schweige ich plötzlich eisern. Berit wird immer nervöser und verhaspelt sich in ihren Fragen, versucht improvisativ zu entertainen, was ihr nur mäßig gelingt, während ich die ganze Zeit Klaus-Kinski-haft genervt mit den Augen rolle, es ist ein minutenlanges Spießrutenlaufen. Der Chefredakteur steht feixend im Hintergrund, aber ich schäme mich zu Tode für die Aktion, die arme Frau tut mir unglaublich leid und ich selber habe dabei auch nichts zu gewinnen, außer Missachtung. Ob irgendwelche Teenies von so einem arroganten Irren Schallplatten kaufen würden, ist deutlich zu bezweifeln.

Danach gibt es diverse weitere Auftritte in weiteren Fernsehsendungen, z. B. bei Ragazzi, Mosquito, Pop, und 45 Fieber. Schließlich werde ich sogar zu »Alles Nichts Oder?!« mit Hella von Sinnen und Hugo Egon Balder nach Köln eingeladen. Mir ist unklar, was ich in dieser relativ albernen Comedy-Show anfangen soll, zumal Balder als Tutti-Frutti-Moderator in Punkkreisen als Sexist gilt. Ich lasse die Sendung also wie einen unangenehmen Zustand über mich ergehen – interessante Gespräche sind hier sowieso nicht gefragt – und breche Hella von Sinnen, die als Frühstückstisch dekoriert ist, am Ende noch die Brötchen von der Tischplatte. Was soll ich dort? Welchen Nutzen haben diese Auftritte für mein Album? Wie könnte ich über diese Medien mein Publikum erreichen? Wer ist überhaupt mein Publikum? Die Ärzte-Fans zumindest sind bis jetzt noch nicht auf den Trichter gekommen, die Deppen.

Das wichtigste Tool beim Erreichen der brachliegenden jugendlichen Fanmassen ist aber immer noch die Bravo. Es gibt diverse Treffen zwischen Bravo-Redakteur/innen, den A & R-Leuten von der Polydor und mir. Wie könnte man mich als Bravo-Star aufbauen, was ist der Andockpunkt für die Teenies bei meiner medialen Figur, bin ich formbar, süß und knuddelig genug, das versuchen die Jugendmagazinmitarbeiter rauszubekommen. Schließlich gibt es einige Foto-Shootings und man platziert mich an gewinnbringender Stelle im Heft, sogar auf der Titelseite tauche ich auf und luge aus dem O des Titels. Wie viel die Polydor dafür latzen muss, bleibt Tim Renners fruchtiges Geheimnis.

Höhepunkt unserer Zusammenarbeit ist meine Einladung nach München, zur im Sommer stattfindenden großen Bravo-Party, dem einmal im Jahr veranstalteten Megaevent des Magazins, zu dem alles erscheint, was Rang und Namen hat im

Teenieuniversum – außer natürlich die Teenies selbst. Ich habe mir zu dem Anlass das schickste Kostüm aus unserer Boutique Pudel zurückgelegt, ein hellblaues Ensemble aus glänzender Viskose mit weitem Schlag, langem Kragen, einer blau getönten Nickelbrille und passendem Silberschmuck dazu. Ich sehe aus wie Michael Holm zu seinen besten Zeiten, nur mit kurzen blondierten Haaren. Ich fliege mit Tim Renners Frau Petra Husemann, die sich die persönliche Betreuung ihres aufkommenden Teenage-Heroes in diesem Fall nicht nehmen lassen möchte, nach München und checke zum ersten Mal in meinem Leben in einem echten Nobelhotel ein. Ich bin erstaunt über den Standard und den Stil meines Zimmers im 8. Stock mit Blick über ganz München, erstaunt und auch angeekelt – so fühlt sich die Glitzerwelt also von innen an, irgendwie geil und hohl zugleich. Aber immer noch besser als die Drecksabsteigen, in denen ich bis jetzt übernachten musste und die ich nur unter Zuhilfenahme von Alkohol ertragen konnte.

Auf der Party am Abend im P1 gibt es ein großes Schaulaufen, die gesamte Münchner Medienprominenz ist anwesend, Werner Schulze-Erdel flirtet mich an, Sydney Youngblood rauscht durch die Menge und verlangt immer nur affektiert: »Where are the Millis? Where are Milli Vanilli? I need to see them immediately!« Bis er sie ein paar Meter neben mir findet und das Wiedersehen unter aufgeplustertem Gekreische stattfindet. Diverse Stars treten auf, unter anderem Holly Johnson von »Frankie goes to Hollywood«, den ich eigentlich sehr verehre, der sich aber mit seiner Solokarriere und seinem neuen Sound bereits auf dem Weg ins Pop-Nirvana befindet. Petra Husemann hat sich zu einigen Businesstalks verabredet, ich stehe allein in der unüberschaubaren Menge aus Stars, Möchtegern-Prominenten, Medienvampiren, Münchner Reichen und Mächtigen und spüre immer deutlicher, dass ich hier nicht hingehöre, dass ich niemanden kenne, geschweige denn kennen möchte, und auch, dass ich für diese Welt völlig unbedeutsam bin, irgendein schräger unbekannter Musikfutzi aus dem Norden, in schrecklich outem Outfit – wer ist das, was will der hier, hat der nicht gecheckt, dass die Siebziger vorbei sind? Meine Beklemmung wächst, der Selbstzweifel, die Sinnlosigkeit des Unterfangens, mich in diese glatte Welt zu implantieren, meine eindeutige Unzugehörigkeit zur Society, meine Andersartigkeit, die mich einhüllt wie ein dunkler Kokon, ich komme mir vor wie ein Stück Straßenteer unter lauter Glasdiamanten. Ich stelle mich an den Tresen und bestelle Longdrinks, spreche mit niemandem, trinke implodierend, beobachte die anderen und mich – jenseits von jedem – als den Jungen aus dem Wald, der wie immer nicht reinkommt. Ich werde immer betrunkener und irgendwann gesellt sich eine schwarzgekleidete schöne Frau zu mir, etwas Finsteres geht von ihr aus und sie scheint mich als ihren einzigen Zugehörigen im Raum erkannt zu haben, wir trinken schweigend gemeinsam. Dann, wie verabredet, verschwinden wir beide von der Party, gehen auf mein Hotelzimmer, wir küssen uns im Licht der aufgehenden Sonne, aber unsere Finsternis umfängt uns immer noch und so legen wir uns aufs Bett und schlafen ein. Als ich viele Stunden später erwache, bin ich allein, die dunkle Fremde ist verschwunden, nichts deutet auf ihre Gegenwart hin.

Unter der Tür ist ein Brief durchgeschoben worden, er kommt von Petra Husemann: »Rocko, du warst nicht zu erreichen, ich habe angerufen und geklopft – keine Reaktion. Ich bin jetzt zurückgeflogen, ich hoffe, dir ist nichts passiert. Melde dich, wenn du in Hamburg bist.«

Mein Flug ist längst weg, ich sitze allein und schwer verkatert in München, wo ich niemanden kenne, ohne Geld, ohne alles. Wie ich zurückkommen soll, weiß ich nicht.

Einige Wochen später hat die Polydor eine Interviewtournee organisiert. Hardy und ich werden von unserem Promoter Bodo in einem Mietwagen durchs Land gefahren, um den Gazetten und Musikzeitschriften, den Stadtmagazinen und einigen Fanzines Interviews zu geben. Ich habe in den Tagen vor dieser Reise aufgrund des ganzen Trubels sehr schlecht geschlafen und trete die Fahrt in einem kaputten Zustand an. Ich fühle mich übernächtigt, dünnhäutig, verunsichert, aufgeregt und geschwächt zugleich, möchte aber nicht absagen, um nicht als unprofessionell und beschränkt belastbar zu gelten. Die erste Fahrt führt uns nach Bremen, Münster und Osnabrück, Hardy und ich geben ein paar Interviews, am Abend kommen wir bei unserer Pension an. Das Haus liegt in einer Osnabrücker Seitenstraße und ist absolut unspektakulär, es gibt keine Clubs oder Kneipen in der Umgebung und ich frage mich, was wir den ganzen Abend machen sollen. Bodo hat für Hardy und mich ein Doppelzimmer reserviert und für sich ein einzelnes, nach dem Essen gehen wir gegen neun auf die Zimmer. Ab jetzt beginnt für mich die Tortur: Was soll ich hier bloß? Was soll ich mit mir anfangen in diesem piefigen Haus am Ende einer Straße in einem Vorort einer völlig uninteressanten Stadt. Es gibt keine Fluchtmöglichkeiten, denn draußen ist schlichtweg nichts, ich kenne keine Menschenseele, dort wartet kein Subkulturviertel mit Spinnern an jeder Straßenecke auf mich, so etwas gibt es nur in Großstädten. Ich kriege Panik vor all der nackten Zeit, die vor mir liegt, zähe, pure Zeit, wie ein kaugummihafter Haufen, ein weiches Hindernis, ein klebriger Wall, der mich vom Leben trennt. Meine Übernächtigtheit führt nicht zu Ermüdung, im Gegenteil, ich bin überdreht und aufgekratzt, habe Panik vor dem Moment, wenn Hardy einschläft und ich alleine zurückbleibe, soll ich zum Bahnhof rennen, um mich in einer Kneipe mit anderen Lebensuntüchtigen zu besaufen?

Ich habe ein paar Dosen Bier mit aufs Zimmer genommen und trinke sie, um müde zu werden. Tatsächlich spüre ich irgendwann gegen zwei Uhr morgens Zeichen von Müdigkeit und falle in einen unruhigen Schlaf. Nach zwei Stunden bin ich wieder wach, und die Nervosität fährt sofort in mich:

Wie komme ich hier weg?

Ich wälze mich im Bett, Gedankenspiralen durchkreisen mich, Zweifel an mir, Vorwürfe wegen meiner Unbelastbarkeit:

Was bist du für ein Looser, ein Schwächling, dass du bereits bei so einer kleinen Aufgabe ins Straucheln gerätst? Wo ist überhaupt das Problem? Alle Menschen um dich herum schlafen ganz normal, du bist in Westdeutschland, in Friedenszeiten, im Sommer, du bist weder krank noch arm noch einsam. Du bist ein junger, hübscher, starker Mann, den viele Menschen mögen und der gerade einen großen Plattenvertrag abgeschlossen hat. Andere wären gern in deiner Position, also:

WO IST DAS VERDAMMTE PROBLEM???

Diese Frage macht mich noch fertiger als alle anderen Fragen, die ich mir ständig stelle, dieser Satz ist eine einzige Anklage, er dreht sich in meinem Kopf wie eine Giftspritze:

WO IST DAS VERDAMMTE PROBLEM???

Ich falle wieder in einen unruhigen Schlaf, aber um fünf Uhr beginnt unten im Haus ein Pressluftbohrer zu knattern, jetzt ist es um meine Nachtruhe endgültig geschehen. Ich sitze kreidebleich, übernächtigt und gestresst im Bett und warte panisch, dass die verdammte Zeit vergeht. Dieses Warten auf das Vorüberziehen der einzelnen Sekunden ist die schlimmste Qual. Zeit als Folter.

Nach dem Frühstück, bei dem ich keinen Bissen runterbringe, machen wir uns auf den Weg nach Köln. Ich bin völlig drüber, und Hardy und Bodo merken mir an, dass ich auf einem Kipppunkt angelangt bin. Dass meine Nerven brach liegen. Und das alles auf einer miesen kleinen Promotour nach einer Nacht in einer Provinzstadt ohne Ereignisse! Die Pistols, die Stones, die AC/DCs dieser Welt brachen nach harten Drogenräuschen und maximalen Exzessen zusammen, ich hingegen nach einer Nacht in einer Pension in Osnabrück, in der schlichtweg NICHTS passiert ist! Wie jämmerlich!

In Köln fahren wir direkt ins Polydor-Gebäude, ein großer Glaskubus in der Innenstadt. Nirgends ein dunkler Raum, in den ich mich zurückziehen könnte, alles hell, lichtdurchstrahlt und sauber, ich komme mir vor wie ein Vampir, der sich nicht vor der Sonne schützen kann, und bin kurz vor dem Verdampfen. Ich schaffe zwei Interviews, schweißüberströmt und unkonzentriert, die Journalisten, beäugen mich skeptisch – was ist denn mit dem Vogel los? Schließlich bitte ich in einer Pause Bodo, alle weiteren Interviews abzusagen, ich bin einem Nervenzusammenbruch nahe. Ich erinnere mich an die rote Tablette, die ich immer bei mir trage, für den Ernstfall. Ich wollte sie eigentlich nie nehmen, sie ist meine Notreserve für wirklich schlimme Zeiten, aber nun ist es doch so weit. Ich ziehe mich in einen der hinteren Räume zurück, schlucke die Tablette und krieche, um mich zu verstecken und um endlich Dunkelheit um mich zu haben, mit dem Kopf und den Schultern unter eine Kommode. Ich vergegenwärtige mir das Bild, das ich abgebe: Ein vierundzwanzigjähriger junger, gesunder Mann nimmt an einem schönen Sommertag eine riesige Schlaftablette und kriecht daraufhin in komplett verschwitzten Klamotten und zitternd vor Angst in Köln bei seiner Plattenfirma mit dem Kopf und den Schultern unter eine Kommode.

WO IST DAS VERDAMMTE PROBLEM???

Mein ganzer Körper zittert, und ich atme gezielt aus, um nicht noch mehr zu hyperventilieren. Nach zwanzig Minuten beginnt die Tablette zu wirken, ich spüre, wie meine Verkrampfung nachlässt, meine Muskeln sich entspannen und wie ich müde werde. Mit Bildern von sich ausbreitenden Blutseen in meinem Kopf schlafe ich ein und träume wirr. Ich bin ein Vampir aus dem Wald, ich bin zum falschen Zeitpunkt am falschen Ort gelandet, nämlich tagsüber in der großen Stadt, das ist lebensgefährlich für einen wie mich.

Als ich nach einigen Stunden erwache, geht es mir ein wenig besser.

Mein Körper hat drei Gänge zurückgeschaltet, und die Panikdrüsen sind leergepumpt. Vorsichtig stehe ich auf, gehe gebeugt und schwächlich nach vorne ins Büro zu den anderen, entschuldige mich und bitte Bodo, mich nach Hause zu fahren. Bodo und Hardy, die beide besorgt um mich sind, machen mir keine Vorwürfe, sie stützen mich, und so steige ich ins Auto, setze mich auf die Rückbank und lasse mich schweigend und völlig erschöpft nach Hamburg fahren.

Ich schäme mich unendlich.

WO IST DAS VERDAMMTE PROBLEM???

In den anschließenden Wochen versuche ich, mehr auf mich zu achten, mir Ruhe zu gönnen, mich zurückzuhalten, wenig zu trinken, runterzukommen. Wir proben viel mit der Band, casten in Rehearsals einen neuen Drummer, ein echter Profi mit einem riesigen Drumset, er spielt wie keiner, mit dem ich zuvor gespielt habe, und trägt immer ein Baseball-Cap, was ich geschmacklos finde, aber wegen seines tadellosen Spiels nicht moniere. Wir laden verschiedene Background-Sängerinnen ein, am meisten freut mich, dass Bernadette Hengst – die Sängerin von »Die Braut haut ins Auge« uns die Ehre erweist, uns auf Testkonzerten zu begleiten, sie ist eine fantastische Musikerin und Sängerin, und ihre Stimme verbindet sich auf einmalige Weise mit meiner.

Für die Tournee haben wir dank der Polydor zum ersten Mal eigene Techniker dabei, zwei Holländer, die mit einem Truck vorfahren und ihre auf uns abgestimmte Anlage, das Licht und unsere komplette Backline aufbauen. Das bedeutet für uns: Kein Geschleppe, Gebastele, Getune, wir brauchen am späten Nachmittag nur noch in die Halle zu kommen und zwei Stücke anzuspielen, dann ist der Soundcheck fertig, es erscheint mir wie der absolute Luxus. Sogar die Hotels sind eine Spur besser als auf allen Touren davor, wir haben Doppelzimmer, in denen wir in wechselnden Kombinationen schlafen, Rev wird immer von seiner Freundin Norika begleitet, also schlafen Hardy und ich meist in einem Zimmer.

Die Hallen sind von kleiner bis mittlerer Größe, gut gewählt und an den Abenden, durch unser Album und all die mediale Präsenz, akzeptabel gefüllt, wir spielen meistens vor zwei-, dreihundert Zuschauern, das ist gar nicht mal so schlecht, steht aber in keinem Verhältnis zu dem, was sich die Plattenfirma eigentlich vorgestellt hat. Den Höhepunkt unserer Tour soll ein Open-Air-Auftritt im August in Dresden in der »Arena der Jugend« bilden, vor uns spielen Uriah Heep und nach uns Nena, die zu diesem Zeitpunkt auf dem absoluten Tiefpunkt ihrer Karriere angelangt ist und Kinderlieder singt. Die »Arena« ist ein großes muschelförmiges Stadion, in das zweitausend Zuschauer oder mehr gepasst hätten, bei uns allerdings stehen dort etwa fünfzig verlorene Menschlein herum, ansonsten ist die Legende von unserem kommenden Hype noch nicht ins Tal der Ahnungslosen vorgedrungen. Auch der bereits verglommene Nachruhm von Uriah Heep hat keine Fanmassen mobilisieren können und als ich nach unserem Auftritt Nena auf der Bühne »Es klappert die Mühle am rauschenden Bach« singen höre, begleitet von einigen brav mit dem einstigen NDW-Star mitsingenden Kleinkindern, begreife ich, dass die Schuld für diesen raumgreifenden Misserfolg nicht allein bei uns liegt. Es sind die Umstände des gesellschaftlichen Umbruchs, die Unterhaltung wie unsere nicht eben zum ersten Tagesordnungspunkt für die Einwohner Dresdens machen.

Diese erste Major Tournee ist vielleicht die geordnetste, sauberste, aber auch unspektakulärste Tour, die ich bisher erlebt habe, alles bleibt irgendwie im Rahmen, der Stress, die Exzesse, aber auch der Erfolg. Die Fahrstrecken sind nicht allzu weit, die Hotels sauber und ruhig, wir lassen die Finger von den Drogen, und als wir schließlich nach Hamburg zurückkommen, bin ich das erste Mal nicht vollkommen zerstört.

Ich gehe mittlerweile zweimal in der Woche zur Gesprächstherapie. Ich erzähle meinem Therapeuten alles, was mir einfällt, aus der Gegenwart, aus meiner Vergangenheit, er spricht kaum, sondern hört nur zu und macht sich ab und zu Notizen. Aber so sehr ich auch suche, ich finde kein auslösendes Ereignis für das Minus in meiner Seele, das ich als Kernpunkt meines Dramas begreifen könnte. Keine sexuelle oder körperliche Gewalt, an die ich mich erinnere, keine seelischen Grausamkeiten, nur die Entfernung von meinen Eltern und das Gefühl, in der Familie schon früh kein Zuhause mehr gehabt zu haben. Irgendwann nach vielen Sitzungen fragt mich der Therapeut ganz nebenbei, was eigentlich mit meinem Bruder sei. Warum ich noch nie von ihm berichtet habe. Weil dort nichts zu berichten ist, erwidere ich. In dem Moment wird er hellhörig.

Was meinen Sie damit?

Na ja, wir haben keine Verbindung.

Aha – und warum haben Sie keine Verbindung?

Wir haben uns nichts zu sagen. Es gibt zwischen uns nichts Gutes und nichts Schlechtes. Heißt das etwas?

Nun, ich finde schon, dass es viel heißt, wenn man zu einer so nahen Person wie dem eigenen Bruder keine Verbindung hat. Wie standen sie denn als Kinder zueinander?

Ich berichte davon, dass wir uns unendlich oft gestritten haben. Dass mein Bruder immer unter dem persönlichen Schutz meiner Mutter stand, als der jüngere von uns beiden, der theoretisch hilflosere, dass ich als Älterer immer der Schuldige gewesen sei und dass ich mich deshalb von meiner Mutter gelöst hätte, weil sie ja sowieso immer nur für ihn da gewesen sei, nie für mich, so zumindest habe ich es als Kind empfunden. Ich berichte von einer scheinbar unendlichen Beleidigung, an deren Ende auf der einen Seite meine Eltern und mein Bruder standen und auf der anderen Seite ich. Am Ende der Stunde bin ich erschöpft und der Therapeut sitzt mir gegenüber und blickt mich wissend an. Das Wort Eifersucht liegt zwischen uns auf dem Boden. Ein Gefühl, zu dem ich meinte, genauso wenig Verbindung zu haben wie zu meinem Bruder.

Nachdem ich die Praxis verlassen habe, atme ich tief ein und aus. Ich habe das Gefühl, dass sich etwas gelöst hat. Wieso habe ich nie über die Beziehung zu meinem Bruder nachgedacht? Wieso haben wir so wenig Kontakt? Was haben wir überhaupt für eine Beziehung zueinander? Und wie steht nach solch einem Perspektivwechsel unsere Familie voreinander? Über diesen Komplex werde ich länger nachdenken müssen.

JOHNNY FLASH

Wir haben mit Helge Schneider einen Gig im Pudel Club vereinbart, sein erster richtiger Auftritt in Hamburg. Zwar kennt ihn eigentlich noch niemand in der Stadt, aber irgendwie eilt ihm seine Legende voraus, vielleicht durch den Abend in der Buttstraße, der sich herumgesprochen hat, vielleicht durch andere Menschen, die ihn bereits im Ruhrpott gesehen haben. Natürlich setzen wir wieder unsere »Anrufautomatik« und die »Actionlist« ein, aber dieses Mal habe ich das Gefühl, dass es kaum nötig ist. Die meisten wissen längst Bescheid.

Helge trifft am späten Nachmittag mit seinem Peugeot 504 am Pudel ein und fragt mich erst mal nach einem Instrument, er hat kein eigenes dabei. Ich besitze eine kleine Casio Orgel mit Begleitautomatik, die reicht ihm für seinen Auftritt. Wir gehen zum Griechen und lassen uns von Mutter Plastikhand mit Bohnensuppe verwöhnen. Helge erzählt von seiner Familie, von seinen Eltern, von seiner Karriere als Musiker, vom Experimentalregisseur Werner Nekes, mit dem er »Johnny Flash« gedreht hat, der demnächst in Hamburg ins Kino kommen würde. Auch mit Christoph Schlingensief ist er gut befreundet, in dessen Film »Menu total« hat er Adolf Hitler gespielt. Kayser Walter, Schorsch und ich lauschen gebannt jedem Detail aus dem Schneiderschen Kosmos, der beim Zuhören immer größer und schillernder wird.

Der Pudel füllt sich an diesem Abend sehr schnell, alle Szenevögelinnen wollen den neuen Wundermenschen sehen, von dem ihnen zugeraunt wurde, er sei der lustigste Mann des Landes. Als Helge um halb elf die ultrakleine Bühne des Pudel erklimmt, ist der Laden bereits völlig überfüllt, normalerweise hätten vielleicht 50 bis 60 Leute reingepasst, aber an diesem Abend haben sich doppelt so viele hineingedrängt. Helge spielt kurz, aber sensationell gut. Wieder – so wie bereits in der Buttstraße – scheint völlig unvorhersehbar, was als nächstes geboten wird, Helge improvisiert, singt einige Zeilen, dann beginnt er auf einmal über einem vor sich hinzockelnden Country-Pattern meiner Casio-Orgel ein merkwürdiges Countryhörspiel mit der Hauptfigur »Johnny van Oost« zu erzählen, die Leute lauschen gebannt, verfallen in begeisterte Lachsalven, Helge zieht sie völlig in seinen Bann. So plötzlich, wie er angefangen hat, endet er auch wieder und verschwindet unter dem Geschrei der Anwesenden hinter dem Tresen und in der Küche. Allen Zuschauern ist klar: Dieser Typ ist die humoristische Zukunft. Glücklicherweise strömen viele Besucher nach dem Auftritt hinaus, ziehen in die Nacht, sodass es irgendwann leerer und entspannter wird. Maler Ernie Kahl ist anwesend und trinkt mit mir und Helge einen »Pudel«, eine Mischung aus diversen Schnäpsen mit Eierlikör und Fanta. Dann packt Helge sein Bündel und verschwindet wie Aschenputtel von der Bildfläche.

PSYCHEDELISCHES PORTUGAL

Um mich zu entspannen, um die Tourneen und das Nachtleben hinter mir zu lassen, fahre ich im Juli des Jahres mit meinem alten Jugendfreund Fliegevogel nach Portugal, in den Süden, nach Faro. Wir sind beide zu oft berauscht gewesen und haben vereinbart, für zwei Wochen die Finger von Drogen und Alkohol zu lassen und unsere Knochen in der Sonne des Südens regenerierend zu bleichen. Zelten, herumfahren, uns das Land anschauen, Kirchen und Museen besuchen, vielleicht »echte portugiesische Menschen« kennenlernen. Nachdem wir in der Stadt angekommen sind, möchten wir erst mal das billige Zimmer aufsuchen, das wir über eine kleine Reiseagentur angemietet haben. Gleich hinter der Bushaltestelle kommt uns ein Schrotthippiepaar entgegen, zwei deutsche Dropouts, völlig heruntergekommen, der Typ haucht hüstelnd:

Drogen? Bock? LSD? 20 Mark.

Ich will gerade jovial abwinken, als ich Fliegevogel neben mir wie selbstverständlich sagen höre:

LSD? Na logo, hier!

Fliegevogel hält dem torkelnden Schrotthippie den geforderten Geldschein direkt unter die Nase. Ich stemme muttergleich die Hände in die Hüften, aber der Deal ist gemacht. Schlimmer noch: Fliegevogel schluckt den Trip sofort und grinst mich dümmlich zufrieden an.

Wieso hast du das gemacht? Wir hatten doch vereinbart, nix zu nehmen, vor allem keine Drogen!

Ja, aber wenn das so billig ist?

Das hat doch nichts mit Preisen zu tun! Hier geht's um Konsequenz! Darum, ein Ding durchzuziehen!

Ach, mach dich ma logger, Aller. Wir sind im Urlaub, ja? Kein Bock auf sone scheiß deutsche Spießigkeit!

Ich bin genervt. Immerhin dürfte es noch eine gewisse Zeit dauern, bis das Zeug wirkt, also checken wir in unser Zimmer ein und suchen uns danach ein Restaurant auf der Straße vor unserer Pension, um Essen zu bestellen. Immer wieder blicke ich Fliegevogel skeptisch an:

Und?

Ja, alles geil, kein Problem, fühl mich gut! Das portugiesische Essen is der Knaller, Aller!

Mitten in der Pizza, die sich Fliegevogel zum Kennenlernen der landestypischen Küche bestellt hat, blickt er mich auf einmal leicht irritiert an.

Was is?

Hm, ich fühl mich komisch, irgendwie nicht richtig gut, is irgendwie ganz schön schief hier. Ich würde gern aufs Zimmer gehen und mich n bisschen hinlegen.

Genervt bezahle ich die Rechnung und wir gehen hoch auf unser Zimmer. Fliegevogel legt sich aufs Bett, um etwas zu dösen, was ihm aber nicht gelingt und so fragt er mich, ob ich ihm nicht »aus Spaß« etwas vorlesen könne. »Einfach so. Zur Ablenkung.« Zu meinem Bedauern habe ich meine Bücher zu Hause vergessen, also greife ich auf ein liegengelassenes Buch eines deutschen Vorbewohners zurück: *Die Frau ohne Kopf und andere Gruselgeschichten.*

Fliegevogel nickt zufrieden, und ich beginne mit dem Billigschocker. Schon nach den ersten Sätzen wird er unruhig und windet sich im Bett herum.

Was is?

Kannst du nicht was anderes vorlesen? Das is mir zu heftig, voll der Horror – ne Frau ohne Kopf, da schieb ich Panik! Überhaupt, mir geht's nicht gut, alles ist völlig schief und verbogen hier, ich glaub, ich muss zum Doc!

Meine Stimmung sackt in den Keller, keine zwei Stunden nach unserer Ankunft muss ich mit meinem Reisepartner bereits wegen Drogenmissbrauch den Arzt aufsuchen! Ich führe den kreidebleichen, stöhnenden Fliegevogel, der nicht mehr räumlich sehen kann, durch die Stadt, bis wir schließlich eine Apotheke mit Straßenverkauf finden, es ist kurz vor 18 Uhr. Als ich dem Apotheker verständlich gemacht habe, dass mein Begleiter LSD genommen hat und dringend Hilfe braucht, lässt der alte Portugiese sofort die schweren Metalljalousien vor unserer Nase herunterrattern. Auf idiotische deutsche Drogenvögel hat er gar keinen Bock, die haben ihm augenscheinlich schon genug Ärger bereitet. Fliegevogel schwitzt und schaut sich panisch um:

Schrecklich hier! Kannst du mir helfen?

Wie denn, du Idiot? Wieso hast du das gemacht? Wieso hast du von den fertigen Typen Drogen gekauft und die auch noch direkt genommen? Du wusstest doch gar nicht, was da drin ist!

Ja Schulligung, dass ich geboren wurde!

Vorwurfsvoll und panisch zugleich blickt Fliegevogel mich mit rollenden Augen an.

Können wir nich ins Krankenhaus?

Ich durchkämme mit meinem stolpernden Angstpatienten die Stadt nach dem Hospital. Als wir es finden, brauche ich dem jungen Stationsarzt unsere Geschichte nur kurz zu erläutern, sofort zückt er eine Spritze, pumpt sie mit Valium auf und verabreicht sie Fliegevogel in den Arm.

In about two minutes he will be very tired. Bring him home, he'll sleep good!

Ich bedanke mich und der Arzt verlässt das Zimmer. Ich blicke auf den panischen Fliegevogel, der auf dem Krankenbett liegt und kreidebleich mit wirre zuckenden Augen zur Decke stiert. Tatsächlich dauert es nur ein paar Sekunden, bis ich sehe, wie die Farbe vom Hals zurück in sein Gesicht strömt, sein Blick klart sich auf, die Muskeln entspannen und ein zufriedenes Lächeln übernimmt seine Miene.

Was is denn jetzt?

Mann, is das geil. Das hätte ich nicht gedacht. Die Kombi is ja der Hammer! Erst LSD, dann Valium, voll der Bringer, echt jetzt, das musst du auch machen, Aller!

Fliegevogel setzt sich auf und blickt mich begeistert an. Von Müdigkeit oder Erschöpfung ist nichts zu spüren. Ich verlasse mit ihm das Krankenhaus, und den Rest der Nacht geht er in dem Club unter unserer Pension steil.

Ich liege genervt oben im Bett und lese *Die Frau ohne Kopf und andere Gruselgeschichten.*

Nach meiner Rückkehr aus Portugal ist es Zeit zu rekapitulieren, was mein sogenannter »Durchbruch« bis jetzt gebracht hat. Wo meine »Karriere« an diesem Punkt gelandet ist. Obwohl viele Aktionen zur Mehrung meines Ruhms stattfanden, obwohl sich alle Beteiligten wirklich angestrengt haben, gibt es keine echten Etappensiege zu vermelden. Wir sind mit dem Album weder in den Top Twenty der Charts gelandet, noch waren unsere Konzerte völlig überlaufen, der gesamte Release war allenfalls ein solider, kleiner Erfolg, der aber in keinem Verhältnis zum eingesetzten Geld und Aufwand steht. Alle hochgejazzten Hoffnungen, Ängste, Träume, Befürchtungen sacken in sich zusammen. Die Blicke der Bekannten auf der Straße und im Nachtleben sind nicht mehr aufgeladen von Neid, Verachtung oder Bewunderung, all die Gefühle, die der omnipräsente Medienrummel ausgelöst hat. Die Polydor ruft nicht mehr ständig an, um zu überprüfen, ob ich meine Hausaufgaben erledigt habe. Auch die Behandlung im Haus des Geldes hat sich beruhigt, das übertriebene Gedienere der Labelangestellten nach Vertragsabschluss ist einem eher normalen Ton gewichen.

Meine Eltern scheinen ebenfalls froh, dass ich nicht mit der Rakete zwischen den Sternen verschwunden bin, sondern halbwegs unversehrt mit wenigen weiteren Narben zurück auf dem Boden der Tatsachen gelandet bin. Mir selber geht es ähnlich, ich freue mich vor allem, kein Teeniestar geworden zu sein, diese Welt ist mir einfach zu fremd, zu glatt und zu ausgedacht. Aber: Das war nur die erste Platte, eine zweite haben wir noch vor uns, zwar nicht sofort, aber in etwa einem Jahr werden wir liefern müssen.

Bis dahin versuche ich mich mit frischen Aktivitäten abzulenken und auf neue Gedanken zu kommen. Ich übergebe mich dem künstlerischen Lustprinzip des Zufalls und der Eingebung. Rev und ich haben einen jungen Hamburger Filmregisseur kennengelernt – Henna Peschel –, mit ihm fabulieren wir gemeinsam darüber, einen Film zu drehen, der unseren Favoriten »Nordsee ist Mordsee« von Hark Bohm und »Rocker« von Klaus Lemke die Ehre erweisen soll. Ich erzähle Rev und Henna die Geschichte eines Lütjenburger Freundes, der in seiner Jugend nur einen einzigen Traum hatte: zum Grab von Bruce Lee nach Hong Kong zu trampen. Abgesehen davon, dass das Grab von Bruce Lee in Seattle liegt, trampte er tatsächlich an einem Sommermittag des Jahres 1985 in Lütjenburg los und schaffte es zum Abend bis ins 18 Kilometer entfernte Plön. Dort kaufte er sich ein Sixpack Bier, trank es aus und fuhr wieder nach Hause, weil das alles dann doch zu lange gedauert hätte und es schon spät war. Außerdem lief noch was Spannendes im Fernsehen.

Die Kleinheit der Geschichte finden wir so gut, dass wir beschließen, einen Film mit ähnlich kleiner Geschichte zu drehen. Henna besitzt eine Super-8-Kamera, zu dritt schreiben wir an einem Nachmittag das sehr kurze Drehbuch und drehen am nächsten Tag den Film. Die Handlung ist denkbar einfach: »Eule« – langhaariger Proll mit engen Jeans und USA-T-Shirt – wird bei der Hamburger Müllabfuhr wegen häufigen Fehlens gefeuert und klaut sich daraufhin ein Mofa, um aus der Gesellschaft auszubrechen. Er holt seinen Freund »Daddel« – kurzhaariger Proll in fliegerseidenem Jogger – aus der Spielhalle ab, und die beiden fahren »raus aus der Gesellschaft – rein in den Rock«, also mit dem Mofa und nem Rad Richtung Wilhelmsburg, um dort zu angeln. Am Ende sitzen die beiden am Original-Drehort von »Nordsee ist Mordsee«, und Daddel sagt zu Eule: »Weißt was, ich glaub, hier war noch nie'n Mensch vor uns.« Dreizehn Minuten, wenig Handlung, kaum Dialoge – Happy End!

In den darauffolgenden Tagen schneidet Henna den Film und wir synchronisieren ihn bei mir zu Hause mit meiner Casio-Orgel nach. Die Filmmusik, die Dialoge, die Songs mit Schorsch als Sänger, die Nachvertonungssounds, alles ist auf der Tonspur verrutscht, nichts passt wirklich, alles eiert und kratzt und schrabbelt nur so vor sich hin, aber auf dem Filmfest Hamburg wird der Film begeistert aufgenommen und bekommt sogar den Publikumspreis. Viele der Zuschauer denken, er sei ein original Streifen aus den Siebzigern. Subjektiv habe ich das Gefühl, der Erfolg und das Feedback auf »Rollo Aller« fallen viel eindeutiger und wohlwollender aus, als die Reaktionen auf unser Album, das viele Tausend Mal aufwändiger in der Herstellung und der Promotion gewesen ist – wie ungerecht kann das Schicksal sein!

BESUCH DER ZAHNFEE

Knarf Rellöm ist aus unserer gemeinsamen WG in der Kampstraße ausgezogen und seine ehemalige Freundin Bernadette Hengst dafür eingezogen. Wir verstehen uns vom ersten Moment an blendend und verbringen die Anfangszeit damit, uns gegenseitig mit Musik zu impfen. Durch Bernadette erlaube ich mir, zum ersten Mal im Leben Supertramp zu hören, dafür lege ich ihr Kate Bush nahe, wir versprechen uns Verschwiegenheit über diese Ausbrüche des Mainstreams in unserer kleinen Underground-WG. Viel wichtiger aber sind für mich zu diesem Zeitpunkt englische Rave Bands, allen voran die Happy Mondays, wir hören tagelang »Pills 'n' Thrills and Bellyaches«, Indierock wird tanzbar, das Zeitalter der Grooves und Beats beginnt. An einem heißen Sommernachmittag zieht ein riesiges Gewitter über der Hamburger Stadtmitte zusammen, es beginnt wie aus Kübeln zu gießen und in unserer Wohnung stehen alle Fenster und Türen offen. »Kinky Afro« von den Happy Mondays strahlt hinaus ins Viertel, wir tanzen mit Rotwein durch die Wohnung und in den Fernsehturm schlagen hintereinander fünfzig Blitze ein. Bernadette, die wunderbare Wilde, schneidet mir die Haare, modelliert mir einen Pilzkopf und ich sehe aus wie einer von den Stone Roses.

Zeitgleich, um musikalisch nicht einzurosten, gründen Schorsch, Ale Sexfeind – der Drummer der Zitronen –, Migel, Knarf Rellöm und ich eine neue Gruppe, eine Allstar Band, eine Underground Supergroup namens »Motion«. Wir spielen anfangs einen ziemlich breiten Beasty-Boys-Hardrock-Sound und nehmen ein paar Stücke in Osnabrück, im Studio von

Lüde & den Astros auf. Jochen Hülder, Manager der Hosen, findet diese Demos so interessant, dass er verspricht, eine Platte für uns zu finanzieren, vielleicht hat er die Hoffnung, eine zweite Hosen-ähnliche Band an die Hand zu bekommen. Während ich also zu Hause sitze und Songs für mein neues eigenes Album komponiere, gibt es immer wieder Songs, die nicht in mein Portfolio passen und die ich dann bei den Proben von Motion anbieten kann.

Die Legende von unserer Allstar Band verbreitet sich kurzerhand im Land und man lädt uns an einem Sommerwochenende spontan nach Berlin ein, um bei einer Veranstaltung mit mehreren befreundeten Bands zu spielen. Wir haben zwar nur fünf eigene Songs, aber für den uns zugedachten Slot würde das Set genau passen.

Zu fortgeschrittener Stunde sind wir nach den Strangemen an der Reihe und absolvieren unseren krachig lauten Breitseitenauftritt bravourös, die 250 Zuschauer im vollen Saal sind begeistert. Beim folgenden Ausgehszenario wird wiederum Speed gereicht, und da Berlin mich wie gewohnt um jede Grenze und Selbstbeherrschung bringt, achte ich nicht auf die kleine, schwache, warnende Stimme in mir, sondern sniefe mich bereitwillig in den Orkus. Das Freudenfeuer lodert hoch, die Wildheit explodiert förmlich und auf einer Toilette reiße ich einer Unbekannten, die mich umtanzt und bezirzt, das enge T-Shirt vom Leib. Ich gefalle ihr in meiner spätpubertären Wildheit und sie nimmt mich in den frühen Morgenstunden mit nach Hause, aber dort angekommen, schläft sie sofort sitzend auf dem Sofa im Wohnzimmer ein. Ich falle neben ihr in einen kurzen, komatösen Schlaf, aus dem ich glücklicherweise recht bald wieder erwache. Ich ziehe mich an und verlasse leise die Wohnung der schlafenden Fremden. Als ich am Bandbus auftauche, stehen alle Effekte des Katers und Entzuges bereits in voller Blüte, mir geht es miserabel, Wildheit und Lust sind verpufft und weder in der Hypophyse noch im Hypothalamus ist auch nur ein Mikrogramm an Endorphin übriggeblieben, der Tisch der guten Gefühle ist leergefressen und abgewischt. Auf der Rückfahrt habe ich ein merkwürdiges Gefühl im Mund, alles fühlt sich dick und verspannt an, irgendwie angeschwollen und fleischig, etwas Ungutes geht in mir vor. Als ich zu Hause bei Frenchy vor den Badezimmerspiegel trete, stelle ich voller Erschrecken fest, dass meine Zähne verschwunden sind. Bis auf die Spitzen sind sie komplett im angeschwollenen Zahnfleisch versunken, ich sehe aus wie ein großes, altes, zahnendes Baby. Ich bekomme Panik: Was ist das für ein bizarrer Effekt, womit habe ich es hier zu tun? Ich erinnere mich, dass ich mir die Speedreste aufs Zahnfleisch geschmiert habe, dies muss die körperliche Reaktion darauf sein. Auch Frenchy ist schockiert und weil es Sonntag ist, ruft sie den Notarzt. Der diagnostiziert eine »galoppierende Parodontose«, da könne man nichts machen, das überflüssige Zahnfleisch müsse abgeschnitten werden. Wir bedanken uns für die absurde Einschätzung und lassen den Mann von dannen ziehen. Aber auch der Besuch in einer Notfallpraxis bringt kein anderes Ergebnis, die Ärzte sprechen alle von Parodontose.

Die folgenden sechs Tage verbringe ich im Bett, trinke nur Kamillentee und ab und zu einen Schluck Molat, eine Art Astronautennahrung, die alle notwendigen Vitamine und Mineralien in Pulverform enthält. Äußerst langsam schwillt das Zahnfleisch zurück, gibt Millimeter um Millimeter meiner Zähne wieder frei. Nach einer Woche sehe ich wieder halbwegs normal aus, aber der Schock sitzt tief. Ich beschließe von nun an, die Finger endgültig von den Drogen zu lassen.

FREIWILLIGE WERBUNG

Die Partys im Pudel laufen weiter, alle paar Wochen treten neue Acts bei uns auf, manchmal veranstalten wir auch Konzertreihen mit dem Subito zusammen, das mittlerweile von meinen alten Freunden Migel und Maler Daniel übernommen worden ist. Diedrich Diederichsen tritt in diesem Zusammenhang in beiden Locations auf. Des Weiteren spielen bei uns: Di Iries, Bo & Bodo, Couch, Wild Billy Childish, die Goldenen Zitronen, Funny van Dannen, Trinkende Jugend, Die Mädchen, die Stars, Das Neue Brot, Jacques Palminger und viele mehr. Wir zeichnen alles auf und bringen sogar einen Sampler mit den Höhepunkten der Abende heraus, Titel: »Operation Poodle XL«.

Außerdem vollführen Rev, Jacques, Schorsch und ich »soziale Kunstaktionen« in der Öffentlichkeit. Eine Aktion heißt »Freiwillige Werbung«: Wir stolzieren in selbstdesignten Verkäufer-Outfits mit dem Schriftzug der Marke »Fanta« zum riesigen Hyper-Discount in der Schanze und kaufen im Supermarkt palettenweise Fanta ein. Die Dosen verkaufen wir draußen an unserem eigenen Stand mit großer Werbeaktion billiger weiter. In kürzester Zeit bildet sich bei uns eine Schlange, die Leute wollen die Fanta kaufen, die billiger ist als im billigsten Markt der Stadt. Mit dem Erlös gehen wir in den Markt und kaufen weitere Fanta, natürlich müssen wir die Differenz privat drauflegen. Nach einiger Zeit steht der Geschäftsführer des Hyper-Discounts in einem langen weißen Kittel vor uns, wittert Abzockerei und will uns zur Rede stellen.

Hey, hey, hey, Freunde, was geht denn hier ab? Ha? Was soll das denn?

Vor lauter Erregung reibt er ständig seinen Schnurrbart mit der Oberlippe gegen die Nase.

Wieso, wo ist das Problem?

Wo das Problem ist? Na, Sie verkaufen hier Fanta zu einem billigeren Preis als bei uns im Laden! Auf unserem Gelände! So gehts ja wohl nicht!

Ja, aber wir kaufen die Fanta doch bei Ihnen ein.

Wie – Sie kaufen die Fanta bei uns ein?

Unsicher legt der Mann den Kopf schief.

Hier ist der Kassenzettel, wir haben das alles drinnen bei Ihnen eingekauft.

Der Geschäftsführer überlegt sekundenlang ratlos, bis er glaubt, uns doch noch auf die Schliche gekommen zu sein.

Ja, schon möglich, aber sie verkaufen die Fanta hier dann BILLIGER weiter! Das ist Dumping!

Das kann Ihnen doch egal sein, wenn wir die Dosen bei Ihnen einkaufen. Sie machen ja kein Minus dabei. Sie verdienen einfach nur Geld.

Ja, aber …

Wieder überlegt und rechnet der arme Mann.

Ja, aber dann machen Sie ja Minus! Warum machen Sie denn das?

Jetzt können wir auftrumpfen.

Wir machen das für Fanta! Um Fanta zu helfen! Wir nennen das Prinzip »Freiwillige Werbung«.

Der Geschäftsführer steht neben einem riesigen selbstgemalten Werbeplakat, auf dem steht: »FANTA – das leckere Trunkgetränk! Nur NICHT kaufen ist billiger!« Mit leeren Augen betrachtet er das Plakat. Es brodelt in ihm, aber er findet keine Lösung für dieses intellektuelle Problem. Da er nichts zu erwidern weiß, aber den Geldstrom nicht unterbrechen möchte, geht er schließlich einfach wortlos von dannen.

Die ganze Aktion fotografieren wir und führen sie im Pudel als die »Große Fanta Show« mit Dia-Vortrag und neuen Songs für Fanta auf. Es wird sogar ein neues Maskottchen entworfen, das Fanta-Männchen, ein wurmartiges kleines Geschöpf, das mit kurzen Greifärmchen Müll aufhebt und für die Umwelt kämpft. Das Publikum ist begeistert, es wird unglaublich viel an diesem Abend getrunken, nur keine Fanta.

ANGST

Trotz (oder gerade wegen) all der Aktionen und Bewegungen hören meine privaten Beklemmungen nicht auf. Wenn ich mich nicht ablenke, durch Arbeit oder Alkohol, wenn mein Action-D-Zug anhält, überkommen mich die Zweifel. An mir selbst, meinen Aktivitäten und dem Sinn des Lebens überhaupt. Daran, was ich da eigentlich tue und warum. Nichts davon ist zielgerichtet oder bewegt sich in einer klaren Entwicklungslinie. Die meisten anderen in meinem Alter haben eine abgeschlossene Berufsausbildung und einen Job, der mit dieser Ausbildung irgendetwas zu tun hat. Ihre Leben scheinen sich in Strukturen zu bewegen, sich zu entfalten, die Stufen bauen aufeinander auf. Bei mir gibt es nur einen chaotischen Haufen aus Träumen und Vorlieben, ich schwebe wie ein Schmetterling von Angebot zu Angebot, ohne je bei einem Blütenkelch zu verweilen. Warum kann ich mich nicht entscheiden, einfach nur Musiker zu sein und an dieser Aufgabe so lange zu arbeiten, bis ich technisch auf angemessenem Niveau bin? Was sollen all die wirren Ausflüge in die verschiedensten Bereiche, wenn ich daraus keine stringente Profession kondensieren kann? Die Unklarheit macht mich immer wieder unsicher und benommen.

Meine Depressionen und Panikattacken kommen in Schüben, manchmal halten sie tagelang an, manchmal Wochen, nie kann ich genau erkennen, wann und wodurch sie ausgelöst oder beendet werden, ich kann es höchstens beeinflussen, indem ich mich mäßige. Aber auch dann bin ich vor Schüben nicht gefeit. Manchmal erwischt mich die Angst im Alltag, ich gehe irgendeine Straße entlang und bekomme plötzlich eine Panikattacke, Schweißausbrüche, fange an zu rennen, Hunderte von Metern, aber natürlich bleibt die Angst nicht zurück, im Gegenteil, sie ist schneller als ich. Wenn ich anhalte, ist sie schon längst da und erwartet mich. Manchmal erwischt sie mich auch in ruhigen Momenten, beispielsweise in der Schlange vor der Geldausgabe bei der Hamburger Sparkasse. Ich beobachte, wie ruhig, entspannt, ja behäbig die Menschen vor mir ihre Aufgaben erledigen und rechne die Sekunden und Minuten aus, die ich hier noch stehen muss. Ich habe Angst, dass die Schweißperlen auf der Stirn meine Angst verraten könnten, Angst davor, nervös zu zucken, zu schlucken, zu laut und zu schnell zu atmen, tourettehafte Wortfetzen von mir zu geben, irgendwann wird den anderen auffallen, dass hier einer spinnt, nicht normal ist, sie werden mich wittern, mich aus den Augenwinkeln heraus erkennen, sich zu mir umdrehen, in ihrer ganzen entspannten Normalität und da stehe ich dann: ein zitternder, wirrer Freak, der es noch nicht mal schafft, die Zeit in der Schlange in einer Bank auszuhalten. Meist gehe ich dann, ohne Geld abgehoben zu haben, aus der Bank und komme ohne Einkäufe nach Hause. Am Ende habe ich einfach Angst vor der Angst. Angst davor, nicht zu wissen, wann die Angst wieder startet. Wie stark sie werden könnte. Manchmal bleibe ich zu Hause, nur um der Angst keine Möglichkeit zu geben, mich überraschen zu können. Ich berichte meinem Seelendoktor davon, aber er ist Gesprächspsychologe, kein Verhaltenstherapeut, kann mir nicht konkret helfen und ich möchte auch nicht die ganze Zeit dicke rote Tabletten mit mir rumtragen, um mich nach der Einnahme unter irgendwelche Kommoden zu schieben, damit die Angst aufhört. Überhaupt: Ich möchte nie wieder in meinem Leben eine dicke rote Tablette schlucken.

Zu den Angstattacken kommen die Selbstverfluchungsspiralen, in denen ich mich so entwerte und in Stücke reiße, bis von mir kein heiles Fitzelchen mehr übrig bleibt. Wenn ich Pech habe, kommt alles zusammen: auf dem einen Fuß die Panik, auf dem anderen der Selbsthass und hinter allem der große Zweifel an der Welt und am Leben – ein Triptychon des Grauens. In solchen Zeiten hänge ich die Fenster mit Decken zu und warte, manchmal tagelang, wenn es ganz schlimm wird, sogar Wochen. Sinniere, warum gerade ich dieses riesige Minus in der Seele abbekommen habe, was der Auslöser ist und ob es nicht vielleicht doch eine Chance gäbe, es aus dem Stein meiner Seele zu hämmern. Wenn diese Phasen vorübergezogen sind, tauche ich wieder auf und bin auf einmal wieder »normal«, habe wie aus dem Nichts meine eigentliche Kraft und Lebensfreude wieder und stürze mich in das nächste Abenteuer. Jedes Mal hoffe ich, dass das die letzte Attacke gewesen sei, dass die schlechte Zeit endgültig vorüber ist, sich etwas in mir so grundsätzlich verändert hat, dass ich von nun an gefeit bin gegen das Übel. Ich wünsche mir sehnlich, endlich auf dem Kontinent der Erwachsenen anzukommen, wo die ganz normalen Leute leben, von denen ich mir vorstelle, dass es ihnen meistens oder fast immer gut geht, denn diesen Eindruck machen sie ja auf mich, die »Normalen« und die »Erwachsenen«.

Zum Herbst hin macht mein Vermieter Andeutungen, dass ich meine »Fahrradreparaturwerkstatt« bald verlassen muss, das Haus werde abgerissen und neu aufgebaut. Er hat wohl mitbekommen, dass ich in seinem Gebäude einen wilden, unangemeldeten Club betreibe, und will dem unübersichtlichen Tun ein Ende setzen. Also stellt er von einem Tag auf den anderen Strom und Wasser ab. Das ist für uns allerdings kein Hinderungsgrund, wir legen von meiner Wohnung aus dem vierten Stock im Nebengebäude durchs Küchenfenster Stromkabel und Wasserschläuche nach unten und sind wieder betriebsfähig, auch wenn man die Toiletten nur noch durch das Nachkippen von Wasser aus dem Eimer betreiben kann.

An einem dieser Abende, zu bereits fortgeschrittener Stunde, die Sicherung ist gerade ausgefallen und der Laden wird nur noch von Kerzen erleuchtet, begegnet mir im Gewusel vor dem Tresen auf einmal Jana, die coole Promoterin aus dem Preußenton-Studio in Berlin. Sie zieht mich zur Seite hinter eine Säule, denn sie möchte mir unbedingt einen Gast vorstellen, den sie mitgebracht hat: Vor mir steht ein kleiner, mir unbekannter Mann, erst auf den zweiten Blick erkenne ich Roger Taylor, den Drummer von Queen. Er ist bereits gut angeturnt und fragt mich, was denn das hier für ein merkwürdig interessanter Ort sei. Ich erkläre ihm unser »Kunst-Prinzip«, zeige ihm ein paar Bilder des Malers 4000 und unsere Essensauslage: Im Glastresen habe ich vor einigen Monaten einen Pappteller mit Essen von Mutter Plastikhand abgestellt. Die Lebensmittel auf dem Teller haben sich in der Zwischenzeit stark verändert, sind verwachsen, verpilzt und zerschrumpelt, sehen nach Kunst aus. Daneben habe ich ein kleines Schildchen gestellt »Leckeres altes Essen: 17,50 Mark«. Roger Taylor lacht lauthals über »Tasty old Food«. Ich besorge ihm Getränke und er reagiert sehr positiv darauf, wir unterhalten uns weiter über Kunst und Underground, schließlich möchte er unbedingt wissen, ob es hier im Viertel auch »Dwarf Clubs« gäbe. Ich weiß nicht genau, was er meint, aber er insistiert, dass er unheimlich gerne »Zwergenweitwurf« betreiben würde, und es müsse doch irgendwo in der Stadt »Dwarf Clubs« geben, in seiner Heimatstadt gebe es überall »Dwarf Clubs«. Zu diesem Zeitpunkt hat er bereits einige Biere und Pudel-Schnäpse drinnen und wankt leicht – also schnappt Jana ihn irgendwann und bringt ihn zurück in das Nobelhotel, aus dem er vermutlich das letzte Mal in seinem Leben erfolgreich ausgebrochen ist.

DIE GROSSE DUNKELHEIT

Im November deutet Frenchy an, dass sie etwas Zeit und Ruhe für sich braucht, dass wir uns nicht mehr so häufig sehen sollten wie bisher. Also sehen wir uns nur noch ein, zwei Mal pro Woche, und auch das wird ihr bald zu viel. Immer wieder kommt das Gespräch auf Distanz, darauf, dass sie sich konzentrieren müsse, dass sie Zeit für sich braucht, auch, um sich klar zu werden über das, was sie von unserer Beziehung eigentlich möchte. Ich nutze diese Zeit, um mich emotional unabhängiger zu machen, aber nach einigen Wochen geht mir das Licht auf, dass sie drauf und dran ist, mich zu verlassen. Damit habe ich in dieser Konsequenz nicht gerechnet und mir ist, als würde ich erschreckt erwachen. Ich bin dabei, sie zu verlieren! Warum? Was ist falsch gelaufen? Welche Fehler habe ich gemacht? Ist ihr endlich aufgegangen, dass ich so unfähig, zerrissen, schlecht, öde, jämmerlich und schwach bin, wie ich mich schon seit langem zu sein verdächtige? Hat sie endlich begriffen, dass ich ein unfähiger Blender bin, auf den alle nur aus Versehen gesetzt haben? Ist ihr aufgefallen, dass aller Hype um mich nur aus Tand und hohlem Gewusel besteht? Bin ich ihr in meinem hilflosen Aktionismus einfach zu viel geworden? Oder gibt es einen anderen Mann? Die einfachste aller Fragen – gibt es einen anderen Mann? Alles andere hätte ich ertragen können, aber das nicht. Nicht weil ich von meinem Temperament her so unglaublich eifersüchtig veranlagt wäre, sondern weil meine ohnehin kaum vorhandene Selbstliebe dann endlich einen handfesten Beweis für meine Wertlosigkeit gefunden hätte. Ich frage sie, ob es jemanden gibt, aber sie verneint. Meine Trauer wächst, denn wenn es keinen anderen Mann gibt, warum will sie mich dann nicht an ihrer Seite? Zumindest einmal in der Woche. Bin ich so störend? Was hat sich verändert im Gegensatz zu früher, wo wir Stunden und Tage zusammen verbracht haben? Wo sie ganz vernarrt in mich war. Ist unsere Liebe alt und fade geworden für sie? Ich fange an, immer weiter in diesen Fragen zu kreiseln, meine ganze negative Kraft konzentriert sich in diesem schwarzen Strudel. Findet sie mich körperlich abstoßend? Was für eine schreckliche Vorstellung, ihr dann noch nahe zu kommen. Je mehr ich spüre, dass ihre Entscheidung feststeht, desto mehr verzweifle ich, desto mehr begreife ich, wie wichtig sie für mich ist und wie sehr ich sie brauche, um nicht den Halt in der Welt zu verlieren. Dabei fällt mir aber auch auf, dass ich sie als Medikament sehe. Als Mittel gegen meine Grenzenlosigkeit und Angst. Dass ich sie als meinen Ruhepol benutze, den ich nicht in mir selbst finden kann. Dass ich sie letztendlich nicht um ihrer selbst willen liebe, sondern weil sie mich liebt. Ich brauche sie für meine fehlende Selbstliebe. So wie ich auch das Publikum dafür brauche, nur dass das Publikum nach anderthalb Stunden heimgehen kann und nicht mit meinen Schattenseiten leben muss. Jetzt ist Frenchy dran, den Saal zu verlassen. Als ich das erkenne, weiß ich, dass ich sie verloren habe. Und dennoch kämpfe ich dagegen an, möchte ein anderer werden, verspreche es ihr, suche nach einer neuen Chance für uns, damit wir beide ganz und gar gleichwertig voreinander stehen.

An Heiligabend miete ich im Wald bei Lütjenburg ein kleines Häuschen und statte es mit Essen, Wein, Kerzen und Musik aus. Nach der Bescherung hole ich Frenchy bei ihrer Familie ab und fahre mit ihr in unser Refugium. Im Schein von Kerzen, bei französischem Rotwein und zu »Sometimes it snows in April« von Prince erliegt sie kurz der Versuchung der Romantik, spürt meinen Willen zur Veränderung und meinen verzweifelten Wunsch, sie zurückzugewinnen. Aber schon bald scheint genau das ihre Abwehr zu wecken, sie kann und will sich nicht zurückfallen lassen und kündigt an, früh am Morgen zu gehen. Die geplante romantisch-sinnliche Atmosphäre gefriert zu Eis. Ich implodiere innerlich, warum kann sie uns nicht wenigstens diese eine und vielleicht letzte Nacht in Schönheit lassen? Während sie neben mir einschläft, denke ich in einer kaskadierenden Mischung aus Panik, Selbstmitleid und Fatalismus darüber nach, in den Wald zu laufen, um mich aufzuhängen. Ich denke es immer wieder, der Gedanke ist das Zentrum eines gigantischen schwarzen Eissturmes in mir, bis auch ich irgendwann benommen einschlafe. Als ich am Morgen erwache, ist sie weg. Aus der Hütte und aus meinem Leben verschwunden. Meine Welt stürzt ein. Im grauen Licht des frühen, fahlen ersten Weihnachtstages gehe ich zu Fuß über die matschigen Felder zum Haus meiner Eltern. In mir ist alles zerstört, nur noch eine gigantische schmerzende Leere, keine Hoffnung mehr und kein einziger Funken Licht.

1991

AUF DER ANDEREN SEITE

Ich verbringe Wochen im Schattenreich der Agonie. Auf der Insel meiner Angst. In der absoluten Dunkelheit, mit den immer wiederkehrenden Fragen: Warum? Kann das wahr sein? Warum hat sie nicht früher ihre Unzufriedenheit geäußert? Oder hat sie das? Warum hat sie uns keine zweite Chance gegeben? Oder wird sie das? Wie konnte sie so hart sein? Was habe ich falsch gemacht? Oder ist das, was passiert ist, genau das richtige und musste passieren?

Ich nehme keine Drogen, trinke nicht, rauche kaum, esse nur noch wenig, werde immer dünner und meine Innenwelt wird immer schwärzer. Manchmal sitze ich stundenlang in eingefrorener Position und starre auf irgendeinen Fleck an der Wand. Die Gedanken und das Leben in mir sind zum Stillstand gekommen, aber nicht auf eine zenbuddhistisch befreite Art und Weise, im Gegenteil, ich habe mich selbst ausgelöscht. Es gibt auch keine Gedanken über ein Weiter, ein Morgen, eine Zukunft, noch nicht mal Gedanken an das Ende. Ich bin zu einem schwarzen Loch mutiert, zu einem tiefen schwarzen, alles aufsaugenden Nichts.

Eines Nachts fahre ich mit dem Taxi über den Kiez, da sehe ich sie in den Armen eines Mannes über die große Kreuzung an der Davidwache gehen. Sie hat sich herausgeputzt, trägt einen eleganten Mantel und ein schönes Tuch um die Schultern, ihr Anblick durchfährt mich wie ein eiskalter Blitz. Sie geht eng angeschmiegt an den Fremden und blickt verliebt zu ihm auf. Beim zweiten Hinschauen erkenne ich ihn, es ist ein alter Freund von mir, dessen Name nicht genannt werden soll. Mir gefriert das Blut in den Adern – er ist der Anlass für unsere Trennung. Er, den ich immer so geschätzt habe, mit dem ich viele wilde Nächte verbracht habe, ist der wahre Anlass, also doch ein anderer Mann. Wenn es ihn nicht gäbe, hätten wir vielleicht eine Chance gehabt. Der Stachel der Eifersucht bohrt sich doppelt tief durch mein Herz und meinen Magen bis in die Lenden, mir wird übel. Von diesem Tag an findet meine Verzweiflung, die bis jetzt sinnlos vor sich hin brodelte, ein Bild. Ich bin degradiert, entehrt und aussortiert. Habe den Vergleich nicht bestanden. Bin der Alte, der gegen den Neuen keine Chance hat. Gegen den Neuen, an dem alles glitzert, der ihr schön, klug und strahlend gegenüber steht, während meine vom Rost des Selbstzweifels zerfressene Rüstung nur noch matt schimmernd vor sich hin bröselt.

Meine Liebe zu ihr wächst weiter. Viele wundervolle Frauen kreuzen absichtsvoll meinen Weg, aber für mich sind sie nur Schemen, die ich kaum wahrnehme, denn ich bin ganz bei ihr. Je weiter sie mir entgleitet, desto mehr ersehne ich sie. Eine Stimme in meinem Kopf flüstert:

Gib sie auf. Lass sie endlich gehen. Du wolltest doch frei sein. Hier hast du die Freiheit. Zum Beispiel die absolute sexuelle Freiheit. Du kannst ins Paradies der Promisken eingehen und schlafen, mit wem du willst. Endlich.

Ja, aber ich will das gerade gar nicht mehr. Das wollte ich nur, solange ich in Sicherheit war,

flüstere ich zurück.

Na gut, aber es geht ja auch um deine persönliche Freiheit. Wolltest du nicht ungebunden und frei zu jeder Zeit an jeden Ort gehen können, ohne dich vor jemandem verantworten zu müssen? Frei wie ein Blatt im Wind. Frei wie eine Fliege, die nur dem direkten Impuls folgt. Nimm dir diese Freiheit. Dein ganzes Leben hat sich immer nur um Freiheit gedreht – jetzt musst du sie auch annehmen!

Das klingt ja wie beim Bertelsmann Club.

Keine Sperenzchen! Keine Ausreden! Nimm die verdammte Freiheit an! Beweise dir, dass du sie verdienst! Dass du es wert bist. Dass sie dir verliehen wurde! Die anderen, die Gott und die Ehe und den Beruf gewählt haben, sie hatten nicht die Ehre, die Freiheit verliehen zu bekommen, aber du hast lauthals danach verlangt – jetzt nimm sie verdammt noch mal an!

Ich überlege kurz, dann flüstere ich zurück:

Danke für die Ehre. Aber die Freiheit ist ein kühles und zugiges Plätzchen. Man muss so ein dickes Fell haben für die Freiheit, man darf nicht sentimental und romantisch sein, man muss klar und schmerzlos und angstbefreit und hart sein für die Freiheit. Und all das zusammen bin ich nicht. Und deshalb macht mich die Freiheit allein nicht glücklich.

Die Stimme wird lauter, ungeduldiger:

Ja, was denn dann? Wenn dich die Sicherheit allein nicht glücklich macht und die Freiheit auch nicht, was dann?

Ich überlege lange, dann flüstere ich fast unhörbar:

Geht nicht beides zusammen?

Die Stimme flüstert ebenso leise zurück, aber ihre Stimme klingt bedrohlich:

Deine angebliche Freiheit ist ja gar keine. Sie ist in Wahrheit nur tumber Trieb, das genaue Gegenteil von Freiheit.

Dazu fällt mir nichts mehr ein.

Ich verbleibe eine Ewigkeit in diesem Zustand des Bardo, dem Reich zwischen Sein und Nichtsein, zumindest kommt es mir so vor. Alles muss sich in mir neu organisieren, aufbauen, zusammensetzen, in meinem Körper, meinem Geist, meiner Seele. Es ist eine Art Wiedergeburt, keine schöne, angenehme, alles daran tut weh, ich breche immer wieder zusammen, falle zurück in meine alten Muster, finde keine Sicherheit und Verbindlichkeit in mir, keine Hoffnung, Kraft und Lust aufs Leben. Nur manchmal durchzucken mich Blitze der Erkenntnis und ich begreife, dass alles richtig ist, dass mir nichts Besseres hätte passieren können als diese Trennung und dass ich selbst das Frenchy zu verdanken habe.

Aber kurz darauf bohrt sich der Schmerz wieder in mich, durch mich hindurch, füllt mich aus, zerreißt mich, ganze Tage lang. Manchmal verschwindet er für einen unvorhersehbaren Zeitraum und ich denke, jetzt hab ichs endlich geschafft. Aber schon bald – nach einer Stunde, nach einem Tag oder einer Woche – taucht er wieder auf, stärker als zuvor. Ich habe das körperliche Gefühl, dass mir tatsächlich mein Herz amputiert worden wäre, es ist ein harter und anhaltender Phantomschmerz. Ich schreibe ihr einen Brief über diesen Schmerz, den ich aber nie abschicke. Einen Reim merke ich mir, denn er bezeichnet mich ganz gut:

Oh göttlicher Schmerz
Der du kehrst heiß in meine Wunde
Jeden Tag und alle Stunde
Ich bin dein Heim
Du bist mein Herr

Zu meinem großen Glück meldet sich irgendwann Anne, meine geheimnisvolle Zahnärztin. Sie forciert den Kontakt, erahnt mein Drama, spricht manchmal stundenlang mit mir am Telefon über Selbstwert, über das, was es heißt, ein Individuum zu sein, allein oder in einer Beziehung, vor allem, was es heißt, sich selbst zu lieben. Ich trage keine Selbstliebe in mir, vielleicht Eitelkeit, aber keinen Funken Sympathie für mein eigenes Wesen. Ende Februar lädt sie mich zur Berlinale ein, ich könne ein paar Tage bei ihr wohnen. Das erste Mal seit Wochen spüre ich wieder so etwas wie Lebensfreude, Aufregung und Kraft.

Anne empfängt mich am Bahnhof Zoo und stellt mir ihre Schwester Ulrike vor, ebenfalls eine sehr einnehmende Person. Flankiert von diesen beiden starken Frauen besuche ich die Filmfestspiele, wir wandern von Kino zu Kino und gehen abends gemeinsam Essen. Der Zuspruch der beiden klugen Schwestern tut mir so gut, weil sie einen Teil meines Wesens ansprechen, den ich bis dahin mit ungerechtfertigter Arroganz gestraft habe: meine Spiritualität. Beide haben starken Zugriff auf die Sphären der Intuition, können mir viel tiefer in die Seele schauen als die meisten Menschen zuvor und bringen mir Methoden bei, wie das auch mir gelingen könnte. Durch diese Erweckung schaffe ich es manchmal, einen Teil meiner verkopften Härte, meines intellektuellen Harnisches, meiner alles abwehrenden Ironie abzulegen und anders auf die Welt zu blicken, offener, hingebungsvoller, unbedarfter, mit weniger Vorurteilen, manchmal wie ein Kind oder in den besten Momenten wie ein Tier. Die größte Entdeckung ist es, meine Wertungsmatrix abzulegen und Dinge, Menschen, Zustände, Handlungen, die Welt um mich herum ohne Urteil zu betrachten, allem einfach nur zuzuschauen. So habe ich es als Kind getan und das dann in den Wirrungen der Jugend und Mannwerdung irgendwann vergessen, habe angefangen zu vergleichen und zu qualifizieren, einzuordnen und abzulehnen, mich dadurch von allem zu trennen, bis ich selbst komplett abgelöst von der Welt und den Dingen war. Nun fällt mir dieser neutrale Blick wieder ein und ich begrüße ihn wie etwas lang Verlorenes.

Und manchmal, wenn ich meine schöne Lehrerin Anne mustere, in ihren schwarzen Kleidern, mit den langen blonden Haaren und dem müden Blick, dann bin ich so verliebt in sie, dass ich allen Schmerz und Zweifel vergesse und mich ganz und gar in der Gegenwart befinde.

Auch sie ist gerne mit mir zusammen, genießt aus mir unerfindlichen Gründen mein Wesen, vielleicht, weil sie in mir den jungen, ungestümen, wilden Künstler sieht, mit krausen Ideen und verquerem Humor, die Figur, die ich in mir selber überhaupt nicht mehr finden kann.

Nach Ende der Berlinale muss ich schweren Herzens nach Hamburg zurückfahren, die Abreise fällt mir unendlich schwer, denn ich genieße die Kraft und den Zuspruch der beiden Schwestern, auch die Nähe und die Berührungen von Anne so sehr. Gleichzeitig möchte ich mich nicht schon wieder in eine Abhängigkeit begeben, das wäre für mich genauso schlecht wie für sie. Ich muss allein sein, muss lernen, allein zu leben, darf mich nicht schon wieder auf die Komfortzone einer Beziehung verlassen, sondern sollte in der Einsamkeit zu mir selbst kommen und wachsen. Und auch Anne ist vermutlich ganz froh, mich nicht ständig und immer um sich haben zu müssen.

Bevor ich sie verlasse, verstecke ich am Morgen meiner Abreise in den geschlossenen Knospen eines Straußes Tulpen, der auf ihrem Küchentisch steht, lauter winzig kleine zusammengefaltete Liebesbriefe. Sie werden, so stelle ich es mir vor, von Tag zu Tag beim Öffnen der Knospen vor ihrem Teller landen und wie von Geisterhand meine Liebe bezeugen.

Um mich herum versammeln sich Frauen. Freundinnen und Geliebte, von denen ich lernen kann. Anne, mit der ich häufig telefoniere, die mir afrikanische Kultur nahelegt, mir Literaturtipps gibt und Soul-Tapes schickt. Bernadette, mit der ich wohne, manchmal musiziere und vor allem in den Wassern der Pop-Musik tauche. Am Pudeltresen lerne ich Jette kennen, eine weitere kluge Berlinerin, die seit einigen Monaten in Sankt Pauli, im Haus von Freund Jens in der Lincolnstraße, wohnt. Sie trägt stets ein weißes Seidenjackett mit zerrissenen Jeans zu ihren langen blonden Haaren und könnte gut aus einer New Yorker Punkrockband stammen. Auch von ihr lerne ich, denn sie gleitet auf einem Strahl aus Klarheit durchs Leben, sie ist so aufgeräumt und pragmatisch und dennoch sinnlich und lustbetont. Außerdem arbeitet sie beim Spiegel und stellt mich beim Jahresfest des Magazins dem altersschwachen Rudolf Augstein vor. Sie bekräftigt mich in meinem Freiheitsbestreben und meint, dass all das Straucheln, Zweifeln und Stürzen zum Weg gehört, solange die Reise weitergeht.

Ich liebe diese drei Frauen und wenn ich nicht an Frenchy denke, was ich häufig tue, dann gibt es sogar kleine Momente des Glücks, in der Offenheit meiner Bedingungen.

Irgendwie poltere ich aus dem Jungshaufen, in dem ich bis jetzt mein Leben verbracht habe, heraus und lande an ganz neuen Ufern, mein Freundeskreis verbreitert sich und der weibliche Einfluss wird ungleich stärker. Ich muss den Zynismus loswerden, die Masken der Ironie absetzen, habe das Gefühl, alle blöden Sprüche und harten Witze der Männerwelt bereits zu kennen und sie langweilen mich unglaublich.

Ich beschäftige mich mit schwarzer Musik und freunde mich mit einigen Männern aus Ghana und Senegal an, die in meinem Haus wohnen – sie haben alle eine andere Selbstverständlichkeit, ein In-sich-sein, das ich an mir und meinen Krauts immer vermisst habe. Was sie sagen, meinen sie eins zu eins, es gibt keine doppelten Böden und tausendfachen ironischen Brechungen, sondern direkte Berührungen, ihr Welt- und Selbstempfinden ist völlig anders als meins, sie imponieren mir. Zu vielen weiteren Veranstaltungen im Pudel erscheinen sie, manchmal legen sie senegalesische Musik auf, ein neuer Wind bläst durch den Hundeclub.

Ich wende mich dem Buddhismus zu, nicht wirklich tief, aber ich lese darüber und besuche einen Zazen-Meditationskurs, in dem ich allerdings nur wieder feststellen muss, wie unfähig und unreif ich bin. Während sich alle anderen Adepten zur ersten zweistündigen Meditation auf ihre Zafus setzen und sofort in der Stille des eigenen Atmens versinken, ruckele ich unruhig hin und her, kann meine Gedanken nicht fassen und beruhigen, habe Angst, die anderen zu nerven, mit meiner Unruhe zu stören, beginne bald vor Nervosität zu schwitzen und erlebe so überhaupt keine Ruhe oder Versenkung, im Gegenteil, ich bin mal wieder kurz vor einer Panikattacke. Gleichzeitig aber spüre ich, dass auf diesem inneren Weg etwas liegt, das ich brauche, denn mein Leben hat bisher meistens auf Oberflächen und außerhalb von mir stattgefunden. Ich verlasse den Kurs beschämt nach der ersten Sitzung, fühle mich als Versager, habe aber gleichzeitig einen Faden aufgenommen, von dem ich weiß, dass er in meinem weiteren Leben noch eine Rolle spielen wird.

ZURÜCK ZUR KUNST

Mit Henna und Rev schreibe ich den zweiten Teil von Rollo Aller, wiederum eine sehr einfache Geschichte: Eule und Daddel wollen nach Hongkong zum Grab von Bruce Lee trampen, landen aber in Berlin und kommen dort völlig vor die Hunde. Am Ende fahren sie lieber wieder nach Hause.

Wir beantragen Filmförderung und erhalten eine Summe, die zwar nicht wirklich hoch ist, aber hoch genug, um 45 Minuten auf 16 Millimeter drehen zu können. Der Film wird bis in die kleinste Nebenrolle »hochkarätig« mit Freunden aus der Musik- und Filmwelt besetzt, mein Verleger Mark Chung spielt mit, Michele Bordini und Coco Neubauer von den Lolitas, Ralf Holzhausen – Prolldarsteller aus dem Kultfilm »Solinger Rudi« – und sogar Bommi Baumann, der dienstälteste Szeneanarcho Berlins, ist mit dabei, darüber hinaus Jacques Palminger, Ulli Rehberg, Bernadette Hengst, Schorsch Kamerun und viele andere. Regieassistenz und Dramaturgie übernimmt der Ted, Gitarrist der Zitronen. Wir drehen mit unserer Crew etwa zehn Tage in Hamburg und Berlin und treffen dabei auf all diese denkwürdigen Figuren. Mit Bommi Baumann zu arbeiten ist für mich aufregend, ich habe allerdings viel zu große Achtung vor seinem politischen Nimbus und keine wirkliche Ahnung von der Geschichte der »Bewegung 2. Juni«, ich kenne sie nur vom Hörensagen, weiß also nicht genau, worüber ich mit ihm sprechen kann, ohne als der ahnungslose Trottel dazustehen, der ich zweifelsohne bin. Dass ich Bommi, den ehemaligen Chef des legendären »Zentralrats umherschweifender Haschrebellen« und der »Tupamaros West-Berlin« mit langer außerparlamentarischer Agenda im Film den Satz frage: »Moin, wir sind Daddel und Eule, wir suchen die Leute von der RAF, können Sie die Kontakte herstellen?« und er uns daraufhin aus seiner Kneipe, dem »Kuckucksei«, schmeißt, ist allerdings denkwürdig.

Nach Drehende kehre ich nach Hamburg zurück, um mit Hardy und Rev an unserem neuen Album zu arbeiten. Ich habe einen Haufen kompositorischer und textlicher Ideen, die ich zu meinen beiden Freunden schleppe, um sie mit ihnen durchzuwringen. Manchmal kommen die entscheidenden Links für die Richtung eines Stückes von Rev, manchmal von Hardy, wir orientieren uns dabei soundmäßig nicht historisch, sondern eher an aktuellen englischen und amerikanischen Acts, die ich verehre. Die Happy Mondays spielen dabei genauso eine Rolle wie Talk Talk, Massive Attack oder De La Soul. Der Charakter unserer Songs verändert sich weg vom standardisierten 4-Akkord-Song zu verdichteten Soundgebilden mit psychedelischen Texten, es sind längere Tracks mit mäandernden Hammondflächen und rollenden Drumloops, manchmal singe ich Falsett dazu.

Eine wichtige Frage für uns: Wer soll uns produzieren? Maler Ernst Kahl schlägt seinen alten Freund Ulf Krüger vor. Ulf ist ein umtriebiger Hamburger Produzent, der viele siebziger und achtziger Schlager produziert hat, mit Paso Doble, Udo Lindenberg, dem Teufelsgeiger Lonzo, der Band Leinemann und Rudolf Rock und den Schockern gearbeitet hat. Erst denke ich, er sei genau der falsche Mann, stellt er doch eher das untergegangene Reich des deutschen Schlagers dar, von dem ich eigentlich weg will. Bei einem Treffen mit ihm bin ich allerdings sehr angetan, weil Ulf ein versierter Musiker mit offenem Horizont und großer zielstrebiger Genauigkeit ist. Außerdem beeindruckt er uns mit seinem erzählerischen Talent und seinem steintrockenen Humor.

Er erzählt uns Storys aus dem Showbizz von bekannten Protagonisten und zeichnet einen Regenbogen der Verkommenheit. Bei einem kurzen Gang zu seiner Toilette sitze ich unter einer dort angebrachten goldenen Schallplatte für »Teddybär 04« von Jonny Hill, einem der perversesten deutschen Schlager, den ich kenne. Der tränenrührige Text handelt von einem Jungen, der im Rollstuhl sitzend jeden Tag über sein Funkgerät Kontakt zur Welt sucht und eines Tages einen Trucker kennenlernt, der verspricht, ihn zu besuchen. Als der Trucker vor der Tür des Jungen ankommt, stehen dort bereits 18 andere Trucks, um mit dem Kleinen eine Runde zu drehen. Dies ist der glücklichste Tag im Leben des einsamen behinderten Kindes. Am Ende bedankt sich auch noch die vor Ergebenheit weinende Mutter über Funk bei den Truckern. Ein Song, über den ich als junger Punk kotzen musste. Der mir aber ein paar Jahre später auch ein leicht irres Lachen abverlangt. Etwas an dieser schmierigen Rührseligkeit, an dem klebrigen Tränenzuckermatsch ist satirisch. Es steckt ein Splitter von Wahrheit über Deutschland in diesem fast schon zynisch wirkenden Konstrukt, etwas von der Verlogenheit des deutschen Nachkriegskleinbürgertums, das nur nach Sauberkeit und heiler Welt gierte, um all die Perversionen in der eigenen Vita vergessen zu können. Ulf ist Mitkomponist dieses Machwerkes und auf eine merkwürdige Weise imponiert mir das.

Er schlägt vor, unsere Platte in einem sehr teuren und hochwertigen Studio in Bendestorf zu produzieren, mit dem besten Tonmeister, den er kennt, einem Mann alter Schule: Frank Reinke. Hardy, Rev und ich beraten uns mit Mark Chung und Klaus Maeck, sprechen auch mit der Polydor und sagen Ulf schließlich zu. Von nun an treffen wir uns über Wochen immer wieder mit ihm, um das Album vorzubereiten, und arbeiten gemeinsam an Texten und Kompositionen.

DAS NEST IST LEER

In dieser Zeit zieht Jette wieder nach Berlin. Unsere Verbindung hat sich abgekühlt und sie folgt ihrer Sehnsucht nach der Heimat und ihrer Familie. Ich vermisse sie, ihre ruhige, klare Art und die Verbindlichkeit, die sie mir angeboten hat, die ich aber nicht annehmen konnte. Auch Bernadette zieht aus, sie hat sich in Jacques Palminger verliebt und zieht mit ihm zusammen, ich lasse sie nur ungern gehen, weil sie mir so nahesteht.

Immer wenn ich allein die Treppen zu meiner Wohnung in der Kampstraße hinaufgehe, begrüßt mich auf den Stufen meine holde Prinzessin Einsamkeit. Jedes Mal erwarte ich beim Öffnen der Wohnungstür reflexhaft, auf ein Zeichen von Frenchy zu stoßen. Ich erhoffe sie in meinem Bett, bereit, mir zu erklären, dass alles nur ein Irrtum gewesen ist, sie sei jetzt zurück, für immer. Und natürlich ist das Zimmer leer. Ich versinke in Alltagsmelancholie, träume von einer Frau an meiner Seite, denn bei all der inneren Veränderung in der Einsamkeit bin ich doch sehnsüchtig und habe Angst vor dem Alleinsein. Vor den pochenden Stunden, wenn ich auf meinem Bett sitze und nichts mit mir anzufangen weiß. Wenn ich niemanden zum Reden habe, weder über meine Musik noch über meine Ängste, meine Träume, meine Ansprüche. Glücklicherweise habe ich keine Angst mehr vor dem Heulen. Mit der Pubertät verbannte ich dieses wunderbare Druckventil aus meinem Leben, aber nun steht es mir wieder zur Verfügung und ich benutze es hingebungsvoll, ganze Nachmittage lang setze ich die Wohnung unter Wasser. Heularien sind heilsam, man kann sich ganz in diese Schluchten fallen lassen, und mit all dem Wasser schwemmen die stecken gebliebenen Steinchen, all der Schlamm und das Treibgut aus dem feinen Räderwerk der Seele.

Wenn das alles nicht hilft, wenn ich den Druck in mir nicht mehr aushalte, oder mich die Einsamkeit übermannt, stürze ich manchmal morgens um vier aus dem Bett, die Treppen runter und renne ins Subito, das jeden Tag geöffnet hat und in dem jede Nacht durchgemacht wird. Dort treffe ich immer noch irgendwelche verstrahlten Freunde am Tresen bei Kasper und seinem Chef Olaf und drücke mir mit denen ein paar Bier rein, um zwei Stunden später endlich bettschwer zu sein.

Jette lädt mich ein, sie in Berlin zu besuchen. An einem Freitagabend, als die Einsamkeit mich mal wieder am Schlafittchen hat, eile ich zum Hauptbahnhof und setze mich in einen leeren Schnellbus nach Berlin, um sie zu sehen. Es stürmen wahre Eiswinde durch meine Brust, auf der Fahrt trinke ich mehrere Dosen Bier, um mich zu beruhigen und die aufgebrachten Dämonen zu verbannen. Als ich nach vierstündiger trister Fahrt durch die Dunkelheit endlich Jette in meine Arme schließe, bin ich unglaublich froh und weiß nicht, warum ich sie jemals losgelassen habe. Wie konnte ich diese warme, verbindliche, schöne Frau, dieses Geschenk des Himmels nicht in meinem Leben halten? Sie nimmt mich bei sich auf und ich bin glücklich und dankbar. In den nächsten Tagen besuchen wir Helge Schneider, der gerade in einem großen Zirkuszelt gastiert. Sein Stern ist in Berlin bereits voll erstrahlt und jeden Tag kommen Hunderte von Zuschauern, um dieses neue Humorwunder begutachten zu dürfen. Ich schaue mir mit Jette einige Shows an und bin völlig baff von der Perfektion und gleichzeitigen Freiheit, von der Weltgewandtheit und Universalität, mit der mein Freund, der eben noch zu seinem ersten Hamburg-Auftritt bei uns war, hier und jetzt die Showwelt revolutioniert. Nach den Veranstaltungen bleiben wir bei Helge und seiner Band, sitzen am Lagerfeuer und trinken Bier. Und genau an diesem Punkt setzt das Problem ein: Ich möchte gerne bei Helge und seiner Gang bleiben und versuche Jette zu überreden, dort mit mir in einem Zelt zu übernachten. Ich empfinde die Situation als überaus romantisch. Gemeinsam mit ihr, mitten in der Großstadt, am Lagerfeuer vor einem Zirkuszelt, umgeben von Helge und seinen Freunden – was kann es in einer Frühlingsnacht Besseres geben? Jette aber will nicht zelten, sie möchte einfach nach Hause und überhaupt – sie hat einen Alltag, kann nicht jeden Abend ausgehen, muss ihren Verpflichtungen nachkommen, sehnt sich nicht danach, für meine Wunschträume vom halbverzauselten Künstlerleben eine Extrapause einzulegen. Es kommt zu Spannungen. Ich begreife, dass ich nicht einfach in ihr Leben einbrechen kann. Dass es mir nicht zusteht, von ihr zu verlangen, es nach meiner Anwesenheit auszurichten. Dass sie ihren eigenen Weg gehen wird, der ein anderer ist als meiner. Am nächsten Tag verabschiede ich mich von ihr und fahre traurig nach Hamburg zurück. Kühle Lüfte umwehen mein Herz, immerhin sind sie nicht mehr so stürmisch wie bei der Hinfahrt.

Bin ich nun wirklich mit dem Fluch der Freiheit geschlagen, nach der ich mich zuvor so gesehnt habe?

DISCO

Im Juli beginnen die Aufnahmen für unser neues Album. Es trägt den Arbeitstitel »Disco« und verweist zum einen auf meine Vorliebe für den original Giorgio-Moroder-Sound, zum anderen auf unsere neue Produktionsweise, denn das Album wird ohne Drummer produziert bzw. mit selbstgesampelten Beats und Loops, die wir im Studio herstellen. Es hat dadurch einen eindeutig discoiden Grundduktus.

Jeden Morgen um zehn holt Ulf uns mit seinem Auto ab und fährt mit uns ins Studio in der Lüneburger Heide. Der Vorteil an der Lage ist, dass es keinerlei Ablenkung gibt, denn in Bendestorf ist schlichtweg nichts. Also arbeiten wir mehrere Wochen konzentriert, Ulf begleitet uns ruhig und aufmerksam, hinterfragt Überflüssigkeiten und ablenkende Schnörkel, versucht zum Wesentlichen unserer Ideen vorzudringen, verknappt unser Spiel, weist mich auf meine Stärken und Schwächen als Sänger hin und treibt mir alle Marvin-Gaye-Flausen aus, die ich sowieso nicht hätte umsetzen können. Frank Reinke, entspannter Tonmeister alter Schule, besitzt magische Finger, wenn wir mit den Aufnahmen zu einem neuen Song fertig sind, bittet er uns, den Regieraum zu verlassen. Wenn wir nach einer Stunde zurückkommen, klingt der Track anders, aufgeräumt, alle Frequenzen scheinen geordnet und perfekt drapiert, alles atmet luftig und schwebt leicht, der entscheidende Effekt aber ist: Es klingt teuer. Das ist wirklich unsere subjektive Wahrnehmung, Frank hat die Fähigkeit, Mixe wertvoll klingen zu lassen, irgendetwas Zeitloses und Edles fügt er durch seine Komprimierungen, durch die Räume und EQs hinzu, das ist Alchemie mit Tönen, keiner von uns wäre in der Lage, so ein Ergebnis jemals selber zu erzeugen.

Je weiter wir in der Produktion kommen, je eigenständiger und reifer diese Musik gegen meine letzten Langspieler wirkt, desto weniger interessiert sich die Polydor für den Stand unserer Arbeit. Ich habe das Gefühl, dass sie uns nach dem verpufften Hype um unser erstes Polydor-Album »Jeans & Elektronik« längst aufgegeben haben. Dass sie glauben, sie hätten mit uns statt des erhofften fetten Goldklumpens einen Haufen Katzengold eingekauft. Also bringen sie ihre Arbeit vertragsgemäß zu Ende und zahlen das verabredete Geld, aber von all der Liebedienerei ist nichts mehr zu spüren. Ich ärgere mich insgeheim, dass wir das Geld für das zweite Album, immerhin 375 000 Mark, nicht in ein eigenes Studio gesteckt haben, in dem wir bis zum Sankt-Nimmerleins-Tag hätten aufnehmen können, denn so bleibt das ganze schöne Geld in fremden Händen. Am Ende der Aufnahmezeit haben wir – zumindest in unseren Augen – eine hochwertige, eigenständige LP produziert, kein Schlager mehr, kein Rock mit zu fetten Snares, etwas Modernes, Stilvolles, ambitioniert und spackig zugleich.

Als wir der Polydor die Platte vorspielen, ist man allgemein angetan, aber vermutlich ist das alles Augenwischerei. Es wird ein Promotionplan erstellt, ein aufwändig animiertes Video gedreht, es gibt ein paar Interviews und einige TV-Auftritte, aber alles ist nur noch halb so ambitioniert wie beim letzten Album.

Und es gibt die Tournee zum Album. Auch hier möchten wir neue Wege gehen, also starten wir ohne herkömmliche Band, aber mit unserem DJ Kayser Walter, der die Beats auflegt. Dazu spielt Hardy Gitarre, Rev seine Hammond und ich den Bass. Wir haben zwei Freundinnen als Tänzerinnen dabei: Anna Becker und Denise Grabbe. Und eine Schweizer Sängerin, die ich sehr mag: Didi, eine liebenswerte, bescheidene Frau vom Bodensee, die etwas Weises an sich hat. Anna und Denise sind in die schicken siebziger Klamotten gekleidet, die aus der Boutique Pudel übrig sind. Sie sehen ein wenig nach Lady Miss Kier von Deee-Lite aus und bauen jeden Abend neben der Bühne unsere Kleiderständer auf, um das Publikum neu einzukleiden. Wir durchreisen mit unserer kleinen Rave-Community das ganze Land und verstricken uns in einem immer schneller kreisenden Strudel aus Alkohol und Überdrehtheit. Bereits im Bus auf der Autobahn fangen wir an, Schnäpse zu trinken, laut Musik zu hören und zu tanzen. Abends muss ich auf der Bühne presenten, aber das gelingt mir immer weniger, und der Druck, unter den ich mich selber stelle, gibt mir häufig das Gefühl, keine Luft mehr zu bekommen. Ich atme schwer, was mir erst recht Sorgen bereitet. Wenn wir nach der Show im Backstage aufschlagen, geht die Party sofort weiter, und im Hotel treiben die Blüten des Wahnsinns ihre Spitzen aus. Denise und Rev übernachten in einer Teppichrolle, in die sie sich haben einwickeln lassen, in der sie aber fast ersticken. Mit Bernadette, die uns auf Tour besucht, schieben wir einen großen Holzschrank vor das Zimmer eines Versicherungsvertreters. Als der genervt von dem Lärm nachschauen will, was los ist, und seine Tür öffnet, steht er vor einer massiven Holzwand. Vollends entnervt fängt er an, gegen den Schrank zu treten, es gibt einen Mordskrach und Geschrei, wir flüchten prustend in unsere Zimmer. Dass man uns am nächsten Morgen standesgemäß Hausverbot erteilt, spielt keine Rolle mehr.

Im Hotel Garage in München, der tristesten Unterkunft der Tournee, in der wir in Fünf-Bett-Zimmern schlafen, entdecken wir auf dem Flur einen Schuhputzautomaten mit jeweils einer schwarzen und einer braunen Bürstenrolle. Irgendjemand kommt auf die Idee, dass man sich damit ja prima den Hintern durchbürsten lassen könnte, und schon sind die Hosen einiger Protagonisten unten und es wird gebürstet. Als der Nachtportier kommt und mitansehen muss, wie seine wertvolle Anschaffung umgewidmet wird, schäumt er vor Wut. Auch er schreit etwas von »lebenslänglichem Hausverbot« – als wenn das in seinem Drecksladen für irgendjemanden eine Strafe wäre.

Als wir von dieser Tournee zurückkommen, bin ich wieder mal völlig zerstört. Ich dachte, ich hätte das hinter mir gelassen, hätte mich unter Kontrolle, im Griff, am Zügel, an der Kandare, aber weit gefehlt. Ich bin einfach nicht dazu in der Lage, mich zurückzuziehen, mich rauszuhalten, ich fache das soziale Feuer an, sorge dafür, dass es möglichst hoch brennt, und verkohle mich regelmäßig selbst dabei.

Ich brauche Tage, bis ich wiederhergestellt bin, aber das schwere Atmen bleibt mir.

Eines Tages kündigt mein Vermieter die endgültige Räumung des Pudel in einigen Wochen an. Das Haus soll abgerissen werden. Wir laden also zu einer letzten großen Abschiedsfeier alle Freunde und Vertraute unseres Universums ein, und alle erscheinen angemessen gekleidet zur Dernière. Wir zerstören an diesem letzten Abend in einem Akt ekstatischer Trauer, die sich nach und nach in anarchistischen Gleichmut verwandelt, alles, was wir aufgebaut und erzeugt haben. Wir treten Wände durch und zerbrechen jedes noch bestehende Glas. Wir zerschmettern die verbliebenen Kunstwerke, und im frühen Morgengrauen, als wir den Laden verlassen, übergeben wir den Schlüssel einigen Saufpunks, die in den kommenden Tagen unsere Arbeit vollenden.

Als traurige kleine Ruine, ausgeräumt und zernagt, steht unser geliebter Pudel noch einige Wochen verwirrt an seiner Ecke herum und wartet auf den Abdecker. Eines Tages erscheinen Bagger und bringen es zu Ende.

Als der Sommer kommt, fahre ich mit Anne aufs Land zu meinen Eltern. Meine Mutter hat sich von der Krebs-Attacke erholt und ist seelisch gestärkt daraus hervorgegangen. Sie mag Anne und verbringt viel Zeit in Gesprächen mit ihr. Einmal fragt sie mich, ob Anne meine neue Lebensgefährtin sei, ich kann ihr keine Antwort darauf geben. Denn es gibt noch einen anderen Mann an Annes Seite, der ihr in großen Schritten näher kommt. Der in Berlin wohnt, sie viel häufiger trifft als ich und in einer Position der Stärke vor ihr steht: Er hat keine Trennung hinter sich, er ist ein beeindruckender Tänzer, voller Selbstbewusstsein und Ausstrahlung, ohne die Schwächen und Marotten, die ich mit mir rumtrage. Ausgerechnet diesem anderen Mann ist das erste meiner Liebesbriefchen beim Frühstück aus einem Tulpenköpfchen auf den Teller gepurzelt. »Für immer und eine Nacht«, stand da und er hat sich gewundert. War das ein moderner Service des Blumenladens oder woher kam diese Nachricht? Vielleicht wollte Anne ihn damit überraschen? Erstaunt blickte er sie an, aber auch sie war irritiert, denn sie wusste ja nichts von meinen Geheimbotschaften. Erst beim näheren Hinschauen erkannte sie mich als Urheber, ließ sich aber nichts anmerken.

Anne lässt sich Zeit mit der Entscheidung zwischen uns, und ich genieße diese Überprüfungsphase, obwohl mir klar ist, dass auch sie bald gehen wird. Tagsüber laufen wir durch die blühenden Felder, fotografieren uns gegenseitig, besuchen alte Bekannte meiner Familie, spazieren stundenlang an der Küste entlang und gehen nachts auf den Hessenstein zu Peter Marxen an den Tresen, der Anne ebenfalls sofort ins Herz schließt. Sie sagt mir, dass diese Tage zu den schönsten ihres Lebens gehören, und wieder würde ich am liebsten sofort die Zeitbremse ziehen, anhalten, alles bitte anhalten, für Jahre, hier und jetzt.

Leider muss sie schon bald wieder nach Berlin zurück und ich nach Hamburg.

Kaum bin ich in der Großstadt, begegne ich meinen Schatten. Verschwinde ich erneut im Stollen der Eifersucht und der Verletztheit. Wenn ich Frenchy zufällig auf der Straße treffe, kriege ich kein Wort heraus, es ist für mich völlig unvorstellbar, jetzt zu einer Freundschaft überzugehen, so wie sie es sich wünscht. Ich will sie entweder als meine Frau oder gar nicht in meinem Leben. Warum ich hier einen so strengen Maßstab ansetze, während ich in meinem neuen Leben dafür gar keine

Verwendung mehr habe, weiß ich nicht, vermutlich, weil Frenchy für mich meine alte Welt darstellt. Vielleicht aber auch nur, um mich für die Demütigung des Verlassenwordenseins zu rächen. Da helfen alle Erkenntnisse nichts, ich bin immer noch zutiefst verletzt, auch wenn ich meiner Verflossenen mein neues Sein verdanke.

Der Pudel geht mir ab. Die Nächte hinter dem Tresen, das Aufeinanderprallen von Ideen, Visionen und Vorstellungen, die Partys und Zusammenkünfte, das Konspirative dieses kleinen Raumes im Nichts, das »Verstüberln« (so sagt man in Wien, wenn man sich in kleiner Runde in einem Hinterzimmer gepflegt betrinkt) fehlen mir. Nach einem Auftritt in der Kulturfabrik Kampnagel spricht mich »Wiener Norbert« an, ein umtriebiger gaunerhafter Nachtpatron, der Partyabende in der ganzen Stadt organisiert und im Begriff ist, auf dem Kiez einen Laden zu übernehmen, den »Tempelhof«, eine kleine, aber feine Clubdiscothek. Ob ich mir vorstellen könne, hinter dem Tresen zu arbeiten? Erst denke ich, dass das mit meinem Ruf als angehender Popstar nicht in Einklang zu bringen ist, aber dann fällt mir auf, dass ich

1.) gar kein Popstar bin und vermutlich auch nicht mehr werde und dass ich
2.) abgebrannt bin und dringend Geld brauche, weil in dem gigantischen Plattenvertrag keine Künstlerversorgung vorgesehen ist, und weil die Zeit bei der Polydor höchstwahrscheinlich sowieso vorbei ist.

Außerdem ist der Tempelhof cool, nicht wieder der nächste Buddytreff, sondern ein Tanztempel, der besonders in Frauenkreisen hohes Ansehen genießt. Also sage ich spontan zu und übernehme umgehend eine der ersten Nachtschichten. Ich ziehe mich zu diesem Anlass besonders gut an, trage einen engen grauen Flanelldreiteiler, gebügeltes Hemd und Schlips und zu meinem in Gold gefassten linken Schneidezahn goldene Ohrringe, denn mir gefällt – wie man mir unschwer ansieht – der Style von Willy DeVille, zwar nicht unbedingt musikalisch, aber modisch.

Die Arbeit hinterm Tresen im Tempelhof spricht mir zu, ich bin schnell, aufmerksam, immer für einen kurzen Talk zu haben und auch keinem Flirt abgeneigt, der Tresen steht als schützende Barriere immer dazwischen. Den ganzen Abend beobachte ich die Tanzenden, sehe ihre erregten Leiber auf dem Dancefloor zu Marvin Gaye, Chairmen of the Board, Curtis Mayfield, Shuggie Otis und Sly Stone arbeiten, manchmal tanze ich auch hinter dem Tresen mit. Mit dem Trinken halte ich mich zurück, ich muss einen klaren Kopf behalten, um am Ende des Abends die Abrechnung zu schaffen und den Laden korrekt zu hinterlassen. Je fortgeschrittener die Nacht, desto mehr Paare finden sich beim Tanzen und ziehen gemeinsam nach Hause oder in weitere Clubs. Am Ende bleiben häufig einige einsame Frauen zurück, die den Tresen umlauern, um wenigstens den Barmann mitnehmen zu können, und wenn die Nacht nicht allzu fortgeschritten ist, gehe ich manchmal darauf ein und tapere mit einer der leicht wankenden Nachtschattengewächse nach Hause. Meistens aber vermeide ich das, da unsere Betrunkenheitsgrade zu weit auseinanderliegen, als dass wir auf der gemeinsamen Welle der Erotik in den Hafen der Liebe einlaufen könnten, um es mal semipoetisch zu formulieren. Je höher die Chance auf ein leichtes und konsequenzloses Abenteuer, desto weniger sehne ich mich danach, jetzt, wo ich die Früchte der Freiheit endlich ernten könnte, schmecken sie mir nicht mehr. Peter Hein hallt ewig in mir nach:

Was ich haben will, das krieg' ich nicht
Und was ich kriegen kann, das gefällt mir nicht

Manchmal schlafe ich im Morgengrauen in den Armen einer schönen, betrunkenen Fremden ein, ohne mich überhaupt noch entkleidet zu haben, es reicht, dass wir es hätten tun können, wir müssen es gar nicht mehr umsetzen. Wozu all der rohe, grenzenlose Umgang miteinander, wenn kein wirkliches Gefühl, keine Vertrautheit im Spiel ist?

Wiener Norbert ist mit meiner Arbeit hinter dem Tresen sehr zufrieden, ich ziehe Leute in seinen Laden, und so fragt er mich irgendwann, ob ich nicht Lust hätte, auch noch in einer zweiten Bar direkt gegenüber vom Tempelhof zu arbeiten, einer kleinen Kneipe namens Sorgenbrecher. Da mir mein neuer Job, das Geld und das Unter-Menschen-Sein gefällt, sage ich zu. Mein alter Freund Kayser Walter ist mit von der Partie, und in relativ kurzer Zeit übernimmt der Sorgenbrecher die sozialen Funktionen des Pudel Clubs. Alle Mitglieder unseres versprengten Haufens sind froh, ein neues Zuhause zu haben, und innerhalb kürzester Zeit wird der Sorgenbrecher zu *dem* In-Laden. Zwar gibt es keine Bühne, dafür ist der Schuppen zu klein, aber immerhin kann im Gang zum Klo getanzt werden, während vorne im Tresenschlauch Slackermeetings stattfinden. Hier treffen sich die Künstler/innen all der neuen Bands, die sich gerade gegründet haben oder im Begriff dazu sind. Frank Spilker legt uns die besten Funktracks der 60er und 70er nahe, und die Sterne sind die ersten, die tatsächlich tanzbare Diskursmusik spielen können. Die Kastrierten Philosophen, die Band Milch, Bernadette Hengst und Die Braut haut ins Auge, Das Neue Brot, die Mobylettes, Walding a.k.a. Knarf Rellöm, die Antwort, Blumfeld, die Zitronen, Ostzonensuppenwürfel, Cpt. Kirk &, Die Regierung, Tobias Gruben, Tocotronic, Olli Schulz, Kai Damkowski alias Klausner, Tulip, Andy Giorbino, Kristof Schreuf und viele andere geben sich die Ehre, einige schauen eher selten vorbei, andere werden sofort tresentreue Stammgäste und sichern sich ihre Plätze am Ausschank auf vermeintliche Lebenszeit. Das, was man später die »Hamburger Schule« nennen wird, findet sich hier als lockerer Kumpel/innenhaufen zusammen und formiert sich für ein musikalisches Statement zur Lage der Nation. Ich lege meine Schichten vom Tempelhof komplett auf den Sorgenbrecher und arbeite drei Abende pro Woche dort, immer bis zum Morgengrauen. In den Debattierrunden vor dem Tresen geht es um alles, vor allem aber um Popmusik und Politik, das Zusammenwachsen Deutschlands, das Aufkommen von Nazis im Osten, die immer wieder linke Bands und Spielorte überfallen. Es geht um die Frage, ob Popmusik politisch sein muss, ob sie auch leicht, hedonistisch, orgiastisch sein darf. Es geht um Frauen in der Musikwelt und um die Frage, warum unsere Szene so männerdominiert ist, obwohl doch gerade wir immer von Gleichberechtigung reden. Es geht um die »Deutschlandquote« im Radio, die Künstler wie Heinz Rudolf Kunze fordern und gegen die sich beispielsweise Tocotronic, aber auch die meisten anderen unserer Welt auflehnen, jede Form von Deutschtümelei ist uns fremd. Es geht um Erfolg, um die Frage, ob man sich als Kunst machende Person verkaufen, dem System andienen darf, ob man beispielsweise Verträge mit Majors abschließen sollte. Ich halte mich bei diesen Debatten zurück, denn ich habe mich ja bereits an den Teufel verkauft, wobei der Teufel mich schon halb wieder ausgespien hat, weder mundete ihm der Brocken, noch hat er ihn gesättigt.

Unendlich viele Nächte stehen wir dort und debattieren und trinken und lachen und streiten und flirten und meistens haben wir am nächsten Tag schon wieder so viel von all dem vergessen, dass wir das Gespräch am darauffolgenden Abend einfach von vorne beginnen.

ZUR VERNICHTUNG FREIGEGEBEN

Ich frage mich, wie es mit dem Teufel und mir weitergeht, und auf zaghafte Anfrage bei Freibank winkt man nur ab: »Der Drops ist gelutscht, von denen meldet sich nie wieder jemand bei dir.« Es müssen aber doch noch Zigtausende meiner Platten, Kassetten und CDs in den Lagern der Polydor herumliegen, also beschließe ich, nachzufragen, was damit passieren wird. Bei einem Anruf teilt mir eine Angestellte mit (man stellt mich schon längst nicht mehr zu Tim Renner durch, das passierte nur im hellen Schein des ersten Hypes), dass sämtliche Bestände im Computer auf 0/5 Status gestellt sind, da könne man gerade nicht ran. Auf die Frage, was denn das für ein Status sei, werde ich vertröstet, man werde sich bei mir zurückmelden. Ich warte Wochen, hoffe, die Ware auffangen zu können, bevor Ungeahntes damit passiert. Als ich nach über einem Monat wieder bei der Polydor anrufe und nachbohre, gesteht man ein, dass 0/5-Status »Zur Vernichtung freigegeben« bedeutet und dass dem bereits Folge geleistet worden sei. Sämtliche Lagerbestände sind geschreddert und zu Granulat für Parkbänke verarbeitet worden, die neue Barclay James Harvest wurde geliefert, da musste man die Lager räumen, sorry, wirklich, sorry, da konnten wir jetzt echt nichts machen. Ich bedanke mich für die Auskunft, lege auf und lache ungläubig vor mich hin. Den Gegenwert von 750 000 Mark – all der Aufwand, die Kraft, die Zeit, die Arbeit, die Hoffnung, mein sogenanntes »Lebenswerk« –, all das ist mithilfe eines absurden Computercodes geschreddert. In millimetergroße Plastikteilchen zerschnetzelt, erhitzt und zu Parkbänken geformt. Das ist Kunst, denke ich!

Die Transformation von geistigen Ideen in Musik, zusammengefügt auf Tonbändern, überspielt auf Matrizen, gepresst in Vinyl und Plastik, dann zerkleinert in Partikel, erhitzt und neu zusammengefügt zu einer auralen Skulptur. Aus dieser Parkbank müsste jetzt bloß noch meine Musik erklingen, dann wäre der Bogen perfekt. Dann könnte man diese Parkbänke in Galerien und Museen ausstellen. Und am Ende teuer verkaufen.

Zumindest habe ich bei all dem rausbekommen, was ich nicht bin: ein Popstar.

Nach etwa einem Jahr im Tempelhof und im Sorgenbrecher vergeht mir ganz langsam die Lust am Nachtleben, das ständige Trinken und Rumstehen und Reden und Nicht-Runterkommen und spätnachts Essen und unrhythmisch Schlafen forderte seinen Tribut. Mein Magen ist ernsthaft angegriffen, ich schlucke tütenweise Maloxan und trinke tagsüber kannenweise Kamillentee, um die Schleimhäute zu regenerieren, die nachts sofort wieder mit Spirituosen zerschrabbelt werden. Eine Magenspiegelung bestätigt eine beginnende Gastritis, der Arzt rät mir, meine Ernährung umzustellen und – wenn irgendwie vorstellbar – gesünder zu leben, sonst würde sich das Problem konsolidieren.

Viel wichtiger aber ist die Frage nach meiner Profession: Was bin ich denn nun? Gescheiterter Popstar? Davon kann man nicht leben. Musiker: Ja und nein, ich bin als Instrumentalist nicht gut genug für Buchungen und als Komponist nicht allgemeingültig genug für Film- oder Werbemusik. Soll ich einfach weitermachen als Indie-Musiker? Aber mit welchem Ziel, ich gehöre (musikalisch) nicht zur »Hamburger Schule«, habe keine ambitionierte Schrengelband, gehöre in keines der diskursiven Lager, bin bei allem außen vor. Ich gehöre zwar freundschaftlich zur In-Crowd, fungiere als Barmann des Haufens, bin – wie schon in meiner Jugend – der Hirtenhund, der die Herde zusammentreibt und -hält, der Uniter, aber künstlerisch bleibe ich extra muros, außerhalb des Gebäudes, dafür bin ich zu weit vorgedrungen in die Bereiche der Ambitionen und Klischees. All diese Bands versuchen zu klingen, als ob ihre Musik noch nie da gewesen wäre, ich dagegen versuche zu klingen, als ob meine Musik schon immer da gewesen wäre, das ist der entscheidende Unterschied. Ich gebe mich nicht der Illusion hin, das Rad neu zu erfinden, und erst recht nicht, Kunst für die Ewigkeit zu machen, oder zumindest für die Kunstgeschichte. Ich nehme mich und mein Vermächtnis nicht halb so ernst wie die meisten meiner Wegbegleiter/innen, das ist mein Nachteil und mein Vorteil zugleich. Denn während viele von ihnen Popmusik für ausgesprochen wichtig und ihre Arbeit für historisch bedeutsam halten, glaube ich, dass Popmusik nur für den Augenblick und das Jetzt gemacht ist, für einen kurzen wunderbaren Moment, wie eine schillernde Seifenblase, die man fasziniert betrachtet, die man festhalten möchte und die man, nachdem sie bei der Berührung zerplatzt ist, sofort wieder vergisst. Auch glaube ich nicht an die qualitative Ewigkeitsbeschaffenheit meiner Machwerke. Während die meisten Künstler/innen in Interviews gern behaupten, dass sie im Fall eines Neubeginns alles noch mal genauso machen würden, ist für mich immer klar, dass ich mindestens die Hälfte meines fehlbaren Outputs anders gestalten würde. Das gilt übrigens auch für die Kunst von anderen, aus meiner Warte. (Bis auf die Beatles natürlich. Und die Pistols.) Es sind alles nur VERSUCHE, etwas zu sagen, für das es keine Worte gibt. Für das man eine tiefere Sprache als die der Worte braucht. Ein riesen Haufen Versuche, einige gelingen, andere nicht. Und es sind Versuche, das Leben zu beschreiben, Partikel für Partikel, als wenn man damit die Sterblichkeit bannen könnte. Als wenn man, nachdem man Teilchen für Teilchen durchdekliniert hat, das große Geheimnis des Lebens gelüftet hätte. Aber es lässt sich nicht lüften, niemals.

Die, die mit ihrem Werk zufrieden sind, sind in meinen Augen schon gescheitert. Denn es gibt kein finales Statement und kein fertiges Werk, es gibt immer nur Bewegungen und Veränderungen. Höhepunkte und Fehlschläge. Und das alles zusammen ergibt die Struktur eines künstlerischen Daseins und ist – gerade auch in seiner Fehlbarkeit – als Ganzes schön.

Wenn man bei all den Unwägbarkeiten und Veränderungen nach einer Konstante sucht, so ist das Einzige, was sich – einmal fertiggestellt – nicht mehr verändert, ausgerechnet der menschliche Geist, also die Software, das Unfeste, das Fluide. Der Kern dieser Erfahrung, ICH zu sein – dieses innere Wesen – bleibt sich ähnlich. Bis auch ES mit dem Zerfall des Körpers zerbröselt.

DAS REICH DER KUNST

Maler Daniel sagt zu mir:

Studier Kunst! Du kannst gut zeichnen, hast alle möglichen Schrauben locker, schreibst spinnerte Texte und Geschichten, du bist mehr als nur ein Popmusiker! Komm an die Kunsthochschule, in die Klasse von Professor Büttner.

Ja, aber womit soll ich mich denn bewerben? Ich hab keine Mappe.

Pack deine Platten und Singles und T-Shirts, die Dias von eurer Fanta-Show und den ganzen Kram in einen Karton – das ist Kunst, geh damit zu Büttner.

Daniel ist in Büttners Klasse und macht mir Mut. Erst traue ich mich nicht, habe das Gefühl, zu unvorbereitet zu sein. Aber dann stelle ich mir vor, wie es wäre, zu neuen Ufern aufzubrechen, und wie begrenzt doch der kleine Feuerwehrteich der Popmusik ist gegen den riesigen Ozean der bildenden Künste. Ich schicke eine schriftliche Bewerbung an die Universität, um mich für die Klasse eben jenes Professor Büttner zu bewerben, wie mir Daniel angeraten hat.

Kurz darauf bin ich auf einem Konzert im Onkel Max in der Hafenstraße. Ein betrunkener älterer Mann mit selbstgefälligem Benehmen betritt den Raum und macht eine gehässige Bemerkung zu einer Freundin von mir. Sie knallt ihm umgehend eine. Der Mann verschwindet in der Menge. Ein paar Stunden später sitze ich in der Küche einer Wohnung über dem Onkel Max, als derselbe nervige Typ den Raum betritt und die um mich versammelte Runde dumm beglotzt. Ich teile ihm mit, dass ich ihm, wenn er nicht sofort verschwindet, »das Gesicht nach innen stülpe«. Er geht. Was ist das für ein merkwürdiger Vogel? Was will der von uns? In unserer Welt? Jemand in der Küche meint, das sei »dieser Professor Büttner« von der Kunsthochschule. Ich muss lachen. Und bei dem habe ich mich beworben? Zum Glück kennt er mich nicht.

Einige Tage später bekomme ich die Einladung zu einem Gespräch an der Kunsthochschule, ich soll mich bei dem Professor meiner Wahl vorstellen. Ich kann nur hoffen, dass Büttner zu besoffen war, um sich an meine Androhung der Prügel zu erinnern.

Auf der Fahrt zur HfbK sitzt mir ein merkwürdiger junger Typ in der U-Bahn gegenüber, er hat lange braune Haare und einen Ziegenbart, trägt eine Adidas Trainingsjacke und hält eine große Mappe unter dem Arm. Als er mich sieht, setzt er sich spontan mir gegenüber, augenscheinlich hat er mich als Musiker erkannt.

Hey, bist du nicht Rocko?

Stimmt. Und wer bist du?

Ich bin Jonathan.

Wir behandschlagen uns.

Willst du auch zur HfbK, Rocko?

Ja, ich will mich bewerben.

Ich auch. Hab meine Mappe dabei, willst mal sehen?

Klar.

Jonathan öffnet seine Mappe und ein Wust an comic-haften Zeichnungen, wüsten Pinseleien und Texten quillt hervor, kommentiert vom immer wieder begeistert auflachenden Urheber, für Minuten eröffnet sich mir ein kryptischer Kosmos, andere Mitreisende blicken verständnislos auf den sich um Jonathan herum ausbreitenden Wahnsinn. Der Jüngling ist äußerst von sich selbst überzeugt, sehr sympathisch, aber so spinnert, dass ich mir nicht vorstellen kann, wie und wo er mit seiner Kunst an der normalen Welt – speziell der des öden Kunstmarkts – andocken will.

Und womit bewirbst du dich?

Ich ziehe meinen Karton mit den Platten hervor.

Ah, coole Idee.

Er kramt eine Weile in meinem Karton, kennt einige Songs und kichert vor sich hin, bis wir an unserer Station angekommen sind. Wir gehen zusammen ins Lerchenfeld, betreten die große Eingangshalle und versprechen, uns bald wiederzusehen, dann geht jeder zu seinem Professor.

Als ich vor der Tür des Klassenraumes von Büttner stehe, ist mir doch etwas flau im Magen. Was, wenn der Mann mich sofort erkennt? Wenn er sich an mir rächen will für die Schmach des Rauswurfs aus der Küche im Hafen. Jetzt hat ER die Macht. Ich klopfe an und öffne die Tür. Ganz am Ende des riesigen, lichtdurchfluteten Raumes steht vor einem Fenster zum Fluss ein Mann, der mir den Rücken zuwendet. Er dreht sich um, schaut auf einen Zettel und nähert sich. Er ruft meinen bürgerlichen Namen durch den Raum und ich bestätige. Je näher er mir kommt, desto interessierter mustert er mich, kurz vor mir bleibt er stehen und lächelt leicht spöttisch.

Ah, Sie sind das, verstehe …

Was soll das heißen? Hat er mich als Künstler erkannt? Oder als das Arschloch, das ihm vor kurzem an den Kragen wollte? Er lässt es offen, genießt aber die Situation.

Und Sie wollen also Kunst studieren. Warum?

Weil ich Künstler bin.

Das glauben viele.

Aber ich bin es, ich lebe schon seit Jahren davon.

Wovon?

Na, von meiner Kunst.

Was ist denn Ihre Kunst?

Das hier.

Ich stelle meinen Karton auf einen Tisch und öffne ihn. Büttner nimmt einige Platten heraus und mustert sie.

Hm, ja gut, dagegen lässt sich nichts sagen. Aber was wollen Sie hier?

Ich will weiterkommen, der Popmusik-Rahmen ist mir zu eng geworden.

Ich kann aber nicht sehen, womit Sie weiterkommen wollen. Ihre Platten kann man sich ja nicht an die Wände hängen.

Deswegen bin ich hier. Um das zu lernen. Ich möchte lernen, wie man malt.

Mittlerweile haben ein paar seiner Studierenden die Klasse betreten und sind leise um uns herum zu ihren Arbeitsplätzen gegangen, die Überprüfungssituation ist mir zusehends unangenehm. Büttner mustert mich länger und denkt nach. Denkt sich wahrscheinlich ein perfides Spiel aus.

Also, wir machen das mal so: Ich werfe eine Münze. Wenn der Adler oben ist, nehme ich Sie an, wenn die Zahl oben ist, können Sie wieder gehen. Okay?

Seine Studierenden verfolgen das Geschehen von den Rändern des Klassenraums. Er genießt die Situation sichtlich, jetzt ist Paybacktime, er lächelt mich mit seinem Pokerface an und mir bleibt nichts anderes übrig, als zu nicken. Er wirft die Münze hoch in die Luft, sie dreht sich und fällt ihm in die Hand. Ohne dass ich oder sonst jemand das Ergebnis sehen kann, überlegt er einige Sekunden, blickt zwischen mir und der Münze hin und her, dann sagt er:

Glück gehabt. Sie sind dabei.

Ein paar der jungen Frauen und Männer um mich herum applaudieren. Büttner reicht mir lachend die Hand. Ich habe nie herausbekommen, ob tatsächlich der Adler oben gewesen ist. Ich glaube eher nicht.

Trotzdem bin ich jetzt Kunststudent.

Was ist ein Kunststudent?

Frage ich mich durchgehend. Kann man Kunst lernen? Man kann lernen, die psychischen Ströme zu bündeln. Und man kann lernen, sie zu chiffrieren und zu dechiffrieren. Ich habe das Gefühl, einen starken Kunstmotor in mir zu tragen, eine Maschine, die ständig produziert, aber dabei keine Auswahl trifft. Die immer nur ausspuckt und presst und schiebt, aber völlig wahllos ist. Was ich lernen möchte, ist also, eine Form und Struktur für diese Energie zu finden. Auch frage ich mich, ob ich wirklich in Richtung Malerei gehen soll, denn auch Skulpturen und Film interessieren mich. Die meisten der anderen Studierenden in der Klasse malen, eine Frau formt merkwürdige kleine Pestbeulen an den Wänden, andere arbeiten mit Wolle und Holz. Ich beschließe, mit Malerei zu beginnen, weil es das verbreitetste Medium in diesen Gefilden ist. Aber ich weiß nicht, was ich malen soll, ich habe keine Technik drauf, keinen Stil. An der Kunsthochschule gibt es keine Malkurse. Das wundert mich, was soll ich hier denn sonst lernen? Ich besorge mir billige Pressspanplatten und Plakafarbe. Dann male ich fröhlich winkende bläuliche Wasserleichen vor strahlenden Weizenfeldern. Expressionistisch, comic-haft, naiv, sehr einfach, aber wirksam. Büttner hält sich mit seinem Urteil vorerst zurück, aber der Subtext in seinen Augenwinkeln sagt: Unverkäuflicher Quatsch.

Ich besuche Vorlesungen von Fritz Kramer, einem Ethnologen und Kunsttheoretiker, der unter den Studierenden einen legendären Ruf besitzt, denn niemand stellt sein Wissen über die Kunst komprimierter zur Verfügung als er. Wenn er das meist völlig überfüllte Klassenzimmer betritt, haben alle Anwesenden ihre Notizblöcke aufgeschlagen und die Stifte gezückt, bereit mitzuschreiben, um nur keines der heiligen Worte dieses klugen Mannes zu verpassen. Kramer setzt sich, nimmt seine Armbanduhr ab und legt sie vor sich auf den Tisch. Von diesem Moment an redet er exakt 90 Minuten ununterbrochen durch, klar, stringent, überlegt, aufbauend und hinterleuchtend. Er hält phantastische Vorträge über das Wesen der Kunst, über die symbolische Verbundenheit des Todes mit jungen Frauenkörpern, die auf Grabsteinen immer wieder das verabschiedete Leben darstellen, über den Symbolismus von Frauenkörpern in der Werbung und was das alles miteinander zu tun hat. Wir Studierenden hetzen und krakeln seinen Ausführungen atemlos hinterher, Tempo und Größe des Unterfangens wachsen mit fortlaufender Dauer und ich komme mir jedes Mal ein wenig vor wie auf einem Trip, vermutlich weil sich in meinem Hirn so viele Synapsen verbinden wie selten sonst.

Büttner und Kramer halten auch zusammen eine großartige Vortragsreihe, sie heißt ungefähr »Angriff und Verteidigung« oder so. Dabei geht es jeweils um das Zerfleddern bzw. Verteidigen einer großen Künstlerfigur der Weltgeschichte. Am Anfang der Stunde losen beide Professoren vor uns Zuschauenden aus, wer der Rechtsanwalt des Idols ist und wer der Staatsanwalt. Nachdem das geklärt ist, versuchen die beiden, sich gegenseitig mit allen ihnen zur Verfügung stehenden Argumenten von der Erlesenheit bzw. Unfähigkeit des betreffenden Künstlers zu überzeugen. Anderthalb Stunden Schlagabtausch über beispielsweise René Magritte, über seine Malweise, seine Attitüde, seinen intellektuellen Background, seine politische Einstellung, seine künstlerische Entwicklung, seinen Einfluss auf die Kunstwelt usw. Das bringt Spaß und ist gleichzeitig wissenserweiternd.

Darüber hinaus veranstaltet Büttner einmal im Monat in seiner Klasse sogenannte »Korrekturen«. Zu diesem Anlass dürfen alle Studierenden, die sich trauen, ihre Arbeiten vorlegen. Büttner nimmt sich stundenlang Zeit, um die Stücke zu bewerten, während die Studierenden im großen Kreis um ihn herumsitzen. Dabei lässt der Prof sich keine Chance auf einen Witz entgehen und man muss starke Nerven haben, um sich dieser zynischen Überprüfung zu stellen. Jede Schwäche wird sofort erkannt, entlarvt und vorgeführt, orchestriert vom Erniehaften Lachen Büttners, Chchchchchchch, manchmal kriegt er sich kaum mehr ein vor gutgelaunter Häme.

Mal im Ernst – würden Sie sich das selber zu Hause an die Wand hängen?

Der betroffene Student, der Büttner sein Werk vorgelegt hat, antwortet nicht.

Würde sich das irgendjemand bei sich zu Hause an die Wand hängen?

Herumzeigen des Bildes. Stille. Erniehaftes Lachen.

Chchchchchchchch … Na, was wollen Sie dann hier?

Stille. Student guckt betroffen zu Boden.

Ich will Sie nur davon abhalten, Ihre Zeit zu verschwenden. Verstehen Sie? Viele von Ihnen verschwenden hier nicht nur meine Zeit, sondern auch ihre eigene. In dieser Zeit hätten

Sie in einem anderen Beruf viel bewerkstelligen können. Denn Sie sind sicher in irgendetwas gut. Alle sind in etwas gut. Aber viele sind nicht gut in Kunst. Und ich bin dafür da, um Sie das erkennen zu lassen.

Die meisten, die wissen oder zumindest ahnen, dass sie nicht von der Kunst werden leben können, bleiben dennoch sitzen. Auch ich. Absurd eigentlich. Vielleicht haben wir alle einfach gerade nichts anderes als diese eine Hoffnung. Bevor wir abziehen müssen ins Feld der Jobber, machen wir lieber unverdauliche Kunst, die niemand kaufen wird und die wir später, nach einem Leben als Programmierer oder als Pflegedienstler, unseren Enkeln mit den Worten übergeben können: »Schau, ich war auch mal Künstler, als ich jung war.«

Am schönsten ist es, wenn Jonathan mit seinen Werken zur »Korrektur« kommt. Er hat stets einen Riesenballen an Bildern, Zeichnungen, Zeitungsfetzen, Püppchen, Schrott und Fäden dabei. Er baut daraus Haufen, in denen all diese Gegenstände verbunden sind, wirre, undurchschaubare Kunstdickichte, die er hingebungsvoll erläutert, mit absurden Wortkaskaden übergießt, kindlich, anarchistisch, aberwitzig, verschroben, irrsinnig vor sich hinsalbadernd. Büttner schlägt schon die Hände vors Gesicht, wenn Jonathan hereinkommt:

Oh nein, nicht DER schon wieder!

Denn ihm ist klar, dass es ab jetzt weder etwas zu kritisieren gibt, noch etwas zu korrigieren, geschweige denn zu verbessern, dieser mäandernde Klumpen aus Materialien, Bedeutungen und Mensch ist nicht aufzuhalten, hier kommt die Kunst persönlich zu Besuch.

In dieser Zeit beginne ich mich in die Kreise der Medienkunst zu bewegen. Salvatore, der kleine, meinungsstarke Italiener, der mich in die Theaterwelt der Neubauten eingeführt hat, gründet mit einigen Freunden ein stationäres Laboratorium, das »Ponton European Media Lab«, in dem Künstler, Studenten und andere Interessierte an Sendemodellen für Kunstfernsehen und Kunstradio forschen. Salvatore setzt mich im Keller von Ponton mit Manuel Tessloff zusammen, einem großen, freundlichen Computernerd, der sich mit Rechnern und Samplern auskennt. Wir trinken viel Kaffee, essen Schokolade, rauchen, und er eröffnet mir die unglaublichen Möglichkeiten der digitalen Musikproduktion, von denen ich bis dato keinerlei Ahnung hatte. Wie digitalisiere ich analoge Sounds, schaffe sie in den Sampler, verarbeite sie weiter und wie spiele ich sie ab? Wie sequenziere ich diese Sounds in einem Computer, das heißt, wie sortiere ich sie nach Tonhöhe, Tempo, Taktart zu einem sinnvollen Klanggebilde, das man herkömmlicherweise Song nennt? Ich, der ich bis jetzt immer von anderen Musikern abhängig gewesen bin, der immer darauf warten musste, wann mal ein fähiger Pianist oder Drummer ein paar Stunden Zeit für mich hat, um mit mir meine Ideen festzuhalten, kann ab jetzt völlig autonom arbeiten. Ich gerate in den rauschhaften Strudel der Möglichkeiten, lerne erst Basictracks anzulegen, meistens Drumspuren, um Tempo, Rhythmus und Style vorzulegen. Dann beginne ich einen Sound nach dem anderen umständlich per Diskette (1,44 MB) in den Sampler zu laden – das hühnerhafte Tuckern der Laufwerke klingt mir noch heute in den Ohren – Tiktoktoktoktok Wuuutwutwut tiktoktoktoktoktok wuuuuutwutwutwut. Wenn der Arbeitsspeicher von 16 MB gefüllt ist, beginne ich die Sounds in der Songstruktur von Cubase – dem genialen Musikprogramm von Steinberg aus Hamburg – in Spuren anzuordnen und damit zu spielen. Es ist ein unglaubliches Erlebnis, die Methoden der Komposition und des Arrangements zu begreifen, erst Drums, Bass, Keyboards zu sequenzieren und dann z. B. klassische Instrumente wie Flöten, Streicher oder Cembalos dazuzugruppieren. Die geheime Alchemistenwelt von Trevor Horn (Grace Jones, Frankie goes to Hollywood, ABC) eröffnet sich mir, so geht das also – man braucht all diese Instrumente gar nicht wirklich, es genügt ein Sampler, ein Rechner und schon beginnt der Zauber. Ich beschaffe mir einen billigen Atari Rechner, auf dem Cubase in einer gehackten Version läuft und Manuel leiht mir ein altes Midi-Soundmodul. Nächtelang sitze ich vor dem Rechner und baue an Songs, muss lernen, was es heißt, wenn man 48 Stunden an einem Track gearbeitet hat, ohne das Ergebnis auf Diskette gespeichert zu haben und dann einen Absturz erlebt – alles ist verloren.

Manuel ist es auch, der mich in die allerersten rudimentären Ecken des gerade entstehenden Internets einführt. Wir sitzen vor seinem Rechner im Ponton Media Lab, und er versucht mir zu erklären, worum es geht:

Was soll das sein, ein Internetz?

Das sind verbundene Knotenpunkte an verschiedenen Orten, und über diese Verbindungen können wir kommunizieren.

Hä? Knotenpunkte? Wenn ich kommunizieren möchte, rufe ich jemanden an. Oder schreibe einen Brief.

Okay. Aber hier kannst du mit ganz vielen gleichzeitig kommunizieren. Über die ganze Welt. Das ist die Zukunft, in ein paar Jahren macht das die gesamte Menschheit.

Okay. Und was passiert da genau?

Manuel nimmt mich mit in einen Chatroom. Dort treffen sich diverse Nerds und tauschen sich über unterschiedliche Topics aus, meistens allerdings über ziemlich nerdiges Jungszeugs, Rechner, Modems, technische Details. Ich beobachte fasziniert die Satzkaskaden, die wie aus dem Nichts auf dem Bildschirm erscheinen. Manuel tippt selbst einen Satz hinzu und wird sofort in die Debatte mit aufgenommen.

Interessant. Und wo sitzen all die anderen da gerade?

Die können überall sitzen, der eine vielleicht auch in Hamburg, aber die nächste eventuell in München oder Tokyo.

Hm, wirklich ganz lustig, das Ganze. Aber ich muss dir ganz ehrlich sagen: Das hat keine Zukunft. Warum sollte die Welt so was machen? Das ist ne infantile Spielerei, daraus wird nix.

Mit meiner Einschätzung liege ich nicht ganz richtig.

In dieser ganzen Zeit an der Kunsthochschule und im Ponton Media Lab baut sich mein Selbst neu auf. Alles hat sich verändert: Ich bin verlassen worden, meine Ambitionen und Träume von der Popkarriere sind zerplatzt, eine Band habe ich nicht mehr und in der Kampstraße wohne ich mittlerweile auch allein. Selbst meine Sehnsucht nach Frauen, nach einer Partnerin hat ihren zwanghaften Charakter verloren, ich bin definitiv allein.

Ich habe das Gefühl, mit vollkommen leeren Händen dazustehen, eigentlich gar nicht mehr genau zu wissen, wer ich bin und wofür ich lebe. Ich nähere mich dem Zustand an, von dem ich immer geträumt habe – ich bin nahezu frei. Frei von Beziehungen und Leidenschaften, frei von Verbindlichkeiten und

Visionen, frei von Getriebenheiten und Verflechtungen. Wenn ich mich selbst losließe, würde ich mir entgleiten.

Auch die Besuche bei meinem Psychiater werden seltener, denn ich weiß nicht, ob mir der Mann noch weiterhelfen kann. Bei einem unserer letzten Gespräche erklärt er mir allerdings etwas Entscheidendes. Die Jugend, so sagt er, ist eine Wiederholung der frühen Kindheit. Die Probleme der Jugend seien eine Spiegelung und Vergrößerung der Probleme, die einem in der Kindheit begegneten. Ich denke lange darüber nach und habe das Gefühl, dass dieser Schlüssel für meinen Fall passt. Denn mein Bruder ist auf die Welt gekommen, als ich zweieinhalb Jahre alt war. Vom Moment seiner Ankunft an musste meine Mutter sich um ihn kümmern und ich fühlte mich zurückgestoßen und verlassen. Dieses Gefühl der Verletztheit und Eifersucht war der Grund, warum ich mit vierzehn meine Familie verließ. Ich hatte das Gefühl, dass Mutter, Vater und Bruder eine Einheit bildeten und ich nicht dazugehörte, weil sie ihn immer gegen mich schützten. Also brauchte ich eine neue Familie, eine selbstgewählte. Meine Punkrockgang war meine Ersatzfamilie, meine Wahlverwandtschaft. Dieses Außenvorsein blieb mir von da an für immer. Ich versuchte zwar meistens, die Mitglieder meiner jeweiligen Familie zusammenzutreiben, aber ich selbst gehörte nie dazu. Bei Disco Schröder saß ich nicht am Tisch vor der Tanzfläche, sondern vor der Tür, wo zwar alle vorbeikamen, aber niemand blieb. Im Sorgenbrecher stand ich nicht mit allen vor dem Tresen, sondern allein dahinter, in der Nähe der anderen, aber nicht unter ihnen. Und in meiner Band war ich auch nur der Initiator, aber nie gleichberechtigter Teil einer Gang. Ich konnte es nie schaffen, ganz und gar zum inneren Kreis der Familie zu gehören, zum inneren Kreis des Universums, ich hatte immer das Gefühl, ein Satellit zu sein, nach außen geschleudert, aus der inneren Bahn gerutscht und schließlich am Rand des Systems auf eigener Umlaufbahn, mit dem ewig sehnsüchtigen Blick auf das Zentrum, wo alle anderen beisammenstehen. Mit der ewigen Hoffnung, doch noch mal dorthin zu gelangen. Mit der ewigen Angst, allein dort draußen im Dunkeln einzufrieren.

Außerdem lerne ich etwas über das Impostor-Syndrom. Bei diesem psychologischen Phänomen werden Betroffene von massiven Selbstzweifeln hinsichtlich der eigenen Leistungen, Fähigkeiten und Erfolge geplagt. Sie haben immer das Gefühl, sich ihren Erfolg erschlichen zu haben, ihn nicht verdient zu haben, in allem schlechter zu sein als die anderen und immer in der Gefahr, aufzufliegen: Wann merken die anderen, dass das alles nicht echt ist, dass ich in Wirklichkeit nichts kann und nichts wert bin, dass meine Position nur einem Zufall zu verdanken ist, dem Glück des Moments und vielleicht meinem Geschick im Kopieren. Das bedeutet für mich, dass ich nie auf meinem eigenen Erfolgsgefühl aufbauen und einen gesunden Sockel der Hybris bilden kann, um mir selber in meinem Werk ein Denkmal zu setzen, so wie es die meisten »großen Künstler« tun, ohne auch nur eine Sekunde an sich selbst oder dem Geschaffenen zu zweifeln. Ich sehe mich immer als schlechter als die anderen an, selbstverständlich nicht wert, dazuzugehören, mein Werk ist nichts als die vergängliche Äußerung eines Moments. Vielleicht resultiert das alles aus der Entthronung durch meinen Bruder, bei der ich meinen ursprünglichen Wert verloren habe. Seit diesem Moment muss ich um die Aufmerksamkeit meiner Mutter, meiner Eltern, der Welt kämpfen. Wenn ich das nicht täte, würde mich nie wieder jemand bemerken, warum auch?

EIN MEHRZELLER BILDET SICH

Jacques Palminger war mir schon in Berlin als spindeldürrer Schlagzeuger der Countrypunkband Waltons aufgefallen, weil er einen wirklich eigenen, völlig unverkennbaren Humor pflegte. Ständig schuf er neue, wunderbar schwache Formulierungen wie zum Beispiel »Achtung – an alle Kinder und an Alle!« Auch die Formulierung »Fanta, das leckere Trunkgetränk« stammt von ihm. Ich empfinde seinen merkwürdigen Style als einen »Art Brut Humor«, ihm fallen Fehler, Brüche, Unausgegorenheiten leicht, er hätte mit seinen Zeichnungen und Formulierungen gut in die Sammlung Prinzhorn gepasst, ein Museum in Heidelberg mit historischen Werken aus psychiatrischen Anstalten (ich möchte unbedingt empfehlen, sich diese schöne und beeindruckende Sammlung anzuschauen).

Jacques und ich ergänzen uns gut, treffen uns häufig, um über Auftrittsmöglichkeiten und Shows nachzudenken, und haben mittlerweile zwei Diavorträge zusammen präsentiert: »Die Fanta Show« und »20 000 Jahre Erde – ein Jubiläum feiert Geburtstag«, die wir beide unter großem Zuspruch im Pudel gezeigt haben. Jacques kommt eines Tages auf mich zu mit einer CD, die ihm Bela B. gegeben hat, sie ist von einem unbekannten Hamburger Künstler: »Heinz Strunk – Spaß mit Heinz« steht auf dem unansehnlichen grauen Cover. Das Album ist angefüllt mit merkwürdigen und teilweise völlig absurden Songs und Hörspielen, mit nichts anderem vergleichbar, in seiner Außergewöhnlichkeit vielleicht höchstens mit Helge Schneider. Wer ist dieser Typ? Er lebt und arbeitet in Hamburg – wieso kennen wir ihn nicht? Auf dem Album steht tatsächlich eine

Telefonnummer und noch am selben Tag rufe ich unter der Nummer an, in der Hoffnung, mehr zu erfahren. Es meldet sich ein merkwürdiger Vogel, der einen ganz anderen Privatnamen trägt als Heinz Strunk und etwas skeptisch oder vielleicht eher schüchtern auf meine Kontaktaufnahme reagiert. Er lässt sich auf ein Treffen im Café Stenzel in der Schanze ein.

Das Treffen einige Tage später gestaltet sich spröde. Heinz Strunk sieht ein wenig wie der NDW-Sänger Markus aus, ist aber ein vorsichtiger und zurückhaltender Typ, vielleicht liegt auch etwas Depressives in seinem Wesen, ich kann nicht wirklich hinter seine Fassade schauen, bin mir nicht sicher, ob er in unseren Kosmos passt. Obwohl unser Treffen vorerst folgenlos bleibt, behalte ich ihn stets im Hinterkopf, an ihm und an Jacques ist etwas, das sich mit meiner Art deckt, etwas in unser aller Humor, Selbst- und Weltbild hat einen Riss, einen Bruch, eine Blessur, einen Fehler. Vielleicht sollten wir uns zu dritt treffen und etwas gemeinsam machen, denke ich mir, vielleicht sollten wir eine neue Humorvereinigung gründen, unsere eigene Sprache formulieren, unseren Status konsolidieren, nach der legendären Frankfurter Humorschule (Waechter, Gernhardt, Henscheid und Co) und nach der Hamburger (Musik-) Schule nun die neue Hamburger Humorschule?

Zur Nachbereitung von »Disco« treffe ich mich mit Ulf Krüger, unserem Produzenten. Ulf arbeitet gerade viel mit Olli Dittrich und Wigald Boning zusammen, er erklärt mir, dass er in mir eigentlich gar keinen Popstar sieht, vielleicht sei ich eher ein Selbstdarsteller, wie Olli und Wigald auch. Vielleicht müsse ich gar kein Bravostar sein, mit kreischenden Teeniemassen, sondern eher ein Spezialentertainer, der sein ausgewähltes Publikum mit unterschiedlichen Exponaten seiner Kunst beglückt. Ulf zieht ein Album mit weißem Cover aus dem Plattenregal.

Kennst du eigentlich Heino Jaeger?

Nee, wer soll das sein?

Tja, wie soll ich das sagen? Das war euer Vorgänger. In den sechziger und siebziger Jahren hat der Knecht hier in Hamburg sein Unwesen getrieben, war Maler, Zeichner, hat Hörspiele gemacht, Texte geschrieben, völlig außenstehend, völlig einzigartig, anders als alle anderen.

Er überreicht mir das Album.

Hier, schenk ich dir, ist ne Anpressung, die wir damals von ihm gemacht haben. Ist nie rausgekommen – zu merkwürdig, das hätte niemand verstanden, sagte die Plattenfirma.

Danke, hör ich mir sofort zu Hause an. Und was ist aus dem Typen geworden?

Der sitzt jetzt in nem Heim in Bad Oldesloe. War jahrelang in Ochsenzoll, nachdem er seine Wohnung angezündet hat. Vielleicht solltest du ihn mal besuchen, bevor er endgültig verschwindet.

Ich trage die Schallplatte nach Hause und lege sie noch am selben Abend auf. Es sind vier Hörspiele drauf, von ihrem Humorgehalt so knochentrocken wie Zwieback, behandeln sie mit Titeln wie »Die Bundesluftschutztasche« oder »Die Brotfabrik« absurde Kleinstthemen aus der deutschen Fachsprachenwelt. Tatsächlich erinnert mich der Duktus am ehesten an den der Helge Schneiderschen Hörspiele, sie klingen aber auch manchmal ein wenig wie Heinz Strunk, nur noch trockener. Die Aufnahmen stammen aus den frühen siebziger Jahren und nehmen tatsächlich unseren Stil vorweg bzw. deuten ihn an. Ich bin erstaunt und beschließe, mich auf die Suche nach dem verschollenen Werk dieses Meisters zu machen, ich vermute, dass es noch viel mehr zu entdecken gibt.

Der Pudel Club existiert nicht mehr, aber wir Betreiber sind immer noch ein Kollektiv. Deshalb beschließen wir, vorübergehend Abende in Örtlichkeiten befreundeter Gastronomen zu veranstalten. Der »Goldene Stern« ist ein großes altes China-Restaurant am Pferdemarkt in einem riesigen schachtelartigen Raum. Die Betreiberin Kit, eine liebenswerte und für die Kunst offene Freundin, stellt uns ihren Laden für ein Pudel-Festival zur Verfügung. Wir organisieren ein ganzes Wochenende mit verschiedenen Acts, dabei sind unter anderem Funny van Dannen und zum allerersten Mal Heinz Strunk. Funnys Auftritt ist gekonnt stark, er nimmt die Zuschauer des Goldenen Sterns im Nu und animiert sie mit Lesung und Songs zu Jubelkaskaden. Heinz dagegen ist über die Maßen aufgeregt, überlegt bis zur letzten Sekunde, doch noch abzusagen, liest dann aber tatsächlich einige Texte vor. Den Zuschauern gefällt das Dargebotene zwar, aber Heinz' Performance hat noch keine endgültige Form gefunden, der Vortrag scheint etwas unsicher, auf tönernen Füßen, zwar blitzen funkelnde Momente des Sprachhumors auf, nur versinken sie immer wieder in den Selbstzweifeln des Vortragenden. Der Applaus ist respektvoll, aber nicht vollends begeistert, was Heinz wiederum frustriert.

Ich kann das nicht! Ich habs doch gewusst! Ich mach das nie wieder! Ich bin nicht dafür gemacht!

Jacques und ich setzen uns mit ihm zusammen, wir trinken ein paar Bier und langsam öffnet sich der verschlossene Mann, wird irgendwann regelrecht munter. Wir unterhalten uns über Humor, über das, was wir unter Komik verstehen, über die deutsche »Humortradition« bzw. über ihre Abwesenheit, vor allem über das, was wir absolut nicht komisch finden (Comedy), und sind in nahezu allen Punkten ähnlicher Meinung. An diesem Abend und in diesem Moment wird das Fundament für unsere spätere Zusammenarbeit gelegt, wir verabreden locker, uns bald wieder zu treffen und über eine gemeinsame Auftrittsform nachzudenken. Einen Namen für uns gibt es zumindest schon: Jogging Mystique.

In meiner freien Zeit cruise ich mit meinem Mountain Bike durch Sankt Pauli und schaue mich nach Läden um, nach Plätzen, wo wir unseren eigenen Treffpunkt, unser »Kumpelnest« eröffnen können. Überall, wo Gebäude in guter Lage leer stehen, finde ich den Besitzer heraus und frage nach der Möglichkeit zu mieten. Bei dieser Suche fällt mir immer wieder ein kleines, separat stehendes Haus in der Hafenstraße auf, das ziemlich heruntergekommen aussieht. Zwar prangt ein Kneipenschild daran, betitelt mit »Café Hafentreppen«, aber nie sehe ich die Tür geöffnet, der Schuppen scheint verlassen. An einem Sonntag stelle ich auf der üblichen Cruising-Route zu meinem Erstaunen fest, dass Gäste vor den Hafentreppen sitzen und ein Kellner sie bedient. Ich frage ihn nach dem Besitzer und er gibt mir die Telefonnummer eines Gastronomen aus Finkenwerder. Ich rufe den Mann direkt von zu Hause aus an und frage ihn mit der Kraft der Hybris sofort und unverblümt, ob er sich vorstellen könne, das kleine Café am Hafen unterzuvermieten. Wider Erwarten bejaht er umgehend, der »Scheißladen« laufe sowieso nicht richtig, für 1000 Mark im Monat könne ich ihn übernehmen. Für eine Sekunde bleibt mir die Luft weg, aber ich versuche, mir die Aufregung nicht anmerken zu lassen und so cool und professionell wie möglich zu wirken. Ich müsse mich nur noch mit meinen Kompagnons absprechen, dann würden wir einen Antrittsbesuch in Finkenwerder vornehmen. Aufgeregt rufe ich Schorsch an und erzähle ihm von den Möglichkeiten. Schorsch gefällt die Idee, aber uns ist klar: Wenn wir hier einen echten Club eröffnen, brauchen wir einen Geschäftsführer, jemanden, der sich um das Finanzielle kümmert, die Einkäufe macht, Ahnung von den Angestelltenlöhnen, Steuern etc. hat. Nach einigem Überlegen kommen wir auf Wiener Norbert, den Betreiber des Sorgenbrechers und des Tempelhofes. Der ist zwar ein Halbganove, aber er kennt sich mit dem Business aus und betreibt seit Jahren ähnliche Etablissements auf Sankt Pauli. Als wir ihn anfragen, sagt er sofort zu. Das Haus, in der Lage, Schorsch und ich als Szenemagneten, da kann ja eigentlich nichts schiefgehen. Zu dritt besuchen wir den Besitzer des Hauses in Finkenwerder und verabreden nach kurzem und klarem Gespräch per Handschlag eine Miete von 1000 Mark auf unbestimmte Zeit, wir können sofort beginnen.

Das ist mehr als aufregend. Wir haben einen eigenen Laden in einem eigenen Haus in Alleinlage am Hamburger Hafen, etwas Passenderes als diese kleine, halbschrotte Trutzburg, die wie eine faule Nuss auf Bausenator Egbert Kossaks feiner Perlenkette an der Elbe gereiht liegt, hätten wir im ganzen Land nicht finden können. Direkt neben den Hafenstraßenhäusern gelegen, in denen wir noch vor ein paar Jahren unsere ersten Konzerte gegeben haben, mit Blick in den breiten Strom und auf das Dock 11, scheint dies ein repräsentativer Standort für Hamburgs Subkultur. Nachdem unser alter Laden der »Pudel Club« gewesen ist, beschließen wir, an dem Namensprinzip anzuschließen, aber wir bauen noch eine kleine Steigerung ein:

»Golden Pudel Club« erscheint uns passend, ein funkelnder, bissiger, kleiner Köter, der der Stadt und ihren Besuchern in die Fesseln beißen wird.

An einem Freitagabend im Frühsommer eröffnen wir unser neues Domizil. Aus der ganzen Stadt kommen die Musik- und Kunstschaffenden, die Nachteulen und Schnapsvögel, die Drogis und Zivis, die Wilden und Spinnerten und Anstrengenden und Übererregten, die Angeber und Poserinnen, die Heimatlosen und Wärmesuchenden, der schillernde, aufgeplusterte Underground kommt angetapert, um die Neuigkeit zu überprüfen, den Standort zu checken, die Zukunft ihrer Nächte einzuweihen. Allen ist sofort klar, dass dies der Platz ist – THE PLACE –, hier stimmt einfach alles, die Verfallenheit der Bausubstanz, die absolute Einzellage an dem exponierten Standort, der Blick aufs Wasser und in den Fluss und vor allem die Möglichkeit, nicht nur im Laden zu sein, auf der winzigen Tanzfläche, an dem schrottigen Tresen oder im Separee mit den Gitterstäben im Fenster, sondern ihn auch außen zu umlagern, in den Sommernächten können Hunderte auf den Hafentreppen sitzen und auf den Fluss schauen, es gibt keine Nachbarn, die das stören wird. Wir haben im Laden nur einen einzelnen kleinen Tisch als DJ-Kanzel vor einem Fenster aufgestellt, und es gibt nur einen Plattenspieler mit einem Mikrofon, damit die Auflegenden zwischen den Songs Ansagen machen müssen, um das Publikum zu unterhalten, wir sind KEINE PROFIS! Kayser Walter legt zur Eröffnung auf und laute Soulmusik strömt aus den Fenstern in den Hafen.

In später Nacht stehe ich etwas abseits und erhöht im Schauermanns Park mit einem Cuba Libre in der Hand und blicke hinunter auf das Geschehen. Die ganze Hafenstraße und die Treppen um den Pudel herum sind mit Menschen überfüllt, man hört die Gesprächsgeräusche und »Everything's Tuesday« von Chairmen of the Board perlt aus dem mit Lichtbändern illuminierten Haus ins Viertel und über die Elbe. Ich bin – was mir selten passiert – stolz und glücklich. Dieser Platz ist unsere Zukunft, wir haben ihn gemietet, wir sind mit vollem Recht hier, niemand kann uns von hier vertreiben. Und all diese Menschen haben wir zusammengetrieben, ich, der Junge aus dem Wald, der Satellit vom Rand des Universums, der Hirtenhund, ich spüre für eine Sekunde Sinn in meinem Leben und wenn es nur der Sinn ist, den Verlorenen der Nacht einen Platz erschaffen zu haben.

Ich schließe die Augen, bin ganz ruhig, alle meine Ticks haben aufgehört, das Zappeln und Fummeln und Wippen, auch das tiefe Atmen ist verschwunden, ich bin völlig entspannt. Und für kurze Zeit fällt mir wieder das Minus ein, das in mein Wesen gemeißelt scheint, und ich nähere mich dem Stein meiner Seele und betrachte das Zeichen und ich bemerke, dass da noch eine andere Vertiefung zu sehen ist, sie scheint verdeckt, vom Staub und Dreck verborgen, und ich reibe an dem Stein und dann sehe ich die Vertiefung klarer, es ist ein vertikaler Strich, der durch das Minus hindurchführt, und als ich einen Schritt zurückweiche, kann ich erkennen, dass aus dem Minus ein Plus geworden ist.

Und ich verstehe, dass dort nicht nur ein Minus eingeprägt ist und auch nicht nur ein Plus, sondern beides. Und dass ich aus beidem bestehe.

Und ich schaue nach oben zum Nachthimmel und verfolge einen kleinen, schnellen, leuchtenden Punkt, der den Himmel überquert, einen Satelliten, der seine Arbeit beendet hat und gerade zurück zur Erde stürzt – und ich zwinkere ihm zu:

Willkommen zu Hause, Bruder.